52개의 별

2012년 5월 30일 초판 1쇄

글 김광호

펴낸곳 책밭

펴낸이 전미정

디자인 남지현

교정·교열 정윤혜 이동익

마케팅 조동호

출판등록 2011년 5월 17일 제300-2011-91호

주소 서울 중구 필동 1가 39-1 국제빌딩 607호

전화 070-7090-1177

팩스 02-2275-5327

이메일 go5326@naver.com

홈페이지 www.npplus.co.kr

ISBN 978-89-966569-5-1 03810

정가 12,000원

52개의 별

김광호 장편소설

52개의 별

52개의 별

내가 소설을 쓸 수 없는 이유가 있다면 그것은 너무 명확해지려 하기 때문이라고 생각한 적이 있다. 스토리는 완결성이 있어야 한다고 생각했고, 문장은 강렬한 이미지를 동반해야 한다고 생각했다. 아마도 그동안 나는 하나의 이상적인 결과물을 머릿속에 그리며 소설 습작을 했을 것이다. 하지만 인생과 마찬가지로 소설에도 어떤 식의 룰이 존재하는 것이 아니라는 걸 알았다.

사람이 살아가는 모습은 다양하다. 아침부터 늦은 저녁까지 바쁘게 일하는 사람도 있고, 하루 종일 인터넷 서핑이나 하면서 한가하게 살아가는 사람도 있으며, 이것도 저것도 아닌 삶을 살아가는 사람도 있다. 소설도 마찬가지다. 너무나 쉽고 가볍게 쓴 것처럼 보이는 소설도 있고, 한 글자, 한 글자가 무겁게 느껴지는 묵직한 소설도 있다. 그것은 내가 선택할 수 있는 것도 아니고, 선택한다고 그런 방향의 결과물이 나오는 것도 아니다.

완벽한 인생이 없듯이 완벽한 소설 또한 없다. 아니, 완벽이라는 기준 자체가 존재하지 않는다. 중요한 것은 쓰는 것이다.

나는 많은 작가들이 고민하는 첫 번째 문제, 즉 무엇을 쓸 것이냐에 관해서는 걱정하지 않았다. 오래전부터 내게는 꼭 써야 할 스토리가 마음속에 머물러 있었기 때문이다. 대부분의 작가는 소설가가 되기 위해 무엇을 쓸 것인가를 고민하지만, 나는 반대로 쓰고 싶은 것이 있었기 때문에 소설을 쓰기로 결심했다. 그 경험이 아니었으면 나는 소설을 쓰지 않았을지도 모른다.

이제부터 나는, 내가 겪은 경험을 소설의 형식을 빌려 독자들과 공유할 생각이다. 물론 그 경험은 보통 사람의 입장에서는 특별한 것이며, 어떤 의미에서는 충격적이기까지 할 것이다.

그 일을 공개하는 것이 나로서는 대담한 인생의 선택이다. 여기에 관련된 여러 사람들의 신변에 변화가 생길 수도 있고, 어쩌면 사회적 파장이 일어날 수도 있다. 그럼에도 내가 그 일을 쓰기로 한 것은 인생관의 변화 때문이었다. 정확히 언제부터인지는 알 수 없지만, 세상에 절대적으로 지켜야 할 정의라거나 의무라거나 하는 것이 존재하지 않는다고 생각하기 시작했다. 국가를 예를 들어보자. 수십 년 전의 독재 정부에서는 국가와 국민을 통제하고 책임지는 절대적인 지배자가 존재했다. 정도의 차이는 있을지언정, 모든 국민은 그 절대자를 의식하며 살아갈 수밖에 없었다. 하지만 민주화가 되면서 최고 통치자조차도 시류에 좌우되는 하나의 직업인이라는 사실이 명확해졌다. 대통령조차도 단지 법으로 보호받는 권력자일 뿐이라면, 절대적인 사명감을 지닌 국가의 주체는 어디에도 없는 것이다.

나는 양심의 가책을 느껴서 그 일을 공개하기로 한 것이 아니다. 공개하지 않아야 할 타당한 이유를 찾지 못했기 때문이다. 더 솔직하게 이야기하자면, 나는 단지 쓰고 싶었을 뿐이다. 그 외의 이유는 사족에 불과한 것이다.

내가 이렇듯 자기 확신을 지니고 말할 수 있는 것은 내 전직前職의 특수성 때문이기도 하다. 나는 1997년부터 2003년까지 국정원 직원으로 근무했다.

국정원.

이곳에 대한 사람들의 인식은 다양하다. 초등학생이나 청소년들은 스파이 영화에 나오는 비밀 요원을 떠올리는 게 보통이고, 일반 성인들은 베일에 가려진 특수한 공무원으로 알고 있을 것이며, 진보적인 역사관을 지닌 사람들은 권력의 하수인이라고 비하할 것이다. 그들의 인식이 전혀 근거 없는 것은 아니지만, 실제의 국정원 직원들이 현실과 동떨어져 있는 기묘한 존재는 절대로 아니다.

내가 국정원 시험에 응시한 가장 중요한 이유도 합격을 하면 7급 정규직으로 발령이 나고 연봉이나 대우 면에서 타 공무원보다 유리했기 때문이었다. 물론 소년시절부터 고지식했던 나는 막

연하게나마 국가의 녹을 먹는 직업이 아니면 적응하기 어려울 것이라는 예감을 하고는 했다.

나는 스파이 생활에 대한 동경 같은 것에 사로잡힌 적이 있지도 않았고, 남다르게 사명감이 풍부했던 것도 아니었다. 나와 함께 입사한 26명의 동기들 역시 비교적 모범적인 성장기를 거쳤다는 것 외에는 별다른 특이점이 없었다. 정규직 외의 계약직이나 특채 직원들의 경우는 더욱 평이했다. 대부분이 전문직 출신인 그들은 단지 자신의 분야에서 실력이 우수했다는 이유만으로 국정원 직원이 될 수 있었다.

국정원 요원에 선발되었다고 곧장 국정원으로 출근 명령이 내려진 것은 아니었다. 경기도 성남시 분당구에 있는 자체 교육장에서 4개월간 국가관과 안보관에 대한 특별교육을 받았다. 교육을 받는 신입들의 모습은 CCTV로 녹화되어 간부들의 판단자료로 제공되었다. 이 과정에서 2명의 동기들이 부적격자 판정을 받아 타 부서로 전출되기도 했다. 이어서 해병대에 입소, 유격훈련과 사격술 등의 군사훈련을 이수한 후, 앞서 말한 2명과 자발적으로 퇴사한 1명을 제외한 23명이 정식으로 국정원 출근을 지시받았다.

첫날 우리를 맞은 사람은, 지금은 퇴직한 이영훈 기획조정실 실장이었다. 중앙정보부 시절부터 국정원에 몸담고 있었다는 그는, 첫인상만으로는 인심 좋은 직장 상사 같았다. 하지만 그는 일방적으로 자신의 이야기만을 경청하기를 바라는 스타일이었다.

그가 변화된 국정원의 위상에 관해 설명할 때 신입 중 한 명이 구체적으로 어떻게 변화된 것인가를 질문하자 그는 말을 잠깐 끊었을 뿐 아무 대답도 해주지 않고 설명을 이어나갔다. 질문이 무시되는 것을 목격한 우리는 그 후 아무리 궁금한 것이 생겨도 질문을 하지 않았다.

하지만 나는 그 후 알았다. 경험자의 설명은 의미가 없다는 것을. 하루하루 생활해 나가면서 국정원이라는 조직에 익숙해지면 되는 것이다. 말이 필요 없었다. 흔히 외부에 스파이라고 알려진 비밀요원들은 자신에게 내려진 명령의 의미가 무엇인지 생각할 필요도 없이 실천하는 사람들이었다. 1997년, 나도 그러한 삶에 첫발을 내딛었다.

국정원 안보전시장에는 52개의 별이 대리석으로 조각되어 있고, 별마다 이름이 새겨져 있다. 국정원 활동 중 순직한 52명의 넋을 기리는 명패였다. 내가 그곳에 처음 섰을 때 느꼈던 것은 그들의 충성심에 대한 감동이 아니었다. 나도 저렇게 죽을 수 있다는 두려움도 아니었다. 명확하지는 않았지만, 내가 남들과는 다른 세계에 들어섰고, 그 세계는 죽음도 받아들일 정도의 애국심을 요구하는 곳이라는 강렬한 현실 인식이었다.

내가 선택한 길인지, 아니면 국가가 나를 선택했던 것인지는 세월이 오래 지난 지금도 잘 모르겠다. 다만 나는 인생의 황금기를 그곳에서 보냈고, 그곳을 떠나서 여러 가지 직업을 가져봤지만, 그때의 열정을 되살릴 수 없었다는 것은 분명하다.

카페 안단테

커피 이야기를 하지 않을 수 없다. 내가 커피를 제대로 마시기 시작한 것이 정확히 언제부터였는지는 확실하게 기억할 수 없다. 아마도 내가 국정원에 몸담고 한두 해가 흐른 뒤였을 것이다. 물론 그 이전에도 커피를 마시기는 했다. 하지만 그때까지는 마셔도 그만이고 안 마셔도 상관없는 기호품이었다. 술이건 담배건 커피건, 나는 무엇엔가 중독된다는 것을 이해하기 어려웠다. 담배는 입에 대본적이 전혀 없지만, 술의 경우는 친구들이나 동료들과 어울릴 때 한두 잔 입에 대는 정도였고, 커피는 남들이 마시니 그냥 따라서 마시는 수준이었다. 당연히 술에 취한 경험도 없고, 커피 때문에 생활의 리듬이 방해를 받은 적도 없었다.

아마도 커피에 대한 집착은 생활의 안정과 함께 찾아왔을 것이다. 나는 국정원 실무부서 산하 국내방첩국 소속으로 국내 및 국외 주요 인물들의 보호를 책임지는 신변안전팀에 소속되었다.

내가 보호해야 할 인물들의 절반 정도는 탈북 고위인사들이었고, 국외에서 인정받은 특수한 기술의 소유자가 몇 명, 마약 등의 강력 범죄에 대해 단서를 제공하고 보호를 요청한 인물 몇명, 그리고 일시적으로 국내에 거주하게 된 외국인들도 몇 명 있었다.

1997년 한국 최초로 정권 교체가 이루어지면서 국정원은 대대적인 물갈이와 조직 개편의 파도에 휩싸였지만 비교적 정치와 무관한 신변안전팀은 별다른 영향을 받지 않았다. 어느 조직이나 승진에 민감한 부서가 있고, 그런 것과 상관없는 부서가 있기 마련이다. 나는 후자에 속했고, 그것은 변화에 둔감한 내 기질과 잘 부합되었다. 국내외 정세가 극히 불안하지 않은 평상시의 내업무는 대부분 일상적이고 사무적인 것들이었다. 요인 보호는 비중에 따라서 '갑', '을', '병'으로 나누어지는데, 신입 시절의 나는 '을'과 '병'의 인물들만 주로 맡았다. 경호를 맡은 경찰청 경호팀의 병력들을 통제하고 요인들의 불편 사항을 해결해 주는 것이 주 임무였다.

정권 교체가 되면서 국정원의 위상도 많이 달라지기는 했지만, 정보기관 특유의 힘이 많이 남아 있었다. 요인의 요청에 의해 관공서에 도움을 요청하면 즉각 실행되고는 했다. 분기마다 군사훈련과 안보교육을 받는 것이 피로한 일이기는 했지만, 경찰을 비롯한 모든 국가기관을 통제하는 입장에 있다는 것이 내게 작은 권력욕을 준 것은 부인할 수 없는 사실이었다.

국정원 직원이 된 지 1년 후부터 조금은 안일한 만족감이 생기기 시작했다. 대학 동기들 가운데 톱클래스는 대기업에 입사했지만, 그들 대부분이 승진에 목을 매고, 직장생활 특유의 스트레스에 시달리고 있다는 고백을 듣고는 했다. 중소기업에 취업하는 경우는 그래도 나은 경우였고, 각종 고시에 매달리느라 취업에 실패한 동기들의 딱한 소식이 심심찮게 귀에 들어왔다.

물론 연봉 등의 현실적 조건만을 비교한다면 내가 최고는 절대 아니었지만, 비교적 불안하지 않은 미래를 가진 소수에 속한 것은 사실이었다. 상명하복을 중요하게 여기는 정부기관 특유의 성향도 내 성격과 잘 맞았다. 나는 팀장을 비롯한 상사들의 비위를 맞추는 재주는 없어도 그들의 지시를 철두철미하게 따르는 복종심은 강했다. 인간관계에서 다소 까칠한 면은 있었지만, 별다른 실수나 트러블 없이 입사 초기를 보낼 수 있었던 것은 아마도 그러한 나의 본래 성격 덕분이었을 것이다.

아직 결혼 전이었던 그 무렵 내게는 여가를 즐긴다는 개념이 없었다. 야근이나 특근이 없는 평일은 대략 오후 7시 안팎으로 퇴근을 했는데, 곧장 집으로 들어와 주문한 음식으로 저녁을 때우고 건성으로 텔레비전 채널을 이리저리 돌리다가 잠을 청하는 생활이 반복되었다. 대학 동기들의 모임에 몇 번 참석해 봤는데, 술을 즐기는 몇 명만이 늦도록 어울릴 뿐, 나처럼 술과 거리가 먼 동기들은 얼굴만 비치고 빠져나왔고, 그러한 시늉도 귀찮아져서 나중에는 아예 참석을 하지 않았다. 대학 동기나 기타 친구들과 어울릴 수 없는 또 다른 이유 중 하나는 내 직업을 당당히 밝힐 수 없었다는 점이었다. 신분 노출이 엄격하게 금지되는 내부 규정 때문에 나는 서너 개의 위장회사 명함을 지니고 다녔다. 그중 가장 많이 사용한 것은 일본계 애니메이션 회사 총무부 직원이라는 명함이었다. 보통의 회사라면 아무리 교묘하게 거짓말을 해도 허점이 드러나겠지만 애니메이션 회사라고 하면 어떤 식으로 둘러대건 의심받는 경우가 없었다. 생소한 분야여서 호기심으로 질문을 해오는 경우도 있었는데, 그런 경우는 미리 숙지한 전문 용어 몇 가지를 늘어놓으면 해결이 되었다. 반대로 대중문화에 일가견이 있는 상대방이 전문적인 질문을 던져오면 총무부 직원이어서 애니메이션 자체에 관해서는 별로 아는 게 없다는 대답으로 피해갔다.

나 자신의 직업을 솔직하게 밝힐 수 없다는 것은 타인과의 교류가 진전될 수 없다는 것을 의미했다. 타인과의 유대는, 어린 아이가 아닌 이상 현실적인 목적을 전제로 깊어지기 마련이었다. 설령 그렇지 않더라도 삶의 가장 중요한 요소 가운데 하나인 직업을 솔직하게 밝히지 않고 사회적 교류를 정상적으로 하는 일은 불가능했다.

"친구는 물론이고 친척들과도 흉금을 터놓고 지내는 이가 없어. 가족들조차도 내가 하는 일을 막연하게 알고 있을 뿐, 내 입으로 밝힌 적이 없을 정도니까 말 다했지. 그렇다고 내가 성격이 상자는 아니잖아. 그런데도 사회적으로 고립되어 있는 거야. 가끔

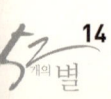

내가 살아가는 방식이 정상일까 하는 생각에 사로잡히고는 해."

10년 경력의 선배가 회식 자리에서 털어놓은 하소연이었다. 물론 나는 우리가 비정상적인 삶을 살아간다고는 생각하지 않았다. 국정원 직원은 세상의 어느 누구보다 엄격한 자기 통제와 냉철한 이성을 실천하며 살아가고 있었다. 보통의 사람들은 국정원 직원이면 엄청난 특권이라도 있는 줄 알지만, 사실 법으로 명시된 권한은 전혀 없었다. 오히려 국정원법에 의해 일반 공무원보다 훨씬 가혹한 처벌을 받도록 명문화되어 있었고, 정기적인 교육을 통해 봉사와 희생을 강요받았다. 절제와 겸양이 몸에 밴 우리였지만, 세상과 고립된 기이한 삶을 살 수밖에 없는 입장에 처해 있었던 것이다.

이제 막 세상과의 단절이 시작된 그즈음의 나는 뭔가 혼자 즐길만한 취미를 찾기 시작했다. 책은 남들만큼 보는 정도였지만, 독서 자체를 취미로 삼는 건 너무 고립적이라는 생각이 들었고, 음악은 조금 전문적으로 파고들면 듣기가 까다로웠다. 가끔 동료들과 테니스를 쳤지만 재미를 느끼지 못했고, 아직 골프를 칠 정도로 여유로운 처지는 아니었다.

카페 '안단테'를 알게 된 건 내가 소속되어 있는 신변안전팀의 황낙주 주임 때문이었다. 51세의 황 주임은 팀장으로의 승진에 실패하면서 자신보다 여덟 살이나 아래고 근무 경력도 6년이나 아래인 43세의 이현도 팀장 지휘를 받게 된 입장에 처해 있었다. 대부분 그런 입장이 되면 사퇴를 하는 게 관례였지만 개인적인 어려움이라도 있어서인지 그는 아무 일 없었다는 듯이 계속 근무를 했다. 처음에는 불편한 상황이 초래되지 않을까 모두가 염려했으나 황 주임은 특유의 유화적인 모습으로 새로운 상황에 잘 적응해 나갔고 이현도 팀장도 별다른 부담을 느끼지 않는 듯했다. 고위층에서도 그에게 사퇴를 종용하지 않았던 것으로 보아 비록 팀장으로 승진시키지는 않았지만 조직에 누가 되는 인물은 아니라는 판단을 내린 듯했다.

"윤 요원, 술 못하지?"

탈북한 전직 북한대사관 주재원과 면담을 하고 돌아오는 차 안에서 운전대를 잡은 황 주임이 보조석에 앉은 내 안색을 힐끗 살피며 물었다. 비가 간간이 내리는 날이었던 것으로 기억한다. 와이퍼가 잊을만 하면 한 번씩 차창의 빗물을 쓸어내고 있었다. 황 주임과는 전혀 불편한 게 없는 관계였지만 사적으로 교류할 만큼 친분이 있지도 않았다.

나는 웃으며 대답했다.

"잘 못합니다. 황 주임님, 술 드시고 싶으신가 보죠?"

"날씨 탓인지……"

그냥 말상대가 필요한 것이 이유라면 마다하지 않아도 괜찮을 것 같았다. 승진 누락 때문에 내심 측은지심이 들기도 했다.

"술은 잘 못하지만, 말상대는 해드릴 수 있습니다."

"아니야. 술은 그만 두고……차나 한 잔 하고 갈까?"

"그것도 괜찮고요."

"내가 좀 아는 곳이 한 군데 있어. 그리로 가지."

황 주임이 나를 데려간 곳은 내곡동에 있는 카페였다. 비교적 부촌에 위치한 그 카페는 고급 주택가 골목 내에 자리 잡고 있었다. '안단테'라는 카페 이름이 영문 필기체로 유리문에 쓰여져 있었다.

황 주임이 내게 특별한 용건이 있는 건 아니었다. 단지 그는 내게 호감을 느껴 국정원 선배로서의 경험담을 들려주고 싶었을 뿐이었다. 인맥 형성까지는 아니더라도, 앞으로 자신과 상부상조하며 잘 지내자는 것이 그의 입장인 듯했다. 동기들과도 사적으로 만나본 적이 없는 내게 황 주임의 그러한 태도가 퍽 인간적으로 다가왔다. 50이 넘은 나이라면 자기 사람을 만들려는 치졸한 계략이 있는 것도 아닐 것이었다. 국정원 직원이 된 지 1년이 조금 지난 시점이었지만 나는 아직도 긴장 상태에 놓여 있었다. 그런 까닭에 황 주임의 별 사심 없는 호의는 무척 반갑고 고마웠다.

카페는 테이블이 열 개도 되지 않는 소규모였다. 한쪽 벽면은 대형 책장이 서 있었고, 그곳에는 책이 가득 꽂혀 있었다. 이례적인 것은 손님들 대부분이 솔로였다는 것이다. 마치 솔로들만을 위한 공간을 구현하려는 것이 카페 주인의 의도라도 되는 듯이 서양식의 긴 테이블이 길게 늘어져 있었고, 일반 테이블에도 의자가 두 개밖에 없었으며, 테이블의 크기도 무척 작았다. 손님들 대부분은 책을 읽고 있었고, 몇 명은 노트북으로 무언가 작업을 하는 중이었다.

내가 카페 분위기에 흥미를 보이는 듯하자 황 주임이 설명했다.

"혼자 쉬기 좋은 곳이야. 우리나라에서는 혼자 카페나 바에 가는 경우가 드물잖아. 그런데 이곳은 혼자 있어도 전혀 이상하지 않아. 가끔 술 한잔 걸치고 그냥 집에 들어가기 싫을 때 여기 와서 음악을 들으며 차 한 잔을 마시고는 해."

황 주임의 말대로 집단주의가 강한 한국에서 혼자 술을 마시거나 영화를 보는 건 아주 예외적인 경우였다. 황 주임 역시 국정원 직원이 아니었다면 이런 곳을 혼자 찾는 일은 없었을지 모른다. 사회적으로 단절된 인간관계를 해야 하는 국정원 직원이기에 가능한 기호였다.

황 주임으로부터 조언 몇 마디를 더 듣고 일어서려는데, 카페 마담이 다가왔다.

"황 사장님, 오늘따라 유난히 젊어보이세요. 요새 연애하시나 봐. 호호호."

30대 중반으로 보였고, 카페 마담이라는 선입견 때문인지 이혼했거나 독신일 것 같았다. 하지만 어딘가 고고한 분위기가 풍겼고, 이런 식의 독창적인 카페를 운영할 정도라면 나름의 주관도 지니고 살아갈 것 같다는 생각도 들었다.

황 주임이 댓꾸했다.

"연애라니? 안 마담이 상대를 안 해주는데 누구하고 연애를 한단 말야? 난 오직 안 마담만 바라보는 해바라기라고."

"호호호, 데이트 신청 한 번 안 하신 분이 해바라기라니요. 난 황 사장님이라면 언제나 오케이라는 거 모르세요? 호호호."

"정말이지? 난 상처 받을까봐 자제했던 건데, 그렇다면 조만간 용기를 내야겠군."

"기대하고 있을게요. 호호호."

안 마담의 유쾌한 웃음소리를 들으며 황 주임과 나는 안단테를 나섰다. 가랑비가 내리고 있었다. 우산이 없기도 했지만, 그냥 맞아도 좋을 정도로 가늘게 내리는 비였다. 나는 자동차 쪽으로 걸어가며 몇 번이나 고개를 돌려서 안단테를 쳐다보았다. 혼자 차를 마시며 시간을 보내도 어색하지 않다는 것이 나의 관심을 끌었다.

에스프레소와 아메리카노

　　　　　　　　　　　카페 안단테에서 시간을 보내
는 것도 좋은 취미가 될 수 있다고 생각했지만 그것을 곧장 실
천하게 되지는 않았다. 역시 어색했다. 그리고 보니 나 자신이 그
동안 살아오면서 스스로의 의지로 선택한 것이 상당히 드물었
다. 유년기에는 부모님의 지시대로 살았고 청소년기에는 친구들
과 함께 무언가를 했으며, 대학에서는 유행에 따라서, 그리고 국
정원에 입사한 이후에는 조직의 지시에 복종했다. 영화나 연극을
혼자 본 적도 없을 뿐더러, 혼자 공원 산책을 하는 일도 드물었
다. 카페나 커피전문점이라면 당연히 여자친구와 함께 가는 것이
라는 평균적인 생각을 해왔던 내게 안단테에서 혼자 시간을 보
내고 싶다는 욕구가 생긴 것 자체가 기이한 일이었다.

　그러다가 내 일상을 송두리째 정지시키는 일이 발생했다. 내가
담당하고 있던 탈북 인사 가운데 한 명인 조영철이 북으로의 재
탈출을 시도하다가 붙잡힌 것이다. 그는 경찰을 따돌리고 인천

에서 북으로의 탈출을 위해 중국으로 밀항을 시도하다가 수상하게 여긴 어선 선장의 신고로 체포되었다.

눈앞이 캄캄해졌다. 그 며칠 전 그와 통상적인 통화를 나눈 적이 있는 나는, 보고서에 '이상 징후 없음'이라고 적어서 상부에 제출을 했었다. 물론 내가 임무를 태만히 했던 것은 아니었다. 그날의 통화에서 조영철은 북한음식 전문체인점을 하고 싶다며 내게 그 문제에 관해 조사해 줄 것을 부탁했었다. 그것이 자신의 탈출을 위장하기 위한 사기극이었는지는 알 수 없는 일이지만, 나로서는 그의 탈출 계획을 눈치챌 재간이 없었다.

인천 경찰청에 수용되어 있는 그를 만나러 가는 차 안에서 나는 어쩌면 이것으로 국정원 생활이 마감될 수 있다는 극단적인 생각에 사로잡혔다. 밤의 경인고속도로를 어떻게 달렸는지 전혀 기억할 수 없을 정도로 나는 경직된 채 인천 경찰청에 도착했다.

새벽 2시였다. 인천 경찰청 특수부 조사실에 앉아 있던 조영철은 고개를 숙이고 있다가 내가 들어서자 고개를 들었다. 물론 일상 업무이기는 했지만, 평소 그의 사적인 어려움을 해결해 주려고 노력했던 나는 인간적인 배신감마저 느꼈다. 만일 그가 이중 간첩이었다면 나를 비롯한 국정원 전체가 그에게 농락당한 것이었다. 나뿐 아니라, 국정원 간부들의 신변도 위험해질 수 있었다.

국정원 입사 1년이 조금 지났을 무렵의 내게는 과중한 사태였지만, 어떻게든 최선의 수습을 해야 했다. 그러자면 우선 진상부터 정확히 조사하는 것이 1차 과제였다. 나는 그의 건너편에 마주앉아서 최대한 편안한 어조로 입을 열었다.

"저는 조 선생님을 믿습니다. 어떤 계기가 있었던 건지는 모르겠지만 저에게는 사실대로 이야기해 주셔야 합니다. 만일 이 자리에서 조금이라도 거짓말을 한다면 정말로 위험해질 수 있습니다."

"윤 선생에게는 면목이 없습네다."

조영철은 금방이라도 눈물을 쏟을 것처럼 일그러진 얼굴로 대답했다. 그 순간 안도감이 생긴 건 사실이었다. 만일 진짜 이중간첩이었다면 이 극단적인 상황에서 저처럼 인간적인 면모를 드러내지는 않을 것이라는 생각이 들었다.

"자, 어떻게 된 건지 사실대로 말씀해 주십시오."

"내래 북에서는 대학에서 교수로 일하던 몸 아니었습네까. 그럼에도 남으로 내려온 건 더 행복하게 살려는 생각 때문었습네다."

"그렇겠지요."

나는 그가 어떤 말을 하고 싶은 건지 짐작하며 고개를 끄덕였다. 조영철은 북한 거주 시 김책공업대학의 기계과 교수였다. 중국 방문 도중 한국대사관을 통해 탈북한 그는 북한의 엘리트 출신이라는 이유 때문에 한국 정부에서도 각별히 신경을 써 주었다. 하지만 정부의 도움에는 한계가 있었고 현실은 냉엄했다. 그는 한국에서도 대학 강단에 서고 싶어 했지만, 그가 가진 지식을 필요로 하는 대학은 없었다. 그의 지식은 우리나라의 60년대 수준이었다. 자존심도 상했겠지만, 그보다 생존 자체가 더 문제였다. 정부의 보조금으로는 일용직 노동자 수준의 삶도 유지하기가 어려웠을 것이다. 최근 북한음식 전문체인점이라도 열어보려고 했던 것은 지금 생각하면 막다른 골목에 이른 자의 몸부림 같은 것이었으리라.

"난 북한에서와 같은 대우를 바랐던 건 아닙네다. 작은 지방 대학의 강단에라도 서고 싶었는데……. 아무리 남북한의 기술 격차가 크기로서니 목숨을 걸고 남으로 온 동포에게 그 정도 아량도 베풀지 못한단 말입네까."

조영철의 눈에 그렁그렁 눈물이 맺혔다. 대부분의 탈북자들은 남한으로 가면 전혀 다른 삶이 기다리고 있을 것이라는 기대를 품고 사선을 넘는다. 하지만 이곳은 이곳대로의 치열함이 존재하는 곳이었다. 보통의 주민들이야 막노동을 하면서라도 남한의 삶에 적응하겠지만, 엘리트 출신들의 입장은 달랐다. 어디에서도 자신들의 지적 재산을 활용할 수 없다는 걸 알고는 좌절감에 휩싸이는 경우가 많았다. 북한에서 김일성의 총애를 받았던 한 탈북 여배우는 남한으로 와서 요구르트 배달을 하며 살다가 삶의 고달픔과 자존심 손상을 견디지 못해 자살을 기도한 예도 있었다.

"홧김에 다시 북한으로 가서 남한의 비정함을 폭로하고 싶었습네다."

"언제부터 계획했던 일입니까?"

"계획이라니요? 방금 홧김에 벌인 일이라고 하지 않았습네까.

몇 군데 알아보니 중국으로 가는 건 어렵지 않은 일입디다. 일단 중국으로 가서 북으로 가는 방법을 모색해볼 생각이었습네다."

정황이 충분히 이해되었고, 이 마당에 거짓말을 할 이유도 없었다. 또 그가 북으로 가면 위험해질 만한 고급 정보를 지닌 것도 아니었다. 몇 가지 추가 질문을 통해 충동적인 행동임을 확신한 나는 이현도 팀장에게 사실대로 보고를 했다. 정치적으로 확대될 가능성이 사라지자 이 팀장도 안심하는 듯했다.

국정원 고위층의 지시로 사건이 언론에 공개되었다. 북으로의 재탈출이 이례적이었기 때문에 비교적 큰 사건으로 기사화됐지만, 국정원이나 경찰의 책임을 지적하는 기사는 드물었다.

그래도 재탈출을 전혀 예상하지 못한 건 실무자인 내가 책임져야 할 일이었다. 조영철 사건이 마무리된 후 나는 이 팀장에게 사표를 제출했다. 이 팀장은 그 자리에서 사표를 반려했다.

"자네가 책임질 일은 아니야. 국정원 차원에서 탈북 엘리트들에 대한 관리시스템을 새롭게 모색하는 계기가 될 거야."

이 팀장은 사표를 돌려주며 내 어깨를 가볍게 두드렸다. 그 순간 그동안의 긴장이 한꺼번에 풀어지는 듯했다.

당사자인 조영철은 국가보안법에 의해 법정에 서게 됐지만 정상이 참작되어 형을 선고받지는 않았다. 이 사건 이후 탈북 엘리트들에 대한 처우를 개선하는 문제가 정부 차원에서 논의되고, 체계화되었다.

아마도 카페 안단테를 다시 찾은 건 그 무렵이었을 것이다. 힘

든 사건을 하나 겪어보니 심적으로 상당히 성숙해진 느낌이 들었고, 나이도 서른 줄로 접어들었다. 아직 적당한 취미를 찾지 못한 나는 근무 외 시간을 공허하게 소비하고 있었다. 안단테를 다시 찾은 건 미리 계획했던 것이 아닌 충동에 의한 것이었다. 어느 날 집으로 향하는 자동차 안에서 무작정 그곳을 찾아보고 싶어졌고, 실천했다.

가을이었다. 거리를 가득 덮은 은행잎을 밟으며 나는 안단테 앞에 섰다. 지난번에 처음 찾았을 때보다는 한산했다. 서너 명 정도의 손님들이 흩어 앉아서 책을 읽거나 노트북을 두드리고 있었다. 다소 서늘한 날씨여서 그런지 카페 안의 풍경이 유달리 안온해 보였다.

조금 긴장해서 유리문을 밀고 들어갔지만 내게 눈길을 주는 사람은 없었다. 나는 의자가 두 개밖에 없는 작은 테이블 앞에 앉았다. 안 마담은 카운터 너머에 앉아서 잡지를 넘겨보고 있었다. 옆모습만 보여서인지 지난번의 얼굴을 기억하기는 어려웠다. 여대생으로 짐작되는 여종업원이 걸어왔다.

"주문하시겠어요?"

나는 수첩 모양으로 작게 만들어진 메뉴판을 열어보았다. 여느 곳과 마찬가지로 여러 가지 종류의 커피가 첫 장의 맨 위에 나열되어 있었다. 그런데 다른 카페와 비교해서 커피의 메뉴가 훨씬 다양했다. 에스프레소·모카치노·모카쿨러·카푸치노·카페라떼·아메리카노·콘판냐·비엔나·아이리쉬·터키쉬·카페로얄 등의 메뉴

외에도 아이스 커피 목록이 따로 있었다. 그중 한두 가지는 눈에 익었지만 나머지는 생소했다.

나는 메뉴판에 시선을 두고 여종업원에게 말했다.

"커피 메뉴가 많군요."

"저희 사장님이 바리스타 출신이어서요."

여종업원이 밝은 목소리로 대답했다. 바리스타라는 직업이 커피와 차에 대한 전문가를 뜻한다는 건 누군가에게 들은 적이 있었다. 고급 직종이어서 상당히 좋은 대우를 받는다는 것도 알고 있었다. 사장은 안 마담을 지칭할 것이었다. 역시 그녀는 내 짐작대로 평범한 카페 주인이 아니었다.

나는 아메리카노를 주문했다. 커피전문점이나 카페에서 늘 주문하는 메뉴였다. 그것을 좋아해서라기보다는 익숙했기 때문이었다. 따로 더 첨가하는 것 없이 바로 마시기 때문에 번거롭지 않았고, 사무실 같은 곳에서 부탁을 할 때도 상대방에게 부담을 주지 않는 장점이 있었다.

나는 양 팔꿈치를 테이블 위에 기대고 카페 안을 둘러보았다. 나를 제외하면 네 명의 손님이 더 있었는데, 그중 둘은 커플이었고, 나머지는 솔로였다. 한 명은 10인치의 작은 노트북으로 무슨 작업을 하는 중이었고, 나머지는 책을 읽고 있었다. 커플들도 대화는 전혀 나누지 않고 각각 책만 읽었다.

나 역시 책을 읽고 싶었지만, 이런 식의 분위기에 아직 익숙하지 않아서 집중이 어려울 것 같았다. 다행히 잡지 여러 권이 진열

되어 있는 게 눈에 들어왔다. 나는 영화잡지인 〈씨네21〉과 〈프리미어〉를 선택해서 자리로 돌아왔다. 기사는 건성으로 읽고 화려한 화보만 살펴보고 있는데, 여자 목소리가 등 뒤에서 들려왔다.

"황 사장님과 함께 오신 적 있죠?"

안 마담이 등 뒤에서 허리를 조금 구부린 상태로 나를 향해 웃고 있었다.

"아 네."

"앉아도 될까요?"

"물론이죠."

안 마담은 다소곳한 자세로 내 건너편 의자에 앉았다. 키가 다소 작은 편이었고 체구도 작아서 전체적으로 아담해 보였다. 예쁜 얼굴이었지만 남들이 모르는 사연도 제법 있을 것 같은 느낌을 주었다. 나이를 짐작하기는 어려웠지만 나보다 연상인 것은 확실해 보였다.

"황 사장님은 잘 지내시죠? 요새 통 안 오셔서."

"잘 지내고 계십니다. 아마 요새 회사 일이 바빠서 그러실 겁니다."

"그런데 어떻게 이곳에 혼자 오실 생각을 하셨어요? 솔로들의 쉼터를 만들려는 게 저희 카페의 취지기는 하지만, 처음 찾아오기란 쉽지 않으셨을 텐데요."

"지난번에 황 사장님과 왔을 때 좋았던 기억이 있어서요. 아직 미혼이고 애인도 없는 제게는 안성맞춤의 카페입니다."

"애인 없으세요? 핸섬하고 매너가 좋아서 여자들이 줄을 설 것 같은데."

"글쎄요. 어딘가 내가 안 보는 곳에서 줄을 선 모양이죠, 하하."

"그러게요, 호호호."

안 마담은 상대방을 편하고 자유롭게 만드는 기술을 가진 듯 싶었다. 몇 마디 나누지 않았지만 자연스럽게 격의가 없어졌다.

여종업원이 주문한 커피를 가지고 왔다. 고동색의 아메리카노에서 김이 모락모락 피어올랐다. 내가 커피잔을 입으로 가져가서 한 모금 삼키자 안 마담이 말했다.

"아메리카노는 어정쩡한 미국 사람들의 기질을 잘 반영해 주는 커피예요."

"그래요?"

"이탈리아인이 즐겨 먹는 진한 에스프레소에 물을 부어서 희석시킨 것이 아메리카노이니까요. 아메리카 커피라고 부르지 않고 아메리카노라고 부르게 된 이유가 바로 이탈리아인이 미국식 커피를 비꼬아서 부른 것에서 연유된 것이거든요."

그다지 신선한 화제는 아니었지만 처음 마주 앉은 상대와의 대화거리로는 적절하게 가벼웠다. 나도 응대를 했다.

"커피 이야기는 잘 모르지만, 이탈리아인 입장에서는 미국인이 싱거워 보일 수도 있겠군요. 그런데 저도 아직은 에스프레소를 즐기기는 어렵더군요."

"이해해요. 보통 처음 커피를 즐기는 순서는 달콤한 모카커피

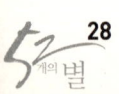

로 시작해서 카페라떼, 카푸치노, 아메리카노, 그리고 마지막으로 가장 쓴맛이 나는 에스프레소를 찾게 되지요. 커피 파는 일이 직업인 저도 하루에 몇 잔의 에스프레소를 마시면 그 쓴맛에 머리가 띵해져요."

보통 커피전문점의 첫 번째 메뉴에는 에스프레소가 적혀 있다. 제조 공정이 단순하고 부재료가 없는 탓인지 가격이 가장 저렴하기 때문이다. 커피를 잘 모르는 사람이 에스프레소를 주문했다가 지독하게 쓴맛 때문에 당황하는 경우가 더러 있었다. 물론 나도 그런 경험이 있고. 그래서 손님이 에스프레소를 주문하면 원액의 쓴 커피라고 설명해 주는 친절한 커피전문점도 많아졌다. 그건 그렇고 아메리카노가 에스프레소를 희석시킨 커피라는 건 안 마담으로부터 처음 들은 사실이었다.

안 마담이 말했다.

"커피 이야기 조금 더 해도 괜찮을까요?"

"물론입니다."

"대부분의 한국 사람들은 커피의 참맛을 모르는 경향이 있어요. 당연한 일이에요. 미각의 만족을 추구할 만큼 경제적으로 풍족하지 못했으니까요. 그럼에도 평생 커피 본래의 맛을 느껴보지 못한다는 건 불행한 일이에요."

"실은 저도 커피의 참맛을 모릅니다."

"누구나 처음에는 그렇죠. 된장찌개를 외국인이 좋아하겠어요? 그저 한국의 대표 음식 가운데 하나니까 좋다고 의례적인 칭찬을 하는 것이겠지요. 하지만 한국인은 된장찌개의 참맛을 완전히 이해하고 있잖아요. 그걸 어떻게 설명하겠어요? 커피도 마찬가지에요. 커피의 깊은 맛을 이해하기 시작하면 매료되지 않을 수 없는 거예요."

쉬운 설명이었기 때문에 머리로는 쉽게 이해가 되었다. 하지만 커피의 맛이라는 건 설명을 들어서 이해할 수 있는 것이 아니었다.

내가 말했다.

"내가 감각이 좀 둔한 편이라서 평생 커피의 맛을 느껴보지 못할 수도 있겠다는 생각이 드는군요."

"그건 입시 공부처럼 노력한다고 되는 게 아니죠. 그리고 그쪽은 그렇게 둔해 보이지는 않는데요?"

그렇게 말하는 안 마담의 눈빛은 나를 어느 정도 읽고 있다는 느낌이 들게 했다. 내가 생각해도 내가 그리 둔한 편이 아닌 건 사실이었다. 단지 월등하게 남들을 앞설 만큼 예민하지 않기 때문에 미리 둔하다고 전제를 하는 것이었다. 둔한 사람으로 평가받으면 어느 정도의 사소한 실수는 용서받을 수 있었다.

대학교 2학년 때 처음이자 마지막으로 연애를 한 적이 있었다. 나와 동갑이었고, 같은 학교 같은 과였던 그녀는 끊임없이 말로 표현하지 않는 자신의 감정을 이해해 달라고 요구했다. 처음에는 나도 노력을 했지만 시간이 갈수록 힘겨워졌고, 그래서 아예 둔한 사람이 되기로 작정을 했다. 그녀가 무엇을 원하는지 누구보다 잘 알았지만, 나는 아무것도 모르는 사람 행세를 했다. 그녀

는 결국 떠났고, 나는 그 후 두 번 다시 연애를 시도하지 않았다.

하지만 커피는 연애와 다르다. 커피가 질투를 하거나 불만을 터트리는 일은 없을 것이다. 커피에 빠져들어도 내 삶은 변하지 않는다.

안 마담의 배웅을 받으며 안단테를 나서자 휑한 가을바람이 코트 속으로 스며들었다. 안 마담과의 대화 탓인지, 입 안에서 커피의 여운이 맴돌았다. 모처럼 공허하지 않은 휴식시간을 가져서인지 포만감도 느껴졌다. 다음에 안단테를 방문할 때는 훨씬 가벼운 마음일 것 같았고, 그것만으로도 큰 소득이었다.

첫 경험

커피는 7세기 무렵 아프리카 에티오피아의 아비시니아 고원에서 양치기 소년 칼디Kaldi에 의해 우연히 발견되었다. 어느 날 칼디는 자신의 양들이 정체불명의 나무 열매를 먹고 흥분하여 뛰어다니는 것을 보고 자신도 먹어 보았다. 그러자 놀랍게도 머리가 맑아지고 신체도 가벼워지는 것을 느꼈다. 칼디의 경험이 수도승들에게 알려지면서 커피는 이슬람 수도원에서 수행을 도와주는 특별한 음식으로 여겨지기 시작했다.

12세기 접어들어서 커피는 아라비아 반도로 전해졌다. 주로 이슬람 교도들이 애음했는데, 아마도 술을 금지한 이슬람교도가 술 대신 커피를 즐겨 마시게 되었을 것으로 추정하고 있다. 아라비아와 아프리카를 여행하던 유럽인들이 커피의 맛에 도취되어 귀국할 때 소량의 커피를 선물 받아오면서 점차 유럽 전 지역으로 퍼지기 시작했다. 17세기의 유럽에서는 커피가 가장 중요한 무

역 거래 품목 가운데 하나가 되었다.

프랑스의 소설가 발자크는 커피를 사랑한 대표적인 예술가였다. 원고 집필과 커피는 항상 함께한 동반자였다고 그는 자서전에 기록해 놓았다. 어느 통계학자는 발자크가 평생 마신 커피를 모두 합치면 50,000잔은 될 것이라고 추정하고 있다.

그 외 독일의 작곡가 바흐는 커피를 소재로 한 '카페 칸타타 Kaffee Kantate'를 발표할 정도로 커피 애호가였고, 베토벤과 브람스 역시 커피를 사랑한 예술가였으며, 칸트에서 샤르트르에 이르기까지 대부분의 철학자들도 커피를 애음했다고 한다.

커피는 고급 사교장인 카페의 탄생으로 이어졌다. 터키의 이스탄불에서 시작된 카페 문화는 점차 유럽 전 지역으로 확산되어 17세기 후반 인구 60만 명의 영국에서 카페가 3,000개나 만들어졌다는 기록이 남아 있다. 유럽의 카페는 정보매체가 없는 시대에 정보를 교환하고 새로운 거래를 시작하는 현실적인 공간으로 널리 인기를 끌었다. 프랑스 혁명, 산업 혁명, 미국 독립운동 등을 거치면서 카페는 사상과 정치를 토론하는 정치적인 공간의 역할도 했다.

이상의 커피에 대한 정보는 안 마담의 설명을 정리한 것이다. 훨씬 장황하고 때로 전문적인 내용도 있었지만 내가 이 글을 쓰는 이유가 커피에 대한 정보를 전달하는 것이 아니므로 생략한다.

중요한 것은 커피가 어느 기호품보다 빠르고 광범위하게 대중들을 사로잡았다는 사실이었다. 커피에는 인간의 미각을 사로잡는 그 무엇이 존재한다는 말이다. 그럼에도 나는 아직 커피의 참맛을 모르고 있었다. 두 번째 방문 이후 여러 차례 안단테를 찾아가서 여러 종류의 커피를 마셨지만 커피의 참맛을 찾아내기란 쉽지 않았다.

그러던 어느 날 섬광처럼 무언가를 발견했다. 그것은 전율처럼 다가왔다. 그날 나는 잡무를 처리하느라 9시 넘어 퇴근해서 안단테에 자리를 잡았다. 겨울의 한복판이었기 때문에 세찬 겨울바람이 카페의 유리창을 흔들기도 하는, 그런 날이었다.

안 마담은 메뉴에 포함되지 않은 비엔나 커피를 만들어 주겠다고 제안했고, 나는 흔쾌히 응했다. 당연히 커피의 기원이 오스트리아의 비엔나에서 시작되었을 것으로 예상했으나, 정작 오스트리아에서는 비엔나 커피라는 메뉴가 없다고 한다. 단지 낙농업 국가인 오스트리아에서 고품질의 생크림을 커피에 얹은 것을 보고 그대로 흉내 내어 만든 후 비엔나 커피라는 명칭을 붙였을 뿐이라고, 안 마담이 설명했다.

나는 안 마담이 내놓은 커피잔을 들고 여느 때처럼 한 모금 삼킨 후 창밖으로 시선을 돌렸다. 길 건너에는 고급 빌라가 서 있었다. 굳게 잠긴 유리문 앞에서 새끼고양이 한 마리가 주위를 둘러보고 있었다. 빌라 입구 오른쪽에는 분양을 알리는 부동산 광고 깃발이 겨울바람에 펄럭거렸다.

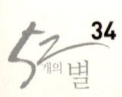

그 풍경들을 무심코 바라보며 두 번째로 커피잔을 입에 가져가는 순간 독특한 향기가 콧속으로 스며들어서 전신에 퍼지기 시작했다. 그것은 마치 강한 마취주사를 맞고 정신을 잃어가는 순간과 비교될 정도로 강렬한 향취였다. 어째서 그것을 이제까지 한 번도 경험해 보지 못했는지 모를 일이었다.

"왜 그래요?"

내 표정이 변한 것을 눈치챈 안 마담이 의아한 얼굴로 물어왔다. 나는 제대로 대답을 못하고 머뭇거렸다.

"커피가……."

"커피가 왜요?"

"방금 이 커피에서 독특한 향기를 맡았어요."

안 마담은 웃음을 터트렸다.

"정말 둔한가보군요. 처음 커피의 향기를 느끼셨다니."

나는 다시 한 번 커피잔을 입으로 가져갔다. 기이하게도 한 번 체험하자 마치 훈련된 셰퍼드처럼 내 후각은 예리하게 그 향기를 더듬어갔다. 처음 느꼈을 때만큼은 아니었지만 역시 독특한 향기가 맡아지고 있었다.

그날 나는 깨달았다. 흔히 커피의 맛이라고 부르는 것은 향기와 함께 오는 것이라는 것을. 그것은 자판기 커피나 싸구려 커피 전문점에서는 경험해 볼 수 없는 것이었다. 적당히 숙성된 원두를 숙련된 전문가가 제조해야만 향기가 살아난다. 그것은 커피콩이 자라고 있는 원시 밀림의 향기였다.

물론 그것으로 내 미각이 갑자기 커피의 모든 것을 이해하도록 변한 건 아니었다. 단지 그 입구로 들어섰을 뿐이었다. 무엇엔가 중독된다는 것은 쾌락의 경험을 몸이 요구하기 때문이라고 어디선가 읽은 적이 있다. 커피의 향기도 쾌락의 한 형태일 수 있다는 것을 처음 알았다. 커피향이 콧속으로 스며드는 그 순간이 계속 떠올랐고, 그만큼 내가 안단테를 찾는 횟수가 잦아졌다.

업무상 의례적인 커피를 마실 때도 후각에 집중해서 향기를 살폈고, 그것으로 좋은 커피와 나쁜 커피를 구별할 수 있었다. 길을 가다가도 눈에 띄는 카페가 있으면 혼자 들어가서 커피 한 잔을 음미하는 일도 이제는 자연스러워졌다.

에스프레소도 향기를 음미하며 마시면 단지 쓴 커피만은 아니라는 걸 알았다. 좋은 커피를 마시면 몇 분 내에 머리가 맑아지는 것도 피부로 체험했다.

가장 맛있는 커피는 역시 안 마담이 만들어 주는 커피였다. 어쩌면 그녀로부터 커피의 참맛을 배워서인지도 모르겠지만, 그녀의 커피를 마시면 업무에서 오는 스트레스가 풀리고 발걸음이 가벼워졌다.

안단테를 자주 찾는 이유는 커피 말고도 또 있었다. 몇 번이나 이야기했던 대로 그곳에서는 혼자 몇 시간을 보내도 불편하지 않았다. 어쩌다 커플들이나 친구들이 들어와서 수다를 떨면 오히려 눈총을 받는 분위기였다.

나는 커피를 음미하며 책을 읽거나 음악을 들었고, 조금 심심

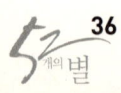

해진다 싶으면 안 마담에게 말을 걸었다. 그녀가 언제나 반기는 건 아니었다. 손님이 많아서 바쁠 때는 상대도 해주지 않았다. 하지만 그래서 더 부담이 없었다. 내가 모든 사람의 기분을 배려해 주어야 하는 것도 스트레스지만, 다른 사람이 나만을 배려해 주는 것도 피하고 싶은 일이었다.

솔로들 위주로 만든 특별한 카페지만, 그곳도 여느 곳처럼 사람 사는 곳의 일상이 있었다. 몇 명의 손님과는 얼굴을 익혔지만, 굳이 말을 붙이지는 않았다. 그냥 반갑다는 무언의 신호만을 주고받았다.

느닷없는 결혼

1999년은 여러 가지로 특별한 해였다. 그해 연말 국정원장이 교체되었다. 전임 국정원장은 대선 자금과 관련된 발언 파문으로 사직했고, 대통령의 최측근으로 알려진 인물이 그 자리를 차지했다.

국정원 직원들은 지위고하를 막론하고 불안에 떨었다. 정권 교체가 되면서 대대적인 물갈이가 있었던 1997년이 상기되었기 때문이다. 아직도 여권 내부에서는 국정원 내에 수구세력의 잔당이 남아 있다고 의심하는 사람들이 더러 있었다. 그러나 내가 아는 범위에서 이야기하자면 그러한 콤플렉스 때문에 국정원 직원들은 더욱 청와대의 의중에 충실하려고 노력했다. 훗날 '국정원 도청 사건'이 터진 것은 민주화 투쟁의 주역인 현 대통령에게 충성심을 보여주어야 한다는 지나친 강박관념의 결과였다.

국정원 강당에서 열린 국정원장 취임식에서 국정원장은 정치활동에 간여하지 말 것을 몇 번이나 강조했다. 정치활동 간여금지는 사실 우리 모두가 바라는 사항이었다. 그러나 국정원 직원도 사람인 이상 권력에 의존하려는 성향은 어쩔 수 없는 것이었다. 연줄에 의해 승진이 좌우되는 현실은 그대로 둔 채 정치활동 간여금지라는 원칙만 강요하는 것은 공허한 일이었다.

다행히 정치적인 의미의 물갈이는 없었고, 다만 조직 개편에 의해 몇 명이 조용히 국정원을 떠났다. 우리 팀에서는 황 주임이 퇴직했다. 예견된 일이었지만 적지 않은 나이임에도 궂은 일을 마다하지 않고 노력하던 모습을 보여준 사람이어서 모두가 속으로 가슴 아파했다.

국정원장이 남북관계 전문가여서 그 부분에서 일정한 역할을 맡을 수 있다는 것은 국정원 직원이 아니더라도 예측할 수 있는 일이었다. 하지만 그때 실제로 어떤 움직임이 있었는지는 나도 알 수가 없었다. 국정원 조직은 철저히 세분화되어 타 부서의 정보를 전혀 알 수 없는 특징이 있었다.

그해 초에 나는 결혼했다. 결혼은 인생의 가장 중요한 사건이지만, 나는 너무나 쉽게 풀렸다. 카페 안단테에 자주 오는 여자가 있었는데, 어느 날 그녀가 내게 말을 걸었다.

"실례지만, 이곳 주인하고 사귀시나요?"

나는 어이없는 얼굴로 대답했다.

"아니요. 왜요?"

"그럼 됐어요."

그리고 그녀는 자신의 전화번호를 남기고 내 번호를 물었다.

나도 그녀가 싫지 않았기 때문에 전화번호를 적어 주었다. 전화를 걸까말까 망설이느라 며칠을 보내는 도중 그녀로부터 먼저 전화가 걸려왔다.

"내가 좋아하는 타입이더라고요. 혹시나 해서 말씀드리지만, 내 쪽에서 이렇게 적극적인 건 처음이에요."

"나도 누군가로부터 이렇게 호의를 받는 건 처음입니다."

"혹시 직업이 공무원 아니세요?"

순간 뜨끔했다. 그녀와 미래가 결정된 것도 아닌데 직업을 밝힐 수는 없는 일이었다. 설령 결혼을 약속했다고 하더라도 함부로 내 직업을 밝힐 수는 없었다. 하지만 공무원이라는 것 정도는 이야기해줘도 상관없을 것 같았다.

"공무원 맞습니다."

"그런 것 같았어요."

직업을 맞힌 건 그리 기이한 일이 아니었다. 공무원 생활을 몇 년 하면 누구나 공무원 분위기가 풍기게 된다. 국정원 직원도 예외는 아니어서 상당수의 사람들이 혹시 공무원이 아니냐고 물어보고는 했다.

그녀와의 첫 번째 데이트는 그녀가 사는 일산에서 이루어졌다. 그녀도 나도 안단테의 단골이었기 때문에 그곳에서 만나는 게 자연스러웠겠지만, 그녀가 그곳만은 피하자고 했기 때문에 어쩔 수 없었다.

나는 약속장소인 커피빈에 10분 정도 먼저 도착해서 모카커피

를 마셨다. 커피빈이나 스타벅스 매장에서 취급하는 커피를 최상급 커피콩을 원료로 사용하는 스페셜티 커피specialty coffee라고 부른다. 처음에는 소량 생산하여 그만큼의 희소성이 있었지만 매장 수가 급격하게 늘고 매출이 증가하면서 맛이 획일화되었다는 평가를 받고 있었다. 커피빈의 경우 스타벅스의 아류쯤으로 여기는 사람들이 많지만 사실은 설립년도가 1963년으로 스타벅스보다 10년은 앞서 있었다.

그녀는 약속시간에 맞춰서 들어왔다. 미색 코트를 입었고, 바비인형이 잘하는 웨이브 머리를 하고 있었다. 평범한 얼굴이었는데, 그래서 더 끌렸다. 요새는 평범한 사람을 찾기가 어렵다.

"커피 좋아하십니까?"

질문을 해놓고도 나 자신에게 약간 화가 났다. 요새 나의 관심사항이 커피라서 그랬겠지만 첫 번째 데이트 상대와 커피 이야기나 나누다가 헤어지는 분위기를 조장하는 것은 그리 좋은 선택이 아니라는 생각이 들었다.

"그냥 보통으로."

다행히 그녀는 어깨를 으슥해 보이는 것으로 가볍게 받아 넘겼다.

그 후 첫 번째 데이트를 하는 남녀가 주로 나누는 평범한 대화들이 오갔다. 집안이라거나 직업이라거나. 그녀의 나이는 스물여섯이었고 집안은 중산층 정도였다. 아버지가 육군 대령이었고 어머니는 부업으로 부동산 거래를 조금 한다고 했다. 나 역시 시

골 면사무소에 근무하다가 퇴직한 아버지 이야기와 읍에서 옷
장사를 하는 어머니 이야기를 했다. 직업에 관해서는 문화부 소
속의 공무원이라고 둘러댔다.

나와 그녀가 정작 깊은 이야기를 나눈 것은 집으로 돌아와서
통화를 할 때였다. 아마도 상대가 보이지 않는 상태여서 더 솔직
해질 수 있었던 게 아닌가 싶다.

"믿으실지 모르겠지만 연애는 한 번도 안 해봤어요. 결혼 생각
이 없었거든요."

나도 솔직해졌다.

"나는 딱 한 번 연애를 해봤지만 시시했습니다."

"그런데 스물여섯으로 접어든 올해부터 스멀스멀 결혼을 하면
어떨까 싶어지더라고요. 하지만 내가 기대하는 방식의 결혼 생활
이 가능할지 두려웠어요. 그런 고민을 하고 있을 때 정태씨를 만
난 거예요."

"제 인상이 어땠습니까?"

"반년 이상 지켜봤는데, 늘 혼자이면서도 불편해하지 않았어
요. 무언가로부터 이미 독립한 남자라고 생각했죠. 경제적으로
뿐 아니라, 누구에게도 의존하지 않고 살아가는 강인함이 보였
어요."

"나도 정아씨를 보고 좋은 분이고 사귀고 싶다는 생각을 했
지만, 그런 행운이 내게 주어질 리 없다는 생각에 연애를 시도할
엄두를 내지 못했습니다. 아직 결혼은 이르다는 생각이 있기도

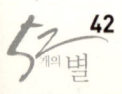

했고요. 하지만 이렇게 단둘이 만나고 긴 대화를 나누다 보니 어느새 내 마음속 깊숙이 정아씨가 들어와 있는 게 느껴지는군요.

"난 아마도 평범한 가정주부로 살아갈 거예요."

"내가 원했던 겁니다."

단 한 번 만난 그녀와 결혼 이야기를 나누는 상황 자체가 낯설었지만 대화 자체는 오래 사귄 듯이 편안하게 이어졌다. 연애를 한 번도 해보지 않았다는 그녀의 말은 전혀 거짓이 아님을 느낄 수 있었다. 그녀는 연애의 전통적 방식인 밀고 당기기를 시도하지도 않았고, 할줄도 모르는 듯했다. 만일 그녀가 그랬다면 나는 마음의 문을 닫았을지 모른다.

두 번째 만났을 때, 그녀는 사귀는 조건으로 안단테를 출입하지 말라고 했다. 그곳의 안 마담과 대화 나누는 모습을 몇 번이나 보았던 게 마음에 걸리기 때문이라고 설명했다. 나는 이해할 수 있었기 때문에 그렇게 하겠다고 약속했다.

첫 데이트를 하고 석 달 만에 결혼식을 올렸다. 그녀와의 결혼이 사랑의 결과였는지는 나도 자신할 수 없다. 오히려 첫 번째 연애에서 더 많이 사랑한다고 했고, 더 많이 애를 태웠다. 그 연애에 지쳐서인지 나 자신이 타인에게 깊이 빠지지도 않았고, 타인이 나에게 그러는 것도 부담스러웠다. 그냥 상대방을 믿고 싶었고, 상대방도 나를 믿어주는, 그런 결혼을 원했다. 아내가 아니었다면 나는 평생 독신으로 살아갔을지도 모른다.

페티 페이지와 인생

　　　　　　　　　　비교적 아내는 남자를 구속
하는 스타일은 아니었다. 원래 성격인지 아니면 나에게 맞춰주고
있는 건지는 잘 알 수 없었다. 근무시간에 문자를 보내거나 전
화를 해오는 경우는 드물었고, 어쩌다 문자를 보내도 밥은 챙겨
먹었는지, 비가 오는데 우산은 지니고 있는지, 정도였다. 그런 아
내가 유달리 집착하는 게 한 가지 있었는데, 그것은 카페 안단
테 출입금지 조건이었다. 물론 그 배경에는 안 마담에 대한 질투
심이 자리 잡고 있었다. 첫 연애 스토리도 담담히 들어주는 아내
가 사적으로 아무 관계도 없다고 몇 번이나 설명한 안 마담에게
집착하는 이유는 그녀와 내가 대화 나누는 모습을 자신의 눈으
로 확인했기 때문이었다. 백문이 불여일견이라는 속담도 있듯이,
눈으로 목격한 사실은 당사자에게 현실 그 자체다. 나와 안 마
담이 커피를 마시며 대화하는 광경이 아내의 머릿속에서 늘 떠돌
고 있는 것이다.

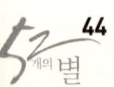

그렇다고 꼬치꼬치 캐묻고 따지지는 않았다. '요새도 안단테 가는 거 아니죠?'라는 식으로 잊을만 하면 한 번씩 물어오고는 했다. 그런데 아내에게는 정말 미안한 이야기지만, 나는 결혼 후 한 달이 지나고부터 다시 안단테를 출입했다. 그 무렵 나는 이미 커피에 상당히 중독된 상태였고, 여러 곳의 커피를 마셔봤지만 안단테에서 안 마담이 만들어 주는 커피만큼 강렬한 느낌을 받을 수 없었기 때문이었다.

"신혼이라 달콤하죠?"

안 마담은 에스프레소 콘파냐를 내놓으며 물었다. 휘핑크림의 거품이 커피 위에서 소용돌이를 그리고 있었다.

"남들처럼 요란스럽게 달콤하지는 않아요. 이상하게 들릴지 모르겠지만, 언젠가 오래전에 이 여자와 결혼 생활을 해 봤던 게 아닐까 싶은 생각이 들고는 해요. 그 정도로 편안하고 익숙해요."

"신혼 때만 반짝 행복한 것보다 그런 편안한 사이가 더 오래 갈 것 같군요. 난 전자 쪽이었어요. 신혼 때는 잠시라도 떨어져 있으면 죽고 못살 것처럼 서로를 사랑했지만 이혼 무렵에는 함께 마주하는 게 고통이었어요."

내 짐작대로 안 마담은 이혼 경력이 있었다. 언뜻 들은 바로는 남편이 상당한 재력가였던 것 같다. 안 마담은 내가 결혼했다는 사실만 알고 있을 뿐, 아내를 이곳 안단테에서 만난 줄은 꿈에도 모르고 있었다.

"오늘 커피 어때요?"

안 마담이 호기심 어린 얼굴로 내 얼굴을 쳐다보았다. 나는 커피잔을 입으로 가져가서 한 모금 삼켰다. 안 마담은 언제나 나를 실망시키지 않는다. 부드러운 휘핑크림과 에스프레소의 쓴맛이 묘하게 조화를 이루며 혀끝을 간질였다. 나는 커피잔을 내려놓고 엄지손가락을 치켜들었다.

"베스트 오브 베스트!"

"호호호."

칭찬 듣는 걸 좋아하는 안 마담은 얼굴을 빨갛게 물들이며 소프라노 톤의 밝은 웃음을 터트렸다.

"오늘은 선물이 하나가 더 있다고요."

안 마담은 자신의 자리로 돌아가서 레코드 위에 LP판을 얹었다. 페티 페이지의 〈Changing Partner〉가 흘러가기 시작했다. 나는 대중적인 클래식과 올드팝송을 즐겨들었다. 흔히 아줌마 취향이라고 부르는 음악 취향이었다. 페티 페이지는 고등학교 때부터 좋아하던 가수였다.

"윤 과장님을 기쁘게 해주려고 일부러 페티 페이지 베스트앨범을 LP로 구해왔다고요. 이 정도면 내가 윤 과장님에게 얼마나 마음을 쓰고 있는지 잘 알겠죠?"

나는 빙그레 웃으며 다시 커피잔을 입으로 가져갔다. 아마도 이 무렵이 내가 인생에서 가장 안정감을 느끼던 시기가 아닐까 싶다. 집에 가면 착한 아내가 있었고, 국정원 생활도 만족스러웠으며, 가끔 안단테에서 커피를 마시며 음악을 듣는 취미 생활도

괜찮았다.

그 일이 아니었다면 나는 그렇게 평생을 살았을 것이다. 그러나 모든 이들이 알고 있듯이 인생은 뜻대로만 풀리지 않는다. 자신이 아무리 결백한 삶을 산다고 해도 시대에 적응하지 못하면 고난을 겪게 되어 있다. 불운이라는 이름으로 얼마나 많은 사람들이 이해하기 어려운 고통과 좌절을 겪는가.

그 사건을 겪은 후 세월이 한참 지나갔고 나이도 불혹을 넘긴 지금이지만 나는 여전히 인생과 인간에 대해 자신 있게 말하지 못한다. 우리는 모두가 어떤 틀 안에서만 사고하고 선택한다. 나도 마찬가지다. 내가 경험한 사건과 상대했던 사람에 대해서는 어느 정도 알고 있지만 그 외의 일들과 사람들에 대해서는 아는 게 없다. 그럼에도 인간이기에 매사에 판단을 내리고 결정을 해야 한다. 그 판단이 옳았는지 틀렸는지는 시간이 말해줄 뿐이다.

그 무렵의 어느 날 안단테에서 우연히 황 주임과 만났다. 비교적 이른 나이에 퇴직한 그는 친구와 중국을 상대로 무역업을 하고 있다고 했다. 경제적으로는 크게 어렵지 않았지만 표정에서는 열의가 사라진 모습이었다. 그는 에스프레소를 몇 잔이나 마시며 내게 말해주었다.

"대한민국은 자유민주주의의 국가지만, 정말로 자유가 있을까? 독재자가 국민의 자유를 억압하고 있다는 이야기를 하려는 게 아니라, 보다 원초적인 의미의 자유를 말하는 거야. 보이지 않는 통제의 사슬이 사회구성원 모두에게 있다고 나는 생각해. 심지어는 가족 사이에도. 남자는 식구들에게 발목이 잡혀 있고, 아내는 남편에게 지배당하고 있어. 얽히고 설켜 있는 거지. 친구 사이에도 보이지 않는 통제가 존재해. 하지만 누구도 이런 것에 대해서는 말을 안 해."

그때의 나는 황 주임이 무슨 말을 하고 싶은 건지 어설프게는 알고 있었지만, 마음속 깊이 공감하지는 못했다. 그냥 조기 퇴직한 자의 넋두리쯤으로만 들렸다. 일상이 유지될 때는 아무도 느끼기 어렵다. 하지만 정말로 자신이 하고 싶은 말을 하고, 자신의 양심이 가리키는 방향으로 행동할 때는 다양하게 외부와 충돌한다. 다시 말해서 모두가 하고 싶은 말을 하지 않을 때만이 일상의 평화가 유지되는 것이다.

"결국 인생은 혼자야."

황 주임은 커피잔을 비우고 먼저 안단테를 나섰다. 인생은 혼자라는 말 역시 흔하게 듣던 교훈이었다. 그런 말을 귀담아 듣는 젊은이는 없다. 나도 마찬가지였다. 하지만 살아가는 동안 정말로 혼자라는 것을 뼈저리게 체험하는 순간이 누구에게나 오기 마련이다. 그 후 인생은 혼자라고 읊조리며 쓴 커피를 마시게 되는 것이다.

이유 없는 불안

대한민국 공군 1호기가 평양의 순안비행장에 착륙했다. 대통령은 트랩에 서서 감회 어린 얼굴로 어딘가를 잠시 바라보았다. 공항에는 레드카펫이 깔려 있었고 인민군 의장대와 군악대가 부동자세로 정렬해 있었다. 공항 입구에는 북한 특유의 화사한 치마저고리를 입은 북한 여성들이 밝은 얼굴로 꽃다발을 흔들고 있었다.

2000년 6월 13일, 나는 대한민국 역사상 처음으로 대통령이 북한을 방문하는 장면을 국정원 회의실에서 텔레비전으로 보았다. 감격적인 장면이었다. 남북 정상들은 여러 차례의 회담을 통해 '6.15남북공동선언문'을 발표했다. 여론도 압도적으로 남북정상회담을 지지했고, 언론도 호평일색이었다. 현 정권에 대해 비판적인 보수 언론들도 남북정상회담에 대해서는 적극 지지를 표명했다.

남북정상회담을 성사시킨 인물이 국정원장이었기 때문에 회담

기간 내내 국정원 직원들은 초긴장 상태로 회담을 지켜보았다. 국정원의 전신인 중앙정보부와 안기부부터 최근까지 국정원의 주요 임무는 북한이라는 주적으로부터 남한을 지키는 일이었다. 그런데 남북 정상이 만나 '6.15남북공동선언'을 발표하기에 이르렀으니 어떤 식으로건 변해야 했다.

대북전담부서는 활동이 위축되었고, 국가보안법 위반사범을 다루는 대공수사국도 갑자기 한직이 되었다. 국정원 직원들도 똑같은 사람이다. 대북 관련 정보에 관한 보고서를 아무리 성실하게 작성해도 휴지 취급을 받고, 국가보안법 위반사범을 적발하면 오히려 눈엣가시가 되는 상황이니 침체되지 않을 수 없었다. 승진은커녕, 언제 부서가 폐지되고 퇴직을 권유받을지 모르는 위태로운 상황으로 변한 것이다. 이럴 때는 내가 속한 신변안전팀처럼 원래부터 한직이었던 부서가 모두의 부러움을 사게 된다.

"변해야 한다는 건 인정해. 하지만 우리가 민주주의와 통일의 적은 아니잖아."

국내 방첩부 소속 대북선전공작팀의 이장길이 휴게실에서 내게 푸념을 터트렸다. 이장길은 나와 동기였다. 동기라고 하더라도 소속이 다르면 조우할 기회가 거의 없는데, 이장길은 같은 방첩부 소속이어서 일상적으로 대면할 기회가 자주 있었고, 업무적으로도 공조가 많아서 친분을 유지하며 지냈다. 하지만 내가 술을 전혀 하지 않았기 때문에 그 이상의 관계로 발전되지는 않았다.

이장길의 푸념은 계속되었다.

"아예 미국의 CIA처럼 독자적인 정보기관으로 다시 탄생한다면 모르겠지만, 지금은 이것도 저것도 아니잖아. 정권의 기호에 따라서 국정원이 흔들린다면 누가 자기 업무에 충실할 수 있겠어."

남북관계의 급속한 화해분위기로 가장 영향을 많이 받은 부서 가운데 하나가 대북선전공작팀이었으니 이장길의 불만도 이해가 되었다. 최전방에서의 대북선전은 완전히 중단되었고, 중국을 통한 정보공작도 중단된 상태였다. 북한을 자극할 만한 활동은 일절 금한다는 내부 방침이 문건과 교육을 통해 수차례나 내려왔다.

나는 이장길의 어려운 입장을 헤아리며 다독거렸다.

"일시적인 흐름일테니 느긋하게 기다리자고."

"느긋한 성격은 여전하군."

"별 수 없잖아."

나는 어깨를 으슥해 보였다.

이장길은 한참 더 불만을 터트리고 휴게실을 나갔다. 그의 어깨가 축 처져 있었다. 정부 입장에서 생각해 보면 당연한 조치일 수 있지만 일선의 요원들에게는 불안감과 사기 저하를 초래한 것이 그 무렵의 국정원 정책이었다. 이장길의 말대로 미국의 CIA처럼 정권의 부침과 관계없이 일관된 정보정책을 추구하는 기관으로 변모한다면 희생도 달게 받아들일 수 있을 것이었다. 하지만 여전히 국정원장과 각종 요직에는 여권의 실세가 임명되고 있고, 여권 고위층의 의도에 맞는 정보만을 요구하는 현실에서 국정원은 어느 장단에 춤을 취야 좋을지 모르는 불안한 상태에 놓일 수밖에 없었다. 북한을 무조건 악이라고 규정하는 것도 문제지만, 기초적인 방어전략마저 필요 없다고 생각할 만큼 무방비로 대처하는 것도 장기적으로는 문제가 될 수 있었다.

국정원의 내부 기류와는 상관없이 남북관계는 급격하게 화해 국면으로 돌아섰다. 남북정상회담에서 '6.15남북공동선언'이 발표된 직후 휴전선 일대에서 남북한의 비방방송이 중지되었고, 북한의 남한 내 운동권에 대한 선동도 중지되었다. 남북고위급회담, 언론사 사장단 방북, 이산가족상봉, 문화예술인의 교류 등이 한꺼번에 실현되었다.

내가 소속된 신변안전팀의 업무에는 별다른 영향이 없었지만, 내가 책임지고 있는 탈북 고위인사들의 불만과 우려는 간간이 접할 수 있었다. 그들은 이구동성으로 남한이 북한의 실체를 제대로 이해하지 못한다고 말했다.

"우리도 통일이 되면 좋지요. 하지만 북한은 근본적으로 변하기가 어렵습네다. 어쩌면 남한이 북한의 술수에 말려들지도 모른다 이겁네다."

그들의 우려 뒤에는 자신이 고통 받은 북한에 대한 적대감이 숨어 있을 수도 있었다. 또한 남북화해 무드 때문에 자신들의 입지가 작아질지 모른다는 두려움도 있을 것이었다. 하지만 그들은 전직 북한의 고위급으로서, 북한 체제의 속성을 누구보다 잘 아는 인물들이었다. 그들에 의해 남북화해 분위기가 방해 받는

것도 있을 수 없는 일이지만, 남북문제에 관한 조력자로서의 역할은 맡겨질 수 있었다. 그러나 현실에서 그들은 수구세력의 하나로 평가절하되고 있었다.

세월이 오래 지난 지금 그 시대의 남북화해 분위기를 평가한다면 하나의 유행처럼 휩쓸고 간 바람이라고밖에는 평가할 수 없을 것 같다. 그 당시 대통령은 남북화해에 기여한 공로로 노벨상까지 수상했지만 남북문제는 그 이전과 하나도 다를 바 없이 흘러가 버렸다. 물론 상대를 현실로서 인정하고 대화와 협력을 추구하는 자세는 높이 평가 받아야 한다. 하지만 그것이 정말로 남북한의 국민들 모두에게 이익이 되는 방향이었는지에 대해서는 좀 더 고민이 필요한 부분이었다. 남북화해라는 거창한 명분을 축적하기 위해 돈을 퍼부어서 화려한 쇼를 벌인 것은 아니었던가 하는 의문에 가끔 사로잡히고는 한다.

국정원 직원으로서 정부에 대해 이렇게 애매한 자세를 갖고 있는 나였지만, 현실에서는 누구보다 본분에 충실하려고 노력했다. 소외감을 느끼는 탈북 인사들에게 남북화해의 필요성을 이해시키려고 노력했고, 그들의 입장을 보고서로 작성해서 상부에 올렸다. 그때 작성한 장문의 보고서는 고위층에게 높은 평가를 받아 통일부 명의의 책자로 발간되기도 했다.

이것은 내 신상에 결정적인 영향을 미쳤다. 나는 입사 3년 만에 주임으로 승진했을 뿐 아니라 2001년 국정원 모범요원으로 선발되는 영광을 누렸다. 국정원장으로부터 직접 메달을 받을 때는 하늘을 나는 듯한 기쁨에 눈물이 찔끔 흘렀다.

아내가 아들을 순산한 것도 그 무렵이었다. 아내는 여느 여자들과 마찬가지의 과정을 거쳐서 평범하게 아들을 낳았다. 나는 딸이건 아들이건 상관없다고 늘 말했지만, 막상 아들을 얻고 보니 무척 기뻤던 것은 사실이었다.

모든 것이 순항하고 있었지만 가끔 악몽을 꾸고는 했다. 거친 파도에 휩싸이거나 길을 잃고 방황하는 꿈들이었다. 막막한 꿈의 공간을 헤매다가 깨어나면 착한 아내가 있고 걸음마를 배우는 아들이 있는 평화로운 내 보금자리였다.

"또 안 좋은 꿈 꿨어요?"

아내는 물수건으로 내 이마의 땀을 닦아주었다. 나는 현실을 확인하려는 듯이 아내의 얼굴을 어루만져 보았다. 아이 피부처럼 부드러운 감촉이 손바닥으로 전해져 왔다.

"낯선 곳을 헤맸어. 집으로 돌아가려고 사방을 돌아다녔지만 어디에도 길이 없었어. 보이는 건 들판뿐이었어. 끝이 보이지 않는 황량한 들판 말이야."

"잊어버리세요. 꿈은 꿈일 뿐이잖아요."

"그렇게."

대답은 그렇게 했지만 마음 한구석이 무거워지는 건 어쩔 수 없는 일이었다. 내가 전혀 예측하지 못하는 불행한 미래가 어딘가에서 싹트고 있는 건 아닐까. 그러나 곰곰 생각해 봐도 내 미래는 불안하지 않았다. 3년 만에 진급했으므로 계급 정년의 불

안감에서도 벗어났다. 국정원 고위급의 나에 대한 신망이 직간접적으로 느껴지기도 했다. 나는 미래를 보장 받은, 선택 받은 소수였다. 역시 꿈은 아무 의미도 없는 거야, 라고 나는 자기 최면을 걸며 다시 잠을 청했다.

새로운 임무

　　　　　　　　　　　그 사건을 이해시키기 위해서
는 먼저 그 당시의 남북관계 및 국제정세를 설명해야 한다. 대부
분의 정황은 내 기억에 의존했지만, 명확히 기억나지 않는 부분
에 대해서는 언론과 관련 저작물을 참고했다.

　남북관계가 변화의 조짐을 보이기 시작한 건 구소련을 중심으
로 한 사회주의권이 붕괴되면서부터였다. 전 세계에 탈냉전의 바
람이 불면서 남북도 화해와 교류를 모색하기 시작했다. 1989년
2월 초부터 판문점에서 예비접촉이 시작되어 1년 반 동안의 줄
다리기 끝에 남북은 '남북고위급회담'의 개최에 합의했다. 이 기
간에 폴란드, 헝가리, 체코슬로바키아 등에서 공산주의가 붕괴
되었다. 또한 미국의 부시 대통령과 소련의 고르바초프 대통령이
몰타 회담에서 '냉전종식'을 선언함으로써 자본주의 진영과 공
산주의 진영의 대결 구도가 종식되었다.

　북한도 곧 붕괴할 것이라는 견해가 널리 퍼진 가운데, 북한은

국제적 고립으로부터 탈출하기 위해서 남북대화를 모색하지 않을 수 없는 입장이었다.

1990년 9월 5일 세계 언론의 주목을 받는 가운데 제1차 남북고위급회담이 서울에서 열렸다. 유엔 가입 문제, 한미 팀스피리트 훈련 중지 문제, 방북 구속자 문제 등에 대한 남북한의 견해차로 큰 합의는 이루지 못했으나 북한의 고위급인사가 서울을 방문해서 회담을 가졌다는 것 자체가 남북문제의 큰 진전이었다.

그 당시 남한은 남과 북의 유엔 동시가입을 원했고, 북한은 단일 의석으로의 가입을 줄기차게 요구했는데, 상황은 남측에 유리하게 전개되었다. 베를린 장벽이 붕괴되고, 중국의 개혁 개방도 속도가 빨라지고 있었기 때문에 북한으로서는 자신들의 주장을 지지해줄 동맹국을 찾기가 어려웠다.

오히려 구소련은 한국과의 수교를 선언했고, 중국은 한국의 유엔 동시가입 지지를 선언해 버렸다. 결국 북한이 1991년 5월 27일 외교부 성명을 통해 남북한의 유엔 동시가입에 동의한다고 선언함으로써, 그해 9월 남북은 동시에 유엔에 가입하게 되었다.

제2차 남북고위급회담이 평양에서 개최되는 등 남북문제가 순조롭게 풀리는 듯했으나 그 당시 대통령은 집권 말기였기 때문에 남북이 회담을 통해 합의한 것을 구체화시킬 힘이 없었고, '훈령조작사건'이라는 돌출 사건이 발생하면서 다시 남북관계는 안갯속으로 빠져들었다. '훈령조작사건'은 국정원의 전신인 안기부 고위 간부가 대통령의 지시를 묵살하고 훈령을 조작해서 남북관계가 악화되도록 유도한 사건이었다. 최고 통치자인 대통령의 지시를 조작한다는 것은 엄청난 하극상이었지만 당시 대통령이 레임덕에 시달리던 때여서 아무런 조치도 없이 넘어가 버렸다. 새 정부가 들어선 후 이 사건에 대해 감사원이 특별 감사를 벌여서 안기부의 훈령조작이 사실임을 밝혀냈다. 어째서 안기부가 남북관계의 악화를 유도했을까. 단순히 자신들의 입지를 넓히려는 의도였을까.

내 생각에 그보다는 여권이 대통령 선거에서 이기려면 남북관계가 순항하는 것보다는 악화되는 것이 유리하다는 판단 때문이었을 것으로 보인다. 남북이 첨예하게 대립되어 남한에 반공주의가 증폭되면 안정을 추구하는 유권자들이 여권을 지지할 것으로 예상했으리라는 것이다. 그것이 성공적인 작전이었는지는 모르겠으나, 그해 선거에서 여권이 압승한 것은 사실이었다.

새 정부 들어서 남북관계는 예측 불가능한 쪽으로 흘러가버린다. 1993년 북한이 핵확산금지조약NPT에서의 탈퇴를 선언하면서 한반도에 전쟁의 위기감이 감돌았다. 미국은 북한의 핵개발을 저지하기 위한 군사공격을 검토했고, 북한은 남한을 불바다로 만들겠다고 선언했다.

다행히 지미 카터 전 미국 대통령이 북한을 방문해서 김일성 주석과의 대화를 통해 미국과 북한과의 제네바 회담을 성사시켰고, 이후 남북한 정상회담이 발표되면서 다시 한반도는 평화 국면으로 접어들었다. 하지만 정상회담 직전 김일성 주석이 갑자

기 사망하면서 남북정상회담은 무산된다.

1997년 대한민국 역사상 최초로 야당에 의한 정권 교체가 실현되면서 남북관계는 다시 급진전하게 되었다. 이때부터 남북고위급회담이 연례적으로 개최되기 시작했고, 인도적 차원에서 북한에 대한 경제 원조도 시작되었다. 민간 교류도 활발해져서 보수와 진보 단체의 북한 방문도 붐을 이루었으며, H그룹의 J회장은 50마리의 소떼를 몰고 북한을 방문하는 빅이벤트를 연출하기도 했다. 금강산 관광이 시작된 것도 그 무렵이었다. 그리고 마침내 2000년 6월 13일 남한의 대통령이 북한을 방문한 남북정상회담이 역사상 처음으로 개최되기에 이르렀다.

국민들은 더 이상 북한을 두려움의 대상으로 여기지 않았고, 머지않은 미래에 통일, 혹은 통일과 비슷한 형태의 남북연합이 한반도에서 실현될지 모른다는 기대감으로 들떴다. 하지만 그 이후의 한반도 정세는 국민들의 기대를 배반하는 방향으로 복잡하게 진행되기 시작했다.

2000년 11월 7일 실시된 미국의 대통령 선거에서 법정투쟁까지 이어지는 논란 속에 부시가 대통령에 당선되었다. 부시는 북한을 악의 축으로 규정하고 협상이나 원조보다는 힘으로 북한을 변화시키려는 의도를 분명히 했다. 그에게 북한은 요격미사일 MD의 개발 및 배치를 정당화시키는 명확한 증거였다. 물론 부시집권의 미국 행정부에도 온건파는 존재했지만, 그들보다는 '네오콘'이라고 불리는 강경파의 목소리가 정책에 더 많이 반영되었다.

그러자 북한은 남한이 미국의 꼭두각시에 불과하다는 이유로 남북대화 중단을 선언해 버렸다.

2001년 9월 11일, 아랍의 테러리스트들에 의해 미국 본토가 공격당하는 9.11테러가 발생했다. 미국은 외부에 대해 더욱 강경한 노선을 견지하게 되고 전 세계는 미국이 벌이는 악과의 전쟁에 동조할 수밖에 없는 입장에 놓인다.

그해 3월에 국정원장이 교체되었다. 또다시 국정원은 조직 개편과 물갈이의 파고에 휩싸였다. 일상적으로 마주치던 직원들 몇 명이 갑자기 보이지 않았다. 전출되거나 퇴직한 것이다. 정권이 바뀌어도 국정원부터 수술했고, 정국이 어수선해도 국정원에게 책임이 돌아갔다. 이번의 변화는 나에게도 직접적인 영향을 미쳤다.

내가 소속된 신변안전팀의 이현도 팀장으로부터 김창일 2차장이 나를 찾는다는 연락을 받았다. 외근 중이었던 나는 숨이 금방이라도 멎을 것처럼 놀라서 다급하게 내곡동으로 차를 몰았다. 국정원은 크게 실무부서, 지원부서, 참모부서로 나뉜다. 가장 중요한 실무부서는 3명의 차장이 해외와 대북, 그리고 국내를 맡고 있는데, 차장이라는 직급이 일반 요원들 입장에서는 하늘의 별이나 다를 바 없었다. 군대에서 병장이 사단장의 부름을 받은 것과 비교할 수 있을까.

김 차장은 창가에 팔짱을 끼고 서 있었다. 이렇게 단독으로 대면한 것은 처음이었다. 차장실 안은 안온했지만, 어딘가 삭막

함도 공존한다는 느낌이 들었다. 차장들은 이렇게 닫힌 공간에서 일선의 요원들이 개별적으로 올리는 정보를 취합하고 분석하고 있었다. 분기별로 부서별 회식이 있었지만 차장급들은 얼굴만 잠깐 보이고 사라지는 것이 관례였다. 국정원 직원들은 사적인 관계가 철저하게 제한되어 있었다.

"팀을 하나 새로 만들려고 해요."

김 차장은 그렇게 말하며 소파의 상석에 앉았다. 나도 그의 지시에 의해 소파에 마주 앉았다.

그가 말을 이었다.

"남북회담을 실무적으로 지원하는 팀이 우리 국정원에 필요합니다. 기존의 대북팀이 있기는 하지만, 정보가 편중되었다고 윗선에서 판단하는 모양이에요."

"이해합니다."

내가 바로 이해를 표명한 것은 기존의 대북팀이 적대적인 입장에서 대북 정보를 분석할 수밖에 없는 입장이라는 것을 알고 있었기 때문이었다. 정보는 그것을 분석하는 정보원에 따라서 180도 바뀐다. 이를테면 북한의 특정 지역에 공간적인 변화가 있었다고 해보자. 의심하는 눈초리로 분석해 군사적인 위험성을 우려하는 보고서를 작성해서 올릴 수도 있고, 단순한 시설물의 증축일 가능성이 높다는 보고서를 작성해서 올릴 수도 있다. 그것은 정보원이 어떤 관점을 지니고 있느냐에 따라서 달라지는 것이다.

"윤 주임도 알고 있듯이, 시대가 많이 변하고 있습니다. 이제

북한은 더 이상 주적으로만 파악하기 어렵게 됐어요. 그래서 남
북대화에 도움이 될 수 있도록 공정하게 정보를 취합하는 팀을
만들려고 하는데, 윤 주임이 팀장을 맡아주었으면 좋겠습니다."

"감사합니다만, 제가 이 분야의 아직 실무를 잘 몰라서……."

"윤 주임 정도면 어렵지 않게 익숙해질 겁니다."

나는 다시 한 번 김 차장을 건너보았다. 내가 적합하다고 판
단을 내린 근거가 무엇인지 궁금했다. 내가 탈북 엘리트 문제에
관한 장문의 보고서를 작성해서 고위급의 호평을 받은 일은 있
었다. 하지만 이렇게 수직상승할 정도로 신임을 받고 있다는 사
실이 쉽게 현실로 느껴지지는 않았다. 마치 내가 드라마의 주인
공이라도 된 것 같은 기분에 어쩔 수 없이 휩싸였다.

그러나 한켠으로 불안감도 일었다. 입사 직후부터 계속해온 현
재의 업무에 익숙해진 내게 새로운 분야에의 도전이 쉽지만은 않은
일이었다. 조금은 안일한 태도지만, 나는 드러나지 않는 조직의 한
분야에서 전문가가 되고 싶었다. 그러나 내가 달갑게 생각하건 그
렇지 않게 생각하건, 이미 명령이 내려진 이상 절대 복종해야 했다.

그날 구내식당에서 점심을 먹는데, 낯선 인물이 내 맞은편에
앉으며 인사를 청해왔다. 20대 중반의 나이에 인상이 밝아보였다.

"윤 팀장님이시죠?"

"누구시더라?"

"45기 박영민 요원이라고 합니다. 윤 팀장님을 도와서 남북관
계 지원팀에서 일하라는 명령을 받았습니다."

내가 팀장을 맡게 된 남북관계 지원팀은 나를 포함해서 총 3명으로 구성될 예정이었다. 단순 보조업무를 맡게 될 계약직 여직원을 제외하면 정요원은 나와 박영민 두 사람이었다.

　"잘 해봅시다."

　"말씀 낮추십시오. 윤 팀장님께서 역량이 있으시다는 이야기는 많이 들었습니다."

　나는 별 반응을 보이지는 않았지만 내심 안도가 되었다. 박영민이 내가 기피하는 스타일은 아니라는 판단이 들어서였다. 그의 어떤 면이 그렇다고 꼭 짚어서 말할 수 없지만, 별 문제가 없으리라는 낙관적인 생각이 들었다.

　그날 나는 아내와 외식을 하고 영화를 함께 봤다. 죽은 아내가 환생해서 가족들을 찾아온다는 내용의 일본 영화였다. 그런데 내 머릿속으로 영화의 내용이 하나도 들어오지 않았다. 아내가 다시 죽음의 세계로 돌아가는 영화의 후반부에서 관객들이 훌쩍훌쩍 울었는데, 나는 아무 감흥도 없이 스크린에 시선을 고정시키고 있었다.

　극장을 나와 삼청동의 카페에서 커피를 마실 때도 나는 말이 없었다. 반대로 아내는 연신 영화의 내용에 감동받았다고 수다를 떨었다. 나는 가끔 의례적으로 맞장구를 쳤지만 감정이 실리지 않은 대답이었다. 내가 원하지 않은 사건의 입구로 들어섰고, 그것을 이제는 되돌릴 수 없다는 두려움이 그때 이미 들었던 것일까. 아니면 단지 새 임무가 부담스러웠던 것일까. 잘 기억이 나지 않는다.

카페에서 혼자 커피 마시는 일이
취미가 될 수 있을까?

나는 카드키를 꽂고 손잡이를 비틀어서 문을 열었다. 텅 빈 사무실 안에는 겨울 특유의 냉기가 감돌고 있었다. 내 책상 위에는 어제 저녁에 작성하다가 중단한 보고서가 어제와 똑같은 모습으로 놓여 있었다. 스팀 스위치를 올리고 커피부터 한 잔 탔다. 국내 메이커의 인스턴트 커피였다. 인스턴트 커피를 나쁘게 말하고 싶지는 않지만, 사실 인스턴트 커피에는 커피 특유의 향기가 거의 없다. 농축하고 건조하는 과정에서 사라지기 때문이다. 하지만 어디서나 편리하게 마실 수 있고, 가격이 저렴하다는 장점 때문에 많은 사람들의 사랑을 받고 있다. 다만 인스턴트 커피에만 익숙해져서 커피의 참맛을 이해하지 못할 수도 있다는 것은 염려가 된다.

아무래도 원두커피를 따라잡을 수는 없겠지만, 인스턴트 커피를 맛있게 만들어 마시는 방법이 하나 있다. 커피, 크림, 설탕의 비율을 적절하게 조화시키는 것이다. 그냥 남들이 하는 대로 적

당히 섞기보다는 자신의 입맛에 맞춰서 조절하면 뜻밖의 맛있는 커피를 마실 수 있다.

책상에 앉아서 밖을 내다보니 새벽의 어슴푸레함이 사라지고 있었다. 제1경비초소 근처에서 국정원 경비병력들의 아침 점호 소리가 들려왔다. 팀장으로 임명된 후 나는 5시에 집을 나와서 6시 전에 사무실에 도착하는 근면한 생활을 하고 있었다. 평요원 생활이 게을렀다고는 생각하지 않지만, 아무래도 책임감은 무겁게 느낄 수 없었다. 하지만 이제는 모든 것을 내가 결정을 해야 하는 팀장의 입장이기 때문에 일상의 생활보다는 업무에 더 많은 시간과 정열을 할애할 수밖에 없었다.

내가 주로 맡고 있는 업무는 남북회담과 관련된 실무적인 준비였다. 북측 참가자들의 신상 정보를 파악해서 정리하고 회담 참가자들의 안전과 경호 문제가 빈틈없이 준비되도록 확인하는 일이었다. 회담의 실무에 관해서는 내가 톱의 위치에 서 있었다. 국정원 내의 대북 관련 부서는 물론이고, 경찰청 경호팀과 관련 군부대도 내가 직접 통제했다. 권한도 막강했지만 책임도 무거워서 사소한 실수라도 생기면 곧장 징계로 이어질 수 있었다.

남북회담은 가장 무게감 있는 남북장관급회담부터 비교적 정치색이 없는 이산가족상봉실무회담까지 다양했고, 회담이 회담을 만드는 식으로 계속 재생산되었다. 이를테면 남북경제회담에서 남북 간의 철도 개통이 합의되면 남북철도회담이 다시 만들어지는 식이었다. 북측 참가자에 관한 인적사항은 사소한 것까지 모두 찾아내야 했는데, 과거에 국정원에서 운영했던 북파첩보원이 작성한 보고서도 중요한 참고자료가 되었다.

남북회담은 계속됐지만 현 대통령의 집권 초기에 비해서는 무척 조심스러운 형태로 이루어졌다. 그 이유는 미국의 영향 탓이었다. 9.11테러로 자존심의 손상을 입은 미국의 부시 대통령은 곧장 아프가니스탄을 공격해서 순식간에 점령하고, 이라크 침공을 준비하기 시작했다. 부시는 이라크뿐 아니라 북한 역시 제거해야 할 악의 축이라고 공개적으로 선언했다.

아마도 부시는 대규모의 군사공격으로 북한을 평정한 후 민주주의를 실현시키면 된다고 단순하게 생각하는 듯했다. 물론 그것도 틀린 논리는 아니다. 하지만 북한은 아랍의 반미 국가들처럼 미국에 직접적인 테러를 가한 일은 한 번도 없었다. 오히려 북한은 미국과의 직접 대화를 줄기차게 요구하고 있었다. 힘으로 해결하는 것도 하나의 방법이기는 하지만, 그럴 필요가 없는 상황이나 대상을 향해 너무 강력한 힘을 사용하는 것은 힘의 남용일 수 있었다.

남북대화는 남한이 미국의 사주를 받고 행동한다는 북한 측의 의심으로 여러 차례 파행을 거듭했다. 남북 협상단은 테이블에 마주 앉아서 현실적인 타협보다는 소모적인 논쟁을 벌이는 것으로 더 많은 시간을 보냈다. 수없이 많은 날들을 회담 준비를 위해 소진했으나 막상 회담이 시작되자마자 결렬되는 것을 목격하면 그동안의 노력이 물거품이 되는 듯한 허망함을 느끼고는 했다.

유일한 부하직원인 박영민은 단순 담백한 성격이었다. 나와는 달리 원래부터 스파이 영화 마니아였고, 그래서 국정원 시험에 응시했다는 그는, 기대와는 달리 보통의 회사원과 다를 바 없는 업무에 조금은 실망한 눈치였다. 그나마 1년에 한 번 있는 해병대 교육과 사격 등의 군사훈련이 그의 첩보원 생활에 대한 환상을 해소시켜 주고는 있었다.

박영민에 대해 반가웠던 것은 그도 술을 전혀 하지 않는다는 점이었다. 남자들은 술을 마시며 친해지는 게 보통이다. 술을 안 마시는 사람은 어쩐지 남자들의 세계에서 소외된 듯한 기분마저 드는데, 박영민이 술을 전혀 하지 않는다는 이야기를 듣고부터 그에게 동질감을 느꼈다.

내가 그와 함께 안단테를 찾은 것은 그런 이유에서였다. 그렇다고 단짝이 되어 안단테의 단골이 되는 걸 원한 건 아니었고, 그저 내가 살아가는 방식의 일단을 소개하고 싶은 마음이었다.

"여기서 혼자 커피를 마시는 게 취미라고요?"

박영민은 이해하기 어렵다는 얼굴로 나를 바라보았다. 그와 나는 벽 쪽의 바에 나란히 앉아 있었다. 커피도 즐기지 않는 그의 손에는 오렌지주스잔이 들려 있었다.

"이상해?"

"아니오. 이상해할 일은 아니죠. 중학교 때 급우 한 명은 뒤로 걷는 게 취미라고 하더라고요. 그런데 알고 보니 뒤로 걷는 취미를 가진 사람이 전 세계에 몇 만 명은 된다네요. 그런 사람들끼리 동호회도 있고, 대회도 있고 그렇다더라고요. 그러니 카페에 우두커니 앉아서 커피를 마시는 취미 정도는 평범한 거죠."

"물론 처음에는 어색하고 지루하지만, 혼자 즐거울 수 있는 방법을 찾아내면 이것도 훌륭한 취미가 된다고."

"오! 그런 취향은 작가나 예술가에게서 발견된다던데."

"은퇴하면 작가에 도전해볼 생각은 있어. 유명한 작품은 남길 수 없을지라도 나만의 독특한 작품은 가능할 것 같거든."

"근사한데요! 내가 모시는 분이 미래의 작가시라니!"

"실력이 없다는 식의 겸양은 떨지 않을게. 난 잘할 수 있으리라고 낙관하고 있으니까."

"그런 소양을 타고 나셨으니 카페에서 혼자 커피를 마셔도 즐거울 수 있는 거겠죠."

사춘기 무렵 몇 권의 고전을 읽고 감동받아서 작가를 꿈꿨다. 나름대로 작문에 소질도 있다고 생각했다. 하지만 사춘기를 지나 현실에 눈을 뜨면서 작가의 꿈은 생의 마지막 도전으로 남겨두기로 했다.

국정원 요원 생활 중에도 틈틈이 노트에 끄적거린 잡문이 꽤 쌓였지만, 그때만 해도 내가 소설에 도전하는 시기가 이렇게 빨리 올 줄은 미처 몰랐다. 글을 쓰기 시작하자 자연스럽게 대부분의 인간관계가 정리되었다. 지금의 내게는 사람들과의 교류가 아득한 과거로 느껴지고 있다. 글을 쓰다보면 창밖으로 소리 없이 눈이 내리기도 하고, 매미가 울어대기도 한다. 나는 현실과 단절된 시간과 공간 속에서 기억에 의존해 타이핑을 하고 있다. 그러고 보니 내 인생의 모든 것이 소설의 소재였을 뿐일지도 모른다는 생각도 든다. 나는 지금의 이런 시간을 갖기 위해 줄곧 달려온 것은 아닐까.

"젊고 샤프한 분이 새로 오셨네요?"

안 마담이 자신의 커피가 담긴 머그잔을 들고 나와 박영민 쪽으로 걸어왔다. 방금 주방 청소를 한 탓인지 이마에 땀이 송글송글 맺혀 있었다. 미키마우스가 그려진 하얀색 티셔츠와 꽉 달라붙는 청바지를 입은 그녀는 마치 10대 소녀 같았다.

나는 그녀에게 박영민을 소개했다.

"우리 회사 신입이에요. 아직 애인이 없으니 안 마담이 노려도 상관없어요."

"정말요? 하지만 나도 양심이 있죠. 5년만 젊었어도 어떻게 해보겠지만. 호호호."

박영민이 총각답게 멋적은 얼굴로 그녀에게 인사를 건넸다.

"안녕하세요? 윤 과장님을 존경하는 박영민이라고 합니다."

"반가워요. 자주 오세요."

"사실 조금 전까지만 하더라도 빠져나갈 궁리만 하고 있었는데, 주인아줌마를 보니 갑자기 생각이 바뀌네요, 헤헤."

"그럼 우리 통한건가?"

안 마담의 농담에 폭소가 터졌다. 확실히 남자 두 명이 카페에서 커피를 마시는 건 그리 권장할 만한 사교는 아니었다. 박영민은 술을 전혀 하지 않았지만 나처럼 정적인 취미보다는 테니스나 당구 같은 남성적인 취미를 갖고 있었기 때문에 안단테의 분위기에 적응하지 못하는 기색이 역력했다. 그런 와중에 구세주처럼 안 마담이 등장해서 나와 박영민 사이의 불편함을 해소시켜 주었다.

박영민이 내 커피잔을 물끄러미 바라보며 말했다.

"어릴 때 아버지는 손님이 오면 하얗고 깨끗한 도자기잔에 커피를 대접했어요. 그 모습을 보고 호기심이 생겨서 어느 날 몰래 숟가락으로 커피를 한 숟가락 떠서 입에 넣어 봤죠. 지독히 쓴맛 때문에 울음이 터지더군요. 아마 일주일 동안은 입 안이 얼얼했던 것 같아요. 그 기억 때문인지 성인이 돼서도 커피를 즐기지 않게 되더라고요."

"인생을 모르면 커피 맛도 모르지."

안 마담의 말에 박영민이 자존심이 상한 듯한 어조로 응대했다.

"커피를 많이 마시면 부작용으로 감각이 둔해진데요."

"낭설이에요. 16세기 아랍에서 커피가 수도승 사이에 광범위하게 퍼지자 두려움을 느낀 지배자들이 커피에 대한 각종 부작용을 거짓으로 지어내서 퍼트린 거라고요."

나도 안 마담을 거들었다.

"술이나 담배에 비하면 커피가 인체에 주는 부작용은 무시해도 괜찮아."

"커피가 정력을 약화시킨다는 말도 있다고요."

"그건 거짓말이야. 내가 보증하지!"

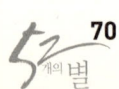

"나도요!"

나와 안 마담의 한편이 되어 커피를 옹호하자 박영민은 두 손을 들었다.

"알았다고요. 여기서 계속 커피 비판하면 왕따되겠군요."

안단테를 나왔을 때는 자정이 가까워져 있었다. 나와 박영민은 외투를 오므리고 겨울바람 속을 걸어서 주차장으로 갔다.

"팀장님에 대해 많이 알게 됐어요. 그동안 어떤 분인지 늘 궁금했거든요."

"다음에는 자네가 좋아하는 취미를 함께 해보자고."

"물론이죠!"

먼저 차를 타고 사라지는 박영민을 지켜보다가 나도 차에 올라 시동을 걸었다. 어쩐지 저 친구와 오래 함께 일할 것 같아, 라고 나는 혼자 중얼거렸다. 사춘기 무렵의 나는 세상의 모든 사람들과 잘 지낼 수 있을 것 같다고 생각했다. 왜 그런 생각을 했는지는 모르겠고, 그런 생각을 하는 사람이 나 말고 또 있는지도 모르겠다. 중요한 건 그 생각이 완전한 오판이었다는 것이다. 내가 가야할 길이 정해져 있듯이 내가 교류해야 할 사람의 폭도 협소하다는 걸 훗날에야 이해했다. 세상에는 보이는 질서보다 훨씬 복잡하고 다양하게 보이지 않는 질서가 존재했다. 그 길을 한 발자국만 벗어나면 상처가 입을 벌리고 기다리고 있다. 무수한 시행착오를 겪으며 내 길을 찾고, 나와의 인연을 찾는 것, 그것이 인생 아닐까.

출장 명령

　　　　　　　　　　　그날 국정원 주변은 소란스러
웠다. 국정원 대공수사국에서 최근 적발한 간첩단 사건을 공개
하자 이를 '간첩사건 조작'이라고 주장하는 진보단체 시위대와
철저 수사를 주장하는 보수단체의 시위대가 국정원 청사 앞에
서 각기 시위를 벌였기 때문이다. 내가 국정원 직원이어서인지는
모르겠지만, 대공수사국이 간첩사건을 조작할 이유는 별로 없
었다. 정권 교체 이후 간첩을 적발한다고 청와대가 달가워 할 리
도 없었고, 오히려 감점이 되지 않으면 다행이라는 분위기였다. 정
권 수호를 위해 허위사실을 발표하는 것도 문제지만, 공정한 수
사를 통해 발표한 사항을 무조건 조작이라고 우기는 것도 문제
였다. 하지만 과거의 전력 때문에, 국정원에 대한 끝이 보이지 않
는 길고 고통스러운 매도를 우리는 인내심 있게 견딜 수밖에 없
는 처지였다.

　경찰 저지선을 뚫고 차도에까지 뛰어들어서 구호를 외치는 시

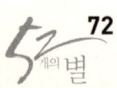

위대 사이를 겨우 비집고 들어가서 사무실에 도착해 보니 여직원이 메모를 전해주었다. 김창일 2차장이 나를 찾는다는 내용이었다. 아침부터 호출하는 일은 드물었으므로 긴급 사안일지 모른다는 생각에 조금 긴장한 채 차장실로 들어섰다. 김 차장은 통화 중이었다.

"그럴 리가 있습니까. 증거만 있으면 우리가 망설일 이유가 없다고요. 그런 염려는 하지 마시고 지켜봐 주세요. 전화 끊습니다."

김 차장은 수화기를 올려놓고 피곤한 얼굴로 고개를 저었다.

"양동식 의원이라고 알지?"

"알고 있습니다."

양동식은 국정원 전신인 안기부 기조실장 출신의 국회의원이었다. 현재는 야당의 정책실장을 맡고 있는 보수이론가인데, 국정원 선배라는 이유로 주요 사안이 터질 때마다 간부들에게 전화를 걸어서 닦달하는 것으로 유명했다.

"이번 간첩단 사건에 야당 국회의원이 개입되어 있을 거라며 당장 잡아넣으라고 날 들들 볶아."

수십 년간 권력을 행사해온 보수 세력은 국정원의 변화를 못마땅하게 생각하고 있었다. 그들은 안보를 최우선으로 생각해야할 국정원이 오히려 친북 활동을 하는 게 아니냐는 의심을 품었다. 여권을 포함한 진보 세력으로부터는 반통일 세력으로 낙인찍히고 보수 세력으로부터는 친북 활동을 한다고 의심받는 상황이었다. 국정원에 관심을 가진 지식인들은 입버릇처럼 선진 정보기관으로 거듭나야 한다고 채찍질을 하지만 여기저기서 국정원을 흔들어 대는 혼란 속에서 정보기관 본연의 길을 가기란 쉽지 않은 일이었다. 얼마나 더 시간이 흘러야 할지.

"자, 좀 앉아서 이야기하자고."

나는 김 차장이 가리키는 소파에 앉았다. 국정원의 특성상 대부분의 사안은 문건으로 전달되었다. 그것도 아주 짧고 간결한 문장으로. 이렇게 차장이 팀장을 불러서 소파에 마주 앉힐 때는 중요도가 비교적 높다는 것을 의미했다.

"어젯밤 우리 측 특사가 북한 고위층과 제9차 남북장관급회담 개최에 합의했어."

"그래요?"

"어렵게 합의했다더군."

2002년으로 접어들면서 남북문제는 숨 가쁘게 흘러갔다. 미국의 부시 대통령이 강경 일변도의 대북정책을 펼치면서 그 영향으로 남북관계도 냉각되었다. 부시는 이라크를 침공한 후 다음 차례는 북한이라고 공공연히 선언했다. 순리대로라면 이미 제2차 남북정상회담이 서울에서 열렸어야 했지만 북한의 정상이 남한을 방문할 분위기가 아니었다. 그 와중에 제2차 북핵 위기가 발생했다. 미국의 정보기관은 북한이 핵무기 제조의 전 단계인 고농축우라늄시설을 지하에 건설 중이라고 판단을 내렸다. 한반도에 전쟁의 그림자가 드리우는 가운데 남북은 아슬아슬하게 대화의 끈을 이어가고 있었다.

김 차장이 설명했다.

"이번 회담은 대단히 중요해. 남북이 다시 동반자 관계로 가느냐 아니면 적대적 관계로 돌아서느냐의 갈림길에 서 있어. 역시 가장 중요한 건 핵문제고, 경의선 철도연결사업, 개성공단 조성사업, 그 외에 인적 교류와 이산가족 문제 등을 이번 회담을 통해 합의해야 해."

"최선을 다해서 준비하겠습니다."

"그런데 이번에는 윤 팀장이 북경에 가야겠어."

"북경이요?"

내가 의아한 얼굴로 묻자 김 차장이 설명했다.

"남북 고위급들의 비밀 접촉에서 제9차 남북장관급회담을 북경에서 개최한다는 것에 합의했어. 장소 문제로 합의가 지연되자 제3국인 중국의 북경으로 합의한 거야."

예비회담의 경우는 제3국에서 개최되는 경우가 더러 있었지만 남북장관급회담이 타국에서 개최되는 경우는 처음이었다. 설령 타국에서 회담이 개최된다고 하더라도 내가 참가하게 될 줄은 전혀 예상 못했다. 북경에도 해외 파견 국정원 요원이 활동하고 있었기 때문이었다.

"잘 알고 있겠지만 이번 회담에 거는 대통령님의 기대가 각별해. 우리가 회담의 주최는 아니지만 사명감을 갖고 회담에 차질이 생기지 않도록 최선을 다해야 한다고. 그래서 지금껏 회담 준비를 맡아온 자네를 보내기로 결정한 거야."

남북회담에 대한 대통령의 각별한 관심은 정치적인 상황 탓이기도 할 것이었다. 12월의 대선이 코앞에 닥친 상황이어서 남북관계의 획기적인 진전으로 여론의 지지도를 끌어올릴 필요가 있었으리라. 그건 그렇고 갑작스러운 북경 출장이 내게는 달갑지만은 않은 명령이었다. 그 무렵의 나는 예기치 못한 우환으로 고심하고 있었다. 두 살이 된 아들에게 유아자폐증이라는 진단이 내려진 것이다. 의사는 완치될 수 있다고 위로했으나 나와 아내는 아들이 정신적인 문제를 안고 성장하지 않을까 노심초사하고 있었다.

차장실을 나오는 나의 어깨를 가볍게 두드리며 김 차장이 말했다.

"회담이 잘 마무리되면 윤 팀장 점수 좀 딸 거야."

그건 그랬다. 남북정상회담 개최 이후 남북관계에 관련된 부서원들에게는 진급이 자주 있었다. 국정원뿐 아니라 경찰청에서도 남북회담 경호팀은 특별 대접을 받고 있었다. 물론 현 정부의 임기가 얼마 남지 않았지만 어느 쪽이 집권을 하건 남북회담은 계속 중요한 정치적 사안으로 등장할 것이었다. 비정치적인 부서에서 지극히 정치적인 부서의 팀장이 되고 보니 그늘 속에 있다가 갑자기 햇볕 아래 선 것처럼 여러 가지 낯선 변화들이 닥쳐왔다.

내가 중국어에 문외한이라는 것이 문제였지만, 중국에서 활동한 적이 있는 박영민이 중국어에 능통했으므로 걱정하지 않아도 되었다. 해외 근무 경력이 없는 내게는 좋은 경험이 될 수도 있었다.

마음에 걸리는 건 역시 아들이었다. 자폐증 통보를 받고 가능하면 아들과 노는 시간을 많이 가지려 했던 무렵이었는데, 출장 명령을 받은 것이다. 그러나 내가 어떻게 해준다고 해결될 문제는 아니었고, 그 당시의 나는 조직의 명령을 거부한다는 건 생각지도 못할 때였다. 아마 목숨이 위태로운 임무가 주어졌어도 두말없이 따랐을 것이다.

며칠 뒤의 대북부서 회식에서는 대화의 중심이 나에게 맞춰졌다. 나는 술잔을 입에 대는 시늉만 했고, 다른 직원들도 취할 정도로 마시는 경우는 없었다. 예전에는 회식을 하면 폭탄주가 돌았다고 하는데, 내가 입사한 이후에는 그런 모습을 한 번도 보지 못했다.

동기인 이장길이 고기를 뒤적이며 진담반 농담반의 말을 건네왔다.

"윤 팀장, 너무 혼자만 잘나가는 거 아냐? 난 아직도 평요원인데, 벌써 팀장을 맡고 북경 출장까지 가고. 샘나 죽겠다고."

신변안전팀의 이현도 팀장도 그를 거들었다.

"아마 북경 회담 잘 풀리면 또 진급 대상이 될 걸? 이러다가 조금만 더 있으면 우리가 모두 우러러봐야 하는 거 아냐?"

나는 손을 내저었다.

"이런 말 하면 더 고깝겠지만, 사실 신변안전팀에서 평요원으로 근무할 때가 제일 속 편했다고."

나로서는 심정을 솔직하게 표현한 것인데 아무도 공감해주지 않았다.

"지나친 겸손은 지나친 자랑보다 밉게 보인다고."

"나는 언제 저런 말 좀 해보나."

동기 중에 가장 빠르게 승진했다는 사실 때문에 나는 회식의 주인공이 되어 있었다. 나도 내가 벌써 이런 위치에 서 있다는 사실을 믿기 어려웠다. 나는 특별히 출세를 위해 안간힘을 쓴 적도 없었다. 단지 국정원 생활이 체질에 잘 맞는다는 생각은 했다. 동기들 가운데 몇몇은 단조로운 근무와 철저한 상명하복의 규율에 질려서 벌써 퇴사를 준비하고 있다는 이야기도 들려왔다. 그들과 비교하면 나는 정말 운이 좋은 사나이인 것만은 틀림없었다.

2차로 호프집에서 간단하게 맥주 한 잔씩을 마시고 헤어졌다. 술자리에서 질투심을 느낀다던 동기 이장길이 내 손을 잡고 나지막이 말했다.

"나 좀 잘 부탁해. 동기 좋다는 게 뭐야. 안 그래?"

"너한테도 기회가 있겠지."

"그렇게 애매하게 대답하지 말고, 좀 나서줘."

"나서다니? 어떻게?"

"김창일 2차장이 널 편애하잖아. 그러니 내 이야기 좀 해보라고."

나는 부담이 돼서 확답은 해주지 않고 대충 얼버무렸다. 이런 일에 어떤 식으로건 엮이면 피곤해질 수 있다는 걸 알기 때문이었다. 또 나건 남이건 출세를 위해 무슨 시도를 하는 건 체질적

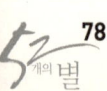

으로 맞지도 않았다. 내가 아무 도움을 주지 않으면 이장길은 나를 외면할 것이 불을 보듯 뻔했다. 어쩌면 모든 동기들로부터 소외될 수도 있었다. 그래도 어쩔 수 없는 일이었다. 나는 내게 익숙한 방식의 삶을 살 수밖에 없다.

아내의 질투가 낯설다

순서상으로는 북경의 남북회담 준비 상황이나 아들의 자폐증 이야기를 써야 하지만, 그보다 더 심각한 문제가 그 무렵 생겼다. 내가 안단테 출입을 계속하고 있다는 걸 아내에게 들킨 것이다. 아내가 내 뒷조사를 한 것은 아니었다. 어느 날 샤워를 끝내고 거실에서 쉬고 있는 내게 아내가 물었다.

"안단테 계속 가고 있죠?"

갑작스러운 질문에 나는 아무 대답도 못했다. 거짓말이라도 해서 위기를 넘겨야 한다는 판단이 섰지만 고지식한 나는 당황한 표정을 고스란히 아내에게 보여주고 말았다. 그렇게 간단하게 들켜버린 것이다.

비교적 순종적인 아내였지만 그 문제에 관해서는 내 설명을 전혀 믿으려고 하지 않았다. 단지 커피를 즐기기 위해서라고 솔직하게 말해도 아내는 내가 안 마담을 만나려고 그곳에 가는 것이라고 확신하는 듯했다. 한 시간가량이나 설득했지만 내가 안 마담과 그렇고 그런 사이라는 아내의 의심을 풀어주지 못했다. 설령 사귀는 게 아니더라도 안 마담과 내가 서로를 원하고 있다고 주장했다. 아내의 강한 확신에 정말로 내 속에 그런 감정이 있는 건 아닐까 싶은 생각이 들 정도였다.

"그 여자가 그렇게 좋으면 그 여자랑 살라고요!"

아내는 그렇게 쏘아붙이고 안방으로 들어가서 울기 시작했다. 아무 잘못도 없이 아내의 일방적인 추궁을 받고 보니 슬슬 화가 나기 시작했다. 사실 아내는 남들과 비교해서 남자를 구속하는 스타일은 아니었다. 내 직업이 일반 공무원이라는 말도 전혀 의심 없이 받아들였다. 나는 평소 그런 아내를 좋아했다. 그런데 유독 안단테의 안 마담에 관해서는 비정상적인 의심을 드러냈다.

나는 안방으로 들어가서 아내에게 말했다.

"정말 날 못 믿겠어?"

"그럼 어느 여자가 믿을 수 있겠어요? 나한테는 절대 안 가겠 다고 약속해 놓고 몰래 그곳을 찾아갔잖아요!"

"커피가 마시고 싶어서라고 했잖아."

"거짓말 좀 그만해요! 세상에서 가장 흔한 게 카페인데, 커피 를 마시려고 간 거라니요!"

커피에 대한 이해가 없는 아내는 내가 왜 안단테를 가지 않을 수 없는지 알 수 없을 것이었다.

나는 내 입장을 설명할 방법이 생각나지 않을 때는 1차적인 감정을 그대로 드러낸다.

"제발 모든 걸 당신 수준에서 생각하지 마!"

"수준이라고요? 그럼 수준이 맞는 그 여자한테나 가라고요!"

더 험한 말들이 오갔지만 상상에 맡기기로 하고, 중요한 건 아내와 내가 그 일로 심각한 불화를 겪었다는 사실이다. 불화는 안단테 출입으로 시작됐지만, 말다툼 과정에서 서로의 자존심을 너무 심하게 손상시켰다. 이튿날 아내는 아들을 데리고 친정으로 가버렸고, 나는 무관심하게 대응했다.

사람의 마음이라는 게 컴퓨터와 달라서 기계적으로 분리 대응을 할 수 있는 시스템이 아니었다. 지금은 중요한 남북회담에 집중해야 할 때였지만 아내와의 문제가 계속 마음속에 걸렸다. 화해를 할 요량으로 아내의 친정으로 전화를 걸었는데, 대화 과정에서 또다시 언쟁을 벌여 감정의 골이 더 깊어지고 말았다. 결혼 후 최초로 서로 간에 이혼을 언급하기도 했다. 그런 복잡한 가정사를 안고 있는 상태에서 나는 북경의 남북회담을 준비해야 했다.

내 사무실 오른쪽 벽면에는 남북장관급회담의 북측 참가자 전원의 사진이 걸려 있었다. 가장 왼쪽에 걸린 사진은 북측 수석대표인 오경성이었다. 그는 우리나라의 장관급에 해당되는 내각 참사의 직책에 있었다. 조선 노동당 비서국 지도부 출신으로 제4차 남북장관급회담부터 대표로 참석해 왔는데, 나도 그를 서울에서 열린 제6차 남북장관급회담에서 본 적이 있었다. 화술이

능수능란했고, 유머도 풍부하다는 인상을 받았다.

두 번째 사진은 조발성 대표였다. 우리나라의 차관급에 해당되는 내각 사무국 참사로서, 함경남도 당위원회 대표 출신이었다. 제8차 남북장관급회담부터 참여하기 시작했고, 여러 가지 정보를 취합해 보면 온건파라고 정의 내려도 좋을 듯했다.

세 번째 사진은 허영태 문화성 국장이었다. 조선예술교류협회 비서 출신으로 북측의 문화 분야 실무자였다. 남북문화교류에서 중요 역할을 한 그는 남북장관급회담에는 첫 번째 참가였다.

마지막 사진은 김만길 농업성 국장이었다. 그도 이번에 처음으로 남북회담에 참석한 인물이었는데, 정보가 거의 없었다. 북한에서 발행된 인물연감에서 도 인민위원회 서기관 출신이라는 정보를 겨우 찾아냈다.

사전에 이들의 움직임과 발언 내용을 빠짐없이 정리해서 우리 측 참가단에게 제공하는 것이 우리 팀에게 부여된 중요 임무였다. 폐쇄된 북한 사회의 특성상 공개된 자료로는 거의 아무것도 얻을 수가 없었다. 물론 북한의 〈인민일보〉 등에서 간헐적으로 동정이 보도되기는 했지만 조작의 가능성이 높았다. 일본과 중국에 파견되어 있는 국정원 요원들을 통한 정보가 양과 질의 측면에서 우수했다. 북측 참가자들의 움직임을 정리하면 그들이 회담에 임하는 자세가 어느 정도 드러나게 된다. 물론 정보를 분석하는 일은 우리 팀의 임무가 아니었다. 국정원 요원들에게 필요한 자질은 분석보다는 정보 습득이었다. 판단은 고위급에서 내리면 되는 것이다.

순조롭게 진행되던 남북장관급회담 준비가 갑작스러운 돌풍을 만난 것은 2002년 9월 17일이었다. 회담을 28일 앞둔 그날 북한은 핵무기확산방지조약NPT을 탈퇴한다는 성명을 발표했다. NPT는 비핵보유국의 핵무기 자체 개발을 방지하기 위한 조약으로써, 여기서 탈퇴한다는 것은 핵개발을 하겠다는 의지의 표명이었다.

이로 인해 제9차 남북장관급회담의 개최가 불투명하게 되었다. 북한의 참가 거부도 예상이 됐지만, 보수 언론을 중심으로 북한과의 회담을 계속할 필요가 없다는 여론이 형성되고 있었다. 북한은 성명서에서 미국에 대해서는 적대감을 드러냈지만 이례적으로 남측에 대한 비방은 없었다. 남북회담을 거부하지는 않겠다는 의미였다. 결국 결단은 대통령의 몫이었다.

회담의 개최 여부와 상관없이 회담 준비는 계속됐다. 회담이 열리는 장소는 북경의 댜오위타이라는 곳이었다. 과거 금나라 황제가 낚시를 했다는 이곳의 한자 표기는 조어대釣漁坮였다. 이곳에는 모두 20개의 별장식 건물이 있는데, 회담은 팡페이위안芳菲苑이라고 불리는 17호 별장에서 개최될 예정이었다. 규모가 크고 방이 여러 개라서 주로 국제회의에 자주 이용되었는데, 미국이 중심이 된 6자회담도 이곳에서 열린 바 있었다.

회담은 17일 앞으로 다가와 있었다. 만일 예정대로 회담이 개최된다면 3일 전에는 내가 북경으로 가서 준비 상황을 점검해

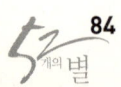

야 했다. 물론 내가 국정원 요원이라는 사실은 절대 비밀로 해야 할 사항이었다. 나뿐 아니라 해외에 파견되는 모든 국정원 요원의 신분은 위장된다. 가장 흔하게 이용되는 직책은 대사관 직원이었고, 이번의 내 경우는 통일부의 남북회담 실무지원팀으로 위장되었다. 북측도 마찬가지였다. 통상적으로 국가안전보위부 요원이 파견을 나오지만 북한 정부에서 파견 나온 안전요원으로 위장된다.

"아니, 커피를 또 마셔요?"

회의 도중 연달아 커피를 따라마시는 나를 보고 박영민이 놀랐다. 나는 이제 완전히 커피에 중독되어 틈만 나면 인스턴트 커피를 따라마셨다. 여직원은 하루가 멀다 하고 인스턴트 커피를 사다 놓아야 했다. 안단테에 갈 수 없는 입장이 나를 더욱 커피에 집착하게 만들었다. 제대로 된 커피를 마실 수 없으니 그 대용품으로 인스턴트 커피라도 마셔야 견딜 수 있었던 것이다.

나는 커피에 중독됐다는 고백은 하고 싶지 않아서 대충 얼버무렸다.

"그냥 피로해서……."

"하긴 요새 저도 좀 초조해지더라고요. 회담 개최 여부가 빨리 결정나야 하는데……."

결정되지 않은 일을 준비한다는 건 괴로운 일이었다. 의욕이 반감되었지만, 그렇다고 업무를 소홀히 할 수는 없었다. 나와 박영민은 수백 가지의 상황을 예견하고 거기에 필요한 것들을 빠짐없이 준비해 나가고 있었다.

회담 개최 예정일 13일 전에 대통령이 결단을 내렸다. 청와대로부터 회담 준비를 차질 없이 진행시키라는 지시가 내려온 것이다. 핵문제 해결을 위해서도 남북대화가 필요하다는 것이 대통령의 의중이었다. 드디어 북경에 가게 된 것이다.

그날 아내가 돌아왔다. 엉망이던 집 안이 깔끔하게 정리되고, 아내가 부엌에서 요리하는 모습을 다시 보니 눈물이 핑 돌 정도로 반가웠다. 그렇다고 아내의 화가 완전히 풀어진 건 아니었다. 머쓱한 기분으로 거실에 앉아 있는 내게 아내가 다가와 눈을 흘겼다.

"반성 좀 했어요?"

"알았어, 미안해."

"또 거기 갈 거예요?"

"안 가. 절대로."

"두고 볼 거라고요!"

아내는 다시 주방으로 돌아가서 요리를 다시 시작했다. 나는 리모컨으로 텔레비전 채널을 이리저리 돌려보다가 주방으로 가서 아내의 어깨에 손을 얹었다. 생오징어를 도마 위에서 토막내던 아내는 부엌칼을 내려놓고 나를 향해 돌아섰다. 시선을 아내로 내리고 있는 아내의 눈가에 눈물이 맺혀 있는 게 언뜻 보였다. 나는 미안하다고 다시 한 번 말하며 아내를 안았다. 모든 것이 제자리로 돌아왔다는 안도감이 그 순간 찾아들었다.

대통령의 고독

대통령은 장점이 많은 사람이라고 생각한다. 오랜 민주화 투쟁과 그로 인한 역경도 그렇고, 무엇보다 자신의 이상을 현실화시킬 줄 아는 면이 대단하다고 믿는다. 그러나 단점도 더러 있었다. 한 번 말을 시작하면 듣는 이의 고충은 아랑곳하지 않고 자신의 생각을 너무 길게 이어간다는 것이 그중 하나다. 경호 문제 등으로 대통령과 근접거리에 위치할 기회가 잦은 국정원 직원들 사이에도 대통령이 너무 말을 많이 한다는 이야기가 나돌았다. 대통령은 타인과의 커뮤니케이션보다는 자신의 생각을 일방적으로 설명하는 것에 익숙한 리더였다.

내가 직접 목격한 대통령의 모습도 소문과 다르지 않았다. 제9차 남북장관급회담 4일 전에 청와대에서 회담 참가자 전원이 참석한 만찬이 열렸다. 국정원에서는 국정원장을 비롯해서 남북회담 지원팀인 나와 박영민이 참석했다.

난생 처음 방문한 청와대는 위압감이 들 정도로 대단한 규모의 건축물이었다. 천장에는 고급 샹들리에가 여러 개 매달려 있었고, 벽에는 유명 화가의 벽화가 걸려 있었다. 곳곳에 경호원들이 부동자세로 서서 만일의 사태에 대비하고 있었다. 나는 참가자들과 함께 만찬장인 영빈관으로 향하면서 문득 사람들이 모두 빠져나갔을 때의 이 공간이 어떤 모습일까를 생각했다. 규모가 크고 웅장한 것과 비례해서 지독한 외로움도 느껴질지 모른다는 생각이 문득 들었다. 흔히 대통령 자리는 고독한 자리라는 말이 회자되었지만, 그것을 간접적으로나마 실감한 것은 처음이었다.

만찬장의 맨 앞줄에는 수석대표인 통일부 장관과 국정원장, 그리고 관계 부처 장관들이 착석했고, 그 다음 줄에는 대표진이 자리하고 있었으며 그 다음 줄에는 수행원들, 그리고 마지막줄에 나와 박영민을 비롯한 지원팀이 자리하고 있었다.

대통령은 지방순시로 인해 예정시간보다 10여 분쯤 늦게 도착했다. 대통령이 만면에 웃음을 지으며 들어서자 모두가 기립해서 예를 올리고 다시 착석했다. 통일부 장관이 일어서서 참석자들을 대표하여 짧은 인사말을 하고 대표진을 소개했다. 대표진 네 명이 자신을 소개할 때마다 참석자들은 박수로 화답했다.

나는 이 순간이 내 인생의 정점은 아닐까 언뜻 생각했다. 비록 지원팀의 일부로서이기는 하지만, 청와대에서 대통령을 접견할 기회가 인생의 어느 시기에 또 있을까 싶었다. 유년 시절, 군인 출신의 대통령이 해외 순방을 마치고 돌아오면 반강제로 거리에 서서 손을 흔든 적이 있었다. 30분 이상의 지리한 기다림 끝에 나타난 대통령의 자동차는 짙은 썬팅이 되어 있어서 아무것도 볼 수 없었다. 우리 같은 보통 사람들과는 전혀 다른 사람으로 인식하도록 강요받았던 그때의 대통령과 민주화가 진행된 현재의 대통령이 똑같지는 않을 것이다. 하지만 여전히 대통령이라는 직위는 절대 권력의 상징이었다. 단지 청와대에 들어와서 대통령을 볼 수 있다는 사실만으로도 대단한 영예였다.

하지만 줄곧 내 마음 한켠에서는 다른 생각이 들고 일어나고 있었다. 만일 이 거대한 건물과 수많은 수행원들이 나 혼자만을 위해 존재하는 것이라면 지독하게 고독할 수도 있을 것이라는 사실이다. 권력의 정점에 서 있는 지배자지만 인간의 보편적인 감정인 희노애락을 자유롭게 표현할 수 없는 것에서 오는 스트레스도 반드시 있을 것이었다. 그래서 대통령 못해먹겠다고 푸념한 대통령이 훗날 탄생하지 않았던가.

대통령의 연설이 시작되었다. 참석자들은 헛기침조차 삼가며 대통령의 말에 집중하려고 노력했다. 대통령은 일단 남북회담의 중요성을 자세히 설명하기 시작했다.

"우리 대한민국은 미국과 안보동맹을 맺고 있고, 일본과도 우호관계를 맺고 있습니다. 최근에는 중국이나 러시아와도 수교하여 좋은 관계를 유지하고 있는 것이 사실입니다. 하지만 북한은 러시아나 중국과는 외교관계를 맺고 있지만 다른 국가와는 적대적인 경우가 많습니다. 남북의 문제는 여기서 시작되는 것입니다. 북한이 국제사회에 대해 계속 배타적이라면 한반도의 평화는 기대하기 어렵습니다. 남북회담이 중요한 이유가 여기 있습니다. 우리는 인내심을 갖고 북한으로 하여금 외투를 벗도록 유도해야 합니다."

대통령은 막히거나 머뭇거림 없이 연설을 이어나갔다. 집중해서 귀를 기울이면 훌륭한 연설이었고, 합리적인 내용이었다. 그러나 문제는 지나치다는 점이었다. 연설 시작 30분이 지났음에도 대통령은 마무리를 할 기미조차 보이지 않았다. 관료들 사이에서 너무 말이 많은 대통령이라는 수군거림이 나도는 이유를 알 것 같았다.

결국 문제가 발생했다. 내 맞은편에 앉아 있던 박영민이 졸기 시작한 것이다. 그는 마치 바람에 흔들리는 벼이삭처럼 머리를 앞으로 흔들며 졸았다. 가끔 스스로 놀라 눈을 크게 뜨고 몸을 곧추세우는가 싶었지만, 이내 다시 잠에 빠져들고는 했다. 혹시라도 이 모습을 국정원장이나 장관이 목격한다면 큰 질책으로 이어질 수도 있었다. 다른 부서도 아닌 국정원 직원이 대통령 연설 도중 존다는 것은 보통 일이 아니었다.

내가 몇 번이나 눈짓으로 주의를 줬지만, 박영민은 눈치를 채지 못했다. 어쩔수 없었다. 물리적인 충격을 가해야만 정신을 차릴 것 같다고 판단한 나는, 테이블 쪽으로 몸을 기울인 후 발을 테이블 아래로 쭉 뻗어서 박영민의 정강이를 강하게 걷어찼다.

박영민은 훅, 하는 숨소리를 내며 몸을 곧추세우고 나를 쳐다보았다. 내가 눈을 치켜뜨고 졸지 말라는 신호를 보내자 그제서야 정신을 차린 박영민은 나를 향해 죄송하다는 시늉을 한 후 대통령의 연설에 집중했다.

나는 박영민에 대해 평소 호감을 갖고 있었다. 하지만 공사는 분명하게 구분할 줄 알아야 했다. 혹시라도 근무태만으로 국가적인 중대사에 지장을 초래한다면 개인에게 돌아가는 징계 차원을 넘어서 국가적인 손실로 이어질 수도 있었다. 국정원이나 검찰, 군대에서 상명하복의 규율을 철저하게 강조하는 것도 이 같은 이유에서였다.

청와대 만찬이 끝나고 국정원으로 돌아오는 길에 나는 차를 도로변에 세우고 박영민을 불러세웠다. 박영민은 자신의 잘못을 알고 있었기 때문에 시종 주눅이 들어 있었다. 나는 매섭게 쏘아붙였다.

"너 배짱 좋다. 대통령께서 연설하시는데, 국정원 요원이 졸아?"

박영민은 두 손을 앞으로 모으고 용서를 구했다.

"죄송합니다. 다시는 그런 일 없도록 주의하겠습니다."

"너 지금 장난하러 북경 가는 거지? 재미로 국정원 생활하는 거지?"

"아닙니다. 한 번만 용서해 주십시오. 제가 워낙 잠이 많아서……."

"아무리 그래도 그렇지. 그 자리가 어떤 자리인데 잠이 와?"

"잘못했습니다."

박영민의 눈에서 굵은 눈물이 굴러떨어졌다. 하지만 나는 고삐를 늦추지 않았다. 지금 따끔하게 혼내지 않으면 나중에 대형 사고로 이어질 수도 있다는 우려 때문이었다.

"너 하고 싶은 대로 하려면 사표 쓰고 밖에 나가서 해. 너 같은 놈은 국정원에 필요 없어."

"아닙니다. 전 국정원 외의 직업은 생각해 본 적이 없습니다. 용서해 주십시오."

"대통령 앞에서도 조는 놈을 어떻게 믿어?"

"죄송합니다, 다시는 안 그러겠습니다."

박영민은 수십 번이나 머리를 조아리며 사과를 했고, 나는 마지못해 넘어가 주는 척했다. 집으로 돌아오는 차 안에서 마음이 조금 아렸다. 졸음은 생리적인 현상일 수 있었고, 대통령의 연설이 지나치게 긴 것도 사실이었기 때문이다. 하지만 우리는 보통의 회사 직원이나 일반 공무원이 아니었다. 설령 대통령이 악마라고 하더라도 그가 원하는 방향의 인생을 살 수밖에 없는 것이 국정원 직원들의 삶이었다. 물론 알아주는 사람은 없다. 하지만 이 직업은 우리 스스로가 선택한 것이다. 나를 비롯한 국정원 직원들의 사상이 대통령과 다를 수도 있다. 하지만 공적인 업무에 관해서는 철저하게 상명하복의 자세를 갖추어야 한다. 우리가 그런 자세를 갖추지 않는다면 단 하루도 국가가 지탱되기 어렵다는 걸 나는 잘 알고 있었다.

북경으로

　　　　　　　　　　　아들 정훈이는 엎드린 자세로
레고블록 조각을 쥐었다 놓았다 하고 있었다. 밥 먹을 때부터 지
켜봤는데, 거의 30분 동안 계속 그 행동을 반복했다. 반복행동
은 자폐증의 전형적인 증상이라고 한다. 나는 우두커니 서서 정
훈이를 내려다보고 있었다. 아내가 안아주려고 하면 정훈이는
발버둥을 치며 똑같은 자세를 고집했다.

　오늘은 북경으로 출국하는 날이었다. 하지만 정훈이의 비정상
적인 행동은 나로 하여금 쉽게 발걸음을 떼지 못하게 했다.

　아내가 말했다.

　"내가 어떻게 해볼 테니 그만 가셔야죠. 늦겠어요."

　아내는 내가 북경으로 출장간다는 사실은 알고 있었지만 남
북회담과 관련된 출장이라는 건 물론 모르고 있었다.

　"의사는 뭐래?"

　"중요한 건 지금보다 앞으로래요. 유아자폐증 환자들 가운데

75퍼센트는 정신지체 장애로 이어진대요. 다만 우리 정훈이는 심하지 않아서 완치 가능성이 높대요."

"알았어."

여러 가지 복잡한 감정들이 생겼지만 그렇다고 내 힘으로 해결할 수 있는 문제가 아니었다. 가정을 이루고 살면서 늘 좋은 일만 생길 수는 없었다. 사고도 일어나고 우환도 일어난다. 아무리 조심하더라도 뜻하지 않는 불운이 찾아와서 평화롭던 일상을 망가트린다. 자신의 의지로는 어떻게 해볼 수 없는 문제를 만나면 새삼 인생의 무게를 실감한다. 나는 무거운 마음으로 손을 흔드는 아내를 뒤로 한 채 인천공항을 향해 차를 몰았다.

하오 지우 부 찌엔 好久不見 오랜만입니다

기초중국어교재 첫 페이지의 첫 문장이었다. 나는 비행기의 좌석에 앉자마자 중국어 공부를 시작했다. 이 교재를 산 건 북경 출장이 결정된 직후였지만 차일피일 미루다가 이제야 들춰보게 된 것이다. 박영민이 중국어에 능통하다고는 하지만 나도 간단한 인사말 정도는 알고 있어야 할 것 같았다. 박영민은 앉자마자 잠에 빠져들더니 곧바로 코까지 골기 시작했다. 원래 잠이 많다는 그의 말이 괜한 변명은 아닌 모양이었다.

2시간이 채 안 되는 짧은 비행 끝에 북경공항에 도착했다. 북경공항은 새로 개축한 지 얼마 되지 않아서 예상보다 훨씬 현대

적이었다. 내가 외국을 방문한 것은 이번이 두 번째였다. 대학생 때 어학연수를 위해 미국을 방문한 적이 있는데, 그때는 공항에 도착하자마자 너무나 이국적인 풍경을 마주해서 당황했었다. 외국에 막상 가보면 한국이 얼마나 작은 나라인지 깨닫게 된다. 한국에 있을 때는 주변의 모든 것이 한국적이어서 이곳이 세계의 전부인줄 알지만, 외국에 나가면 한국적인 것들은 찾아보기가 어려워서 한국이라는 나라를 객관적인 시각으로 볼 수 있게 된다.

우리를 마중 나오기로 한 인물은 최도삼 참사관이었다. 그도 국정원 요원으로서 현재는 북경 주재 한국대사관에서 참사관이라는 직책으로 위장해서 활동 중이었다. 직급이 나보다 두 계단 위였으므로 나와 박영민은 그의 직속부하로 활동할 예정이었다.

그런데 그가 고위 인사를 접견하느라 한 시간가량 늦어질 것 같다는 전화를 걸어와서 우리는 공항 라운지에서 차를 마시며 기다렸다. 나는 아이스 아메리카노를 마시며 노트북을 꺼내 아내와 인터넷 통신을 해보았다. 노트북에 캠이 부착되어 있어서 서로의 얼굴을 영상으로 보며 대화가 가능했다.

"지금 도착했어."

"식사는요?"

"비행기 안에서 먹었어."

아내도 나도 난생 처음 캠으로 대화를 하려니 어색해서 시종 웃기만 했다. 하지만 결혼 후 처음으로 10일 이상을 떨어져 있어야 하기 때문에 애틋한 감정이 생긴 것도 사실이었다. 아내가 토라진 듯한 말투로 말했다.

"한눈팔지 않을 거죠?"

"그렇게 나를 못 믿겠어?"

"남자는 못 믿을 동물이라잖아요."

"나는 다르잖아.'

"피."

아내는 입술을 삐죽 내밀었다. 그 순간의 아내가 너무나도 사랑스러워 보였다. 안단테 출입건으로 말다툼을 했을 때 심한 말을 했던 게 미안해질 정도였다. 아내는 정훈이를 데려와서 카메라 앞에 앉혔다. 정훈이는 시선을 다른 곳에 두고 팔과 다리를 휘저었다. 아침과는 다른, 정상적인 두 살배기 사내아이의 모습이라서 안도가 되었다.

"정훈아, 아빠한테 인사해야지."

아내가 말했지만 정훈이는 아직 나를 인식하지 못하고 있었다. 여전히 시선이 다른 곳을 헤매고 있었다. 아내는 정훈이의 팔을 잡고 나를 향해 손을 흔들도록 했다. 그 모습이 나로 하여금 한 가정의 가장이라는 사실을 새삼 깨닫게 만들었다. 총각 때는 나 혼자만 챙기면 그만이었다. 가고 싶은 곳이 있으면 훌쩍 가면 되고, 사고 싶은 것이 있으면 그냥 사면 되었다. 하지만 가정이 생긴 후 모든 것을 가족 중심으로 생각하지 않을 수 없었다. 내게 필요한 물건보다는 아내와 아들에게 필요한 물건을 먼저 구입하

게 되고, 어딘가 여행을 가고 싶어도 가족과 함께 가면 좋을 법한 곳을 찾게 된다. 나는 혼자가 아니었다.

"윤 팀장님, 최 참사관님이 공항 정문에 오셨대요."

두 번째로 주문한 아이스 아메리카노를 마시는데, 박영민이 라운지 입구에서 나를 불렀다. 나는 아내와 마지막 인사를 나누고 노트북을 닫았다.

최 참사관은 선글라스와 야구모자를 쓰고 있었다. 나이는 40대 초반으로 짐작이 되었다. 절기상으로는 가을이었지만 날씨가 여름에 가까워서인지 땀을 흘리고 있었다. 근육질이었고 얼굴이 까맣게 그을려 있어서 전직이 군출신이 아닐까 싶었다. 지금은 그런 제도가 없어졌지만 과거에는 군출신이 국정원 입사에 우대를 받았다.

"윤 팀장?"

최 참사관이 악수를 청해오며 물었다. 나는 그렇다고 대답하며 그의 손을 맞잡았다. 그는 박영민과도 악수를 나눈 후 우리를 자신의 승용차 쪽으로 안내했다.

"오느라 수고들 많이 했어. 월드컵 때 대단했다지? 그걸 봤어야 하는 건데."

활달한 성격이라면 뒤지지 않는 박영민도 최 참사관의 격의 없음에 동조했다.

"월드컵 못 보셨으면 말을 말라고요."

"그러게. 텔레비전으로 보다가 환장해서 그냥 한국으로 날아가고 싶더라니까."

나는 조수석에 앉고 박영민은 뒷자리에 앉았다. 공항 앞 차도는 택시와 승용차로 혼잡했는데, 최 참사관의 운전 솜씨가 워낙 능숙해서 크게 정체되지 않고 시내로 접어들 수 있었다. 북경 거리는 서울의 10년 전쯤을 연상시켰다. 현재의 서울보다 더 화려하고 높은 빌딩도 눈에 띄기는 했지만 전체적으로는 낙후된 건물이 주류를 이루었다. 거리를 오가는 사람들의 모습은 사회주의 국가치고는 자유로워 보였지만 서울을 기준으로 보면 유행에 뒤처지는 느낌이었다. 하지만 여기저기 건설 중인 건물들이 산재해 있는 것이 한참 발전 중인 도시임을 실감케 했다.

최 참사관이 나를 힐끗 보며 물어왔다.

"요새 국정원 분위기 어때? 대선이 코앞이라 뒤숭숭하지?"

"우리야 잘 모르죠. 고위급들이야 머리가 복잡하겠지만."

"요새는 어느 장단에 춤을 춰야 할지 모르겠다니까. 간첩 잡는 게 우리가 하는 일인데, 간첩을 잡아도 누가 알아줘야지."

최 참사관의 말은 예민한 사항이었으므로 나는 잠자코 있었다. 북경에서 대북 공작을 주로 해왔던 최 참사관으로서는 그런 불만이 당연한 것이겠지만, 남북회담 전담부서를 책임지고 있는 내가 그런 논리에 동조할 수는 없었다. 한 번 그런 논리에 휩쓸리면 북경에 있는 내내 한통속이 될 수밖에 없을 것이라는 점도 계산이 되었다. 그럼에도 최 참사관은 계속 불평했다.

"나는 이놈의 남북대화도 맘에 안 들어. 우리가 빨갱이들한테

한두 번 속았어? 매번 질질 끌려다니는 대화가 무슨 소용이냐고. 국정원이 뒤치다꺼리나 하고 말야.”

물론 최 참사관이 무슨 의도를 갖고 내게 불평을 하는 것이 아니라는 건 잘 알고 있었다. 상명하복의 규율을 모를 리 없는 그였으므로 누구보다 명령에 충실할 것은 틀림없었다. 단지 모처럼 동료를 만나서 불만이 터져나오는 것이리라. 최 참사관이 계속 똑같은 화제로 대화를 청해오면 어쩌나 고민하고 있는데, 룸미러를 올려다본 최 참사관이 어이없이 말했다.

“저 친구 뭐야?”

뒤를 돌아보니 박영민이 비스듬히 누운 자세로 코를 골며 자고 있었다. 차에 오른 지 10분도 채 지나지 않았는데, 세상모르고 잠에 빠져든 걸 보면 엄청 피곤했거나 잠이 엄청 많다는 증거였다. 어쨌거나 대화에서 공통점을 찾지 못해 어색했던 나와 최 참사관 사이의 분위기를 풀어주기에 적당한 모습이었다. 나와 최 참사관은 서로를 마주보며 폭소를 터트렸다.

조양구朝陽區 진입을 알리는 팻말을 지나쳐서 5분쯤 더 달리자 주중한국대사관이 육안에 들어왔다. 북경을 관통하는 수도 고속도로 인근에 위치해 있었다. 한국대사관 중에는 몇 손가락 안에 꼽힐 만큼 훌륭한 조형미를 갖춘 대사관이었다. 3개의 나무 상자를 허공에 띄워 놓은 것 같은 모양을 하고 있었다.

최 참사관은 곧장 대사관실로 나와 박영민을 데리고 갔다. 오병수 주중한국대사가 직접 우리를 맞았다. 오 대사는 전장의 장수를 연상시키는 거구의 소유자였다. 그러나 내가 알고 있는 정보에 의하면, 오 대사는 외모와 달리 전형적인 엘리트 학자 출신의 인물이었다. 그는 나와 박영민에게 악수를 청한 후 소파를 가리켰다.

"자, 앉읍시다."

소파에 앉자 저절로 창밖 풍경이 눈에 들어왔다. 멀리 북경 시내의 고층 빌딩들이 보였는데, 대부분이 현재 건축 중이었다.

최 참사관이 오 대사에게 나를 소개했다.

"윤 팀장은 국정원 내에서 유능하다고 소문이 자자합니다. 아마 이번 회담 진행도 큰 실수 없이 잘 해낼 것입니다."

오 대사는 나를 건너다 보며 고개를 끄덕였다.

"그랬으니 국정원에서 직접 파견을 보냈겠지요."

나는 웃으며 대답했다.

"과찬이십니다. 아직 많이 부족하지만 최선을 다하겠습니다."

"다들 잘 알고 있겠지만 이번 회담은 남북의 운명을 가를 만큼 중요합니다. 대통령께서도 각별한 관심을 갖고 계세요. 회담이야 대표진이 하는 것이지만, 회담 준비와 경호, 의전 같은 것도 중요합니다. 우리 대사관에서도 최선의 지원을 하겠으니 필요한 것들이 있으면 언제건 요청하십시오."

"알겠습니다."

오 대사와의 면담은 그것으로 끝이었다. 대사는 대사관을 총

괄하는 직책이지만 국정원 직원은 대사의 지시를 받지 않는다. 오히려 대사도 국정원 직원의 감시를 받는 입장이었다. 그래도 정권 교체 후 많이 나아진 편이었다. 과거에는 국정원 상주 요원이 대사관에서 가장 파워가 세다고 소문난 적도 있었다.

대사실을 나와서 대사관 2층의 최 참사관 사무실로 들어섰다. 작은 사무실 안에는 여러 가지 첨단정보장비들이 갖추어져 있었다. 과거나 현재나 대사관은 정보수집 임무의 가장 중요한 기관이었다. 그것은 외국도 마찬가지다. 각국 대사관 직원들의 추방 소식이 이따금 뉴스의 한켠을 장식하는데, 명확한 사유가 공개되지 않는 경우는 대부분 정보원들의 정보수집 행위가 발각돼서이다.

"자, 이것 좀 한 번 보라고."

최 참사관이 컴퓨터를 켰다. 부팅이 되자 40인치의 대형 모니터에 흑백의 CCTV영상이 떴다. 최 참사관이 화면을 손가락으로 가리키며 설명했다.

"여기가 바로 이번 회담이 열리는 댜오위타이 내부야. 경비실의 CCTV화면을 중간에서 따왔어. 물론 비밀리에."

경비실의 CCTV화면을 몰래 따는 일은 정보수집의 기본이었다. 별도의 장비 없이 내부를 감시할 수 있다는 장점이 있었다.

"그런데 회담이 진행되는 17호실만 CCTV화면이 없어. 아마도 고위급들만 볼 수 있도록 조치한 모양이야. 중요한 회담은 기자들이 철수한 뒤 비공개로 진행될 텐데, 17호실에 CCTV를 설치하는 게 급선무야."

최 참사관이 걱정하자 박영민이 눈을 반짝이며 나섰다.

"그럼 몰래 설치해야 하나요?"

"그래야지."

최 참사관은 도면을 가지고 와서 우리에게 펼쳐 보였다.

"이게 17호실 설계도면이야. 통풍구를 통해서 부감으로 설치해야 할 것 같아. 여기 보면 통풍구 입구는 복도에 있어."

"그럼 복도에서 몰래 통풍구로 잠입해서 천장에 설치해야 하는군요?"

"그렇지. 제법 똑똑한데?"

최 참사관의 칭찬에 박영민은 머리를 긁적였다.

"스파이 영화에 흔히 나오는 장면이라서……."

"방법은 같지만 영화에서처럼 성공이 보장되어 있는 건 아니야."

"만일 발각되면 사살당하나요?"

"그렇지는 않겠지만 외교적인 문제가 발생할 가능성이 높지."

"그래도 명령만 내리신다면 꼭 성공시키겠습니다."

"일단 임무에 임하는 자세는 좋군. 잠만 좀 줄이면 훌륭한 요원이 되겠어."

최 참사관의 농담으로 셋 사이에 웃음이 터졌다. 그러나 웃음은 곧 사라지고 긴장감이 찾아들었다. 비공개 회담 장소에 CCTV를 설치하는 일은 외교적인 분쟁의 소지가 있었다. 하지만 고위층에서는 CCTV화면이 확보되면 회담의 원활한 진행에 큰 도움이 된다는 현실적 이점을 피해가기 어려웠을 것이다. 설치가 어렵다고 보고를 해도 큰 질책이 있는 건 아닐테지만, 한 번 내려진 명령은 완벽하게 수행하고 싶은 것이 모든 국정원 직원들의 입장일 것이었다.

CCTV의 설치 임무는 박영민에게 맡겨졌다. 우선은 내일 댜오위타이를 방문해서 상황을 파악하고 적절한 시기에 임무를 수행할 예정이었다. 고난도의 임무는 아니었지만, 문제는 박영민에게 경험이 없다는 점이었다. 최 참사관도 그 점을 염려한 듯 장비 사용법을 반복해서 설명해주었다. 준비만 완벽하다면 실패하지 않으리라고 모두가 낙관했다. 국정원의 임무완수율은 상당한 수준이었다. 국정원이 국내에서는 많은 비판을 받지만 결정적인 실수로 요원이 사망하거나 외교 분쟁을 초래한 예는 극히 드물었다. 그 점은 한국인으로서 자긍심을 가져도 좋은 부분이었다.

베테랑 여 공안

짜이 찌엔 **再見** 안녕히 가십시오

나는 기초중국어교재의 두 번째 페이지 첫 문장을 읽어 보았다. 한자를 그대로 발음하면 '재견'이 되니 중국어 '짜이 찌엔'과의 연관성이 쉽게 짐작되었다. 하지만 이론과 현실은 전혀 다르다. 이곳 왕푸징 호텔에 도착했을 때 책에서 본 것을 인용해 종업원들과 대화를 시도해 봤지만 의사소통이 전혀 되지 않았다. 그냥 영어를 사용하는 게 낫겠다 싶었다. 그래도 배워 놓으면 써먹을 수도 있겠다 싶은 생각에 틈틈이 공부를 하는 중이었다.

나와 박영민은 4성급 호텔인 왕푸징 호텔 706호에 체류하게 되었다. 해외 파견 국정원 직원은 대사관에 체류하는 게 보통이지만 이번의 경우 회담 참가자들과의 원활한 교류를 위해 참가자들과 같은 호텔에 묵게 된 것이다. 장단점이 있겠지만, 아무래도 고급 호텔에 묵게 된 점은 기분 좋은 일이었다.

박영민은 호텔에 여장을 풀자마자 댜오위타이 17호실의 설계

도면을 분석하며 CCTV 설치계획에 전념했다. 영화 〈007〉의 제임스 본드도 처음부터 프로는 아니었을 것이다. 완벽한 임무 수행을 위해 필요한 건 반복학습이었다. 연습과 실전은 다르지만, 연습 없이는 실전도 있을 수 없었다. 아무리 사소한 임무라도 티끌만큼의 실수도 용납하지 않겠다는 각오로 임하면 언젠가는 제임스 본드처럼 멋진 정보원이 될 수 있을 것이다.

나는 객실에 비치된 커피메이커로 아메리카노를 따라 마시며 창가에 섰다. 번화가인 왕푸징 거리가 한눈에 내려다보였다.

나는 그때 무슨 생각을 했을까. 아마도 나 자신이 중요한 역사의 무대에 서 있다는 것을 실감하려 애썼지 않았나 싶다. 확실히 국정원 요원으로 남북회담이라는 역사적 사건의 한 역할을 담당하고 있다는 것은 보통 사람의 삶과는 거리가 먼 것이었다. 그런데 나는 한 번도 이런 식의 삶을 꿈꾼 적이 없었다. 주목받지도 않고 소외되지도 않은 평범한 인생을 추구해왔던 내가 어째서 자꾸 세상의 중심으로 나아가고 있는 건지 모를 일이었다. 어쩌면 평범한 삶이란 평범하게 존재하지 않는 것인지도 모른다는 걸 이미 그때 어느 정도 알고 있었던 것일까. 호수 위에 떠 있는 물오리는 평화로워 보이지만, 수면 아래에서 보면 물오리는 필사적으로 물갈퀴를 움직이고 있다. 평범한 삶이란 그런 것이다.

나는 커피 한 잔을 더 따른 후 노트북을 열고 아내와 접속했다. 10시가 넘었으므로 정훈이는 잠들었고, 아내 혼자 컴퓨터 앞에 앉아 있었다.

"결혼 후 당신이 없는 첫 밤이네요."

"혼자 지내기 무서우면 잠시 친정에 가 있지 그래."

"그 정도는 아니에요. 북경은 어때요?"

"중국 사람이 많지 뭐."

"피."

아내는 잠시 눈을 흘겼다. 나는 박영민이 눈치채지 못하게 입술을 앞으로 내밀어서 입맞추는 시늉을 했다.

"그런데……."

머뭇거리는 아내가 의아해서 내가 물었다.

"그런데 뭐?"

"오늘 당신이 떠난 후 곰곰 생각해 보니 나는 당신에 관해 아는 게 너무 없어요."

"난 당신에게 숨기는 거 없는데."

"비밀이 많다는 게 아니고요. 당신이 무슨 생각을 하고 있는지 짐작하기가 어려워요. 다시 말해서 당신과 나는 생각을 공유하지 못하고 있는 거예요."

그 말이 정확히 어떤 뜻인지는 몰랐지만, 왜 그런 뉘앙스의 말을 했는지는 알 것 같았다. 그러고 보니 첫 번째 연애 상대도 그런 비슷한 이야기를 했었다. 난 너에 대해 아무것도 몰라. 우린 공유하는 게 없어. 우린 몸을 섞었지만 네가 내 것이라는 생각은 안 들어. 난 정말 너를 모르겠어. 헤어질 무렵 그녀는 그런 이야기를 했다. 그때는 몰랐다. 내가 이 세상의 누구와도 생각을 공유하고 있지 않다는 것을. 아니, 더 정확히 말하자면 그 공유하지 않음이 특별하다는 것을 훗날에야 이해했다. 난 늘 평범하게 살고 싶다고 생각했지만 그것은 평범의 외투를 두른 고립일지도 모른다. 발을 밟았군요, 죄송합니다. 아닙니다. 괜찮습니다. 나는 이런 정도의 인사치레만으로 세상과 교류하고 있는 것은 아닌가, 하는 생각이 문득문득 들고는 했다.

내가 아무 말도 하지 않자 아내가 말했다.

"하지만 당신을 사랑해요."

"나도 사랑해."

아내와 대화를 끝냈을 때는 11시가 가까워져 있었다. 박영민은 설계도면을 손에 쥔 채로 코를 골며 잠에 빠져들어 있었다. 아내와의 대화가 여운을 남겨서인지, 나는 커피 한 잔이 더 마시고 싶어졌다.

객실에 비치된 커피메이커의 커피는 그저 그런 맛이었다. 특별히 싸구려라고 할 수도 없었지만 4성급 호텔에 어울리는 고급도 아니었다. 좋은 커피와 그렇지 않은 커피를 나누는 것은 향기와 맛이다. 커피콩은 2주가 지나면 신선도가 떨어지기 시작하고, 분쇄한 커피는 3일이 지나면 신선도가 떨어진다. 오래 둘수록 안 좋은 것이다. 가끔 외국영화의 등장인물이 커피를 한 모금 마셔보고 인상을 찌푸리며 뱉어버리는 장면을 볼 수 있는데, 미각과 후각이 발달한 사람이 신선도가 완전히 떨어진 커피에 대한 거부반응을 표현한 것이다.

좋은 커피에서는 원시의 향과 맛이 느껴진다. 갓 재배한 커피를 솜씨 좋게 볶아서 만든 커피 한 잔을 마시면 다른 것과 견줄 수 없는 행복감이 밀려든다. 인생이 뭔 줄 모르지만 그 순간만은 산다는 것이 축복으로 느껴진다.

제9차 남북장관급회담 장소인 댜오위타이 입구에는 인민해방군 병사들이 중무장을 한 모습으로 경계를 서고 있었다. 우리 차가 진입하자 두 명의 병사가 차의 오른쪽과 왼쪽으로 다가와서 신분증 제시를 요구했다. 나머지 병사들도 돌발 사태를 대비해서 날카로운 눈으로 우리 쪽을 주시하고 있었다. 최 참사관이 회담 관계자임을 증명하는 증명서를 제시하자 꼼꼼하게 확인하고 상부에 연락도 취한 후 통과시켜 주었다.

차는 본관 건물로 이어진 수백 미터 길이의 차도를 서행했다. 차도 왼쪽으로는 강처럼 보이는 커다란 호수가 있었다. 이 호수는 금나라 황제 장종의 지시에 의해 수만 명의 백성들이 동원되어 만들어진 것이라는 설명을 누군가에게 들은 기억이 있었다.

박영민이 주변 풍경을 둘러보며 감탄했다.

"굉장한데요?"

"그렇지? 이 댜오위타이는 직역하면 낚시터야. 황제 한 사람의 낚시 취미를 만족시키기 위해 수만 명을 동원해서 이렇게 사치스러운 휴양지를 만든 거지."

최 참사관의 설명하자 박영민이 놀랐다.

"겨우 낚시터라고요?"

"그렇다니까. 여유 되면 저기 어디쯤에서 낚시나 좀 할까?"

"조금 전에 못 봤어요? 인민해방군이 기관총을 난사할 거라고요."

물론 지금 이곳에서 낚시를 하는 사람은 없다. 현재 이곳에서는 남북회담을 비롯한 각종 회담이 열리고 있다. 우리나라의 청와대 영빈관과 비슷한 용도의 건물이라고 보면 된다.

댜오위타이 본관에서 또 한 번 신분증 제시를 요구받았다. 이번에는 군인이 아니라 중국 공안들이었다. 인민해방군이나 중국 공안이나 키가 비교적 작다는 인상을 받았다. 하지만 작은 체구였음에도 여차하면 흉기로 돌변할 것 같은 야무진 기색이 느껴졌다.

입구를 통과하자 붉은 카펫이 깔린 복도가 나왔다. 천장이 유난히 높아서 거대한 공동처럼 느껴졌다. 양쪽 벽에는 중국의 공산혁명 과정을 그린 벽화가 그려져 있었다. 모택동이 행군의 선두에 서 있는 그림이 인상적이었다. 아마도 모택동의 대장정을 형상화한 것 같았다. 10미터쯤의 간격으로 공안들이 경계를 서고 있었는데, 사복차림과 정복차림이 혼재되어 있었다.

"아무래도 복도로의 침투는 어렵겠는데요?"

박영민이 CCTV 설치 임무를 걱정하자 최 참사관이 동의했다.

"어제만 해도 이 정도로 철저하지 않았는데, 회담이 다가오니 경계를 강화했나봐."

내가 말했다.

"다른 방법을 찾아봐야겠군요."

"그래야겠어."

최 참사관이 앞장서서 17호실로 들어섰다. 이곳이 제9차 남북장관급회담이 열리는 본회의 장소였다. 중국 공안들의 주도로 수십 명의 기관원들이 분주히 회담 준비를 하고 있었다. 벌써 '제9차 남북장관급회담'이라는 현수막이 정면에 걸려 있었고, 긴 테이블도 준비되어 있었다.

내가 회의장 안을 살펴보고 있을 때 공안 한 명이 걸어왔다. 하얀색 제복을 입은 여자 공안이었다. 그녀는 활짝 웃으며 우리들에게 중국어로 말을 걸어왔다. 박영민이 그녀와 몇 마디 대화를 나누고 내게 통역을 해주었다.

"이 여자분이 이번 회담의 경비를 책임지고 있는 공안팀장이랍니다."

"아, 그래?"

나는 얼른 그녀와 눈을 맞추며 말했다.

"니 하오 마."

나의 서툰 중국어에 그녀는 무어라고 응대를 했고 박영민이 설명해 주었다.

"이름은 자오유민이고요, 우리가 이번 회담지원 업무를 나온 걸 알고 있으니 행사 전반에 관해 궁금한 게 있으면 자신에게 부탁하라고 합니다."

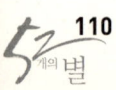

"경비는 대충 어떤 방식으로 이루어질지 좀 물어봐."

박영민은 능숙하게 자오유민과 대화를 나눈 후 내게 설명해 주었다.

"인민해방군과 공안 측이 합동 경비를 하는데, 주로 외곽 경비는 인민해방군이 맡고, 내부는 공안이 맡는 답니다. 자신은 국제회담 경비를 여러 차례 맡은 적이 있으니 염려하지 말라는 군요."

최 참사관이 웃는 얼굴로, 그러나 긴장한 어조로 내게 속삭였다.

"이 여자 깐깐하다고 소문났어."

나를 포함한 우리 측 세 명과 자오유민이 벽 쪽의 응접 테이블에 마주 앉아 박영민의 통역으로 회담 준비에 관한 의견을 교환했다. 회담의 주최는 남북이지만 회담의 진행은 전적으로 중국 측에 일임되어 있었다. 경비 경호는 물론이고, 식사와 만찬 등도 모두 중국이 주도하기로 한 것은 남북 모두가 양해한 사항이었다. 물론 그렇다고 우리가 손을 놓고 있을 수는 없었다. 가능하면 중국 측의 기분을 상하지 않도록 하면서 우리의 요구사항이 관철되도록 하는 것이 내가 할 일이었다. 그러자면 우선 마주 앉은 이 여자 공안에게 잘 보여야 했다.

"북경에 처음 오는데, 여러모로 중국이 대단하다는 걸 느낍니다."

중국인들이 민족애가 대단하다는 이야기를 여러 차례 들은 적이 있는 나는, 우선 국가적인 칭찬부터 했다. 예상대로 그녀는 우쭐한 얼굴로 대답을 했다.

"우리 중국은 짧은 기간 내에 세계의 이목을 집중시키는 경제 발전을 이룩했습니다. 아직은 부족한 점도 있지만, 머지않아 남조선이나 일본만큼 부강한 나라가 될 것입니다."

"이번 회담이 남한과 북한 입장에서는 중요한 것이니 많은 도움을 부탁드립니다."

"물론이지요. 저는 베테랑이랍니다."

박영민의 통역 전에 베테랑이라는 단어가 귀에 들어와서 그녀가 하는 말의 의미를 알아차렸다. 자신의 일에 관한 자부심이 대단한 여자라는 인상을 받았다. 국정원에도 여자 요원들이 다수 있었다. 그녀들 역시 마주 앉은 이 여자 공안처럼 자부심이 넘쳤다. 여자들이 사회적 유대를 맺는 일에는 불리하지만 성실도나 정직성 면에서는 남자들보다 앞서는 건 사실이었다. 여자의 발을 옭아매서 도망치지 못하도록 통제할 정도로 여성을 차별했던 중국에서 다수의 공안들을 관리하는 여자 공안팀장을 만나고 보니 격세지감이 느껴졌다.

그녀와 몇 마디를 더 나누고 자리에서 일어섰다. 최 참사관과 박영민은 CCTV 설치 임무를 위해 복도로 나갔고, 나는 회담 준비상황을 파악하기 위해 회의장 안에 남았다. 자오유민의 소개로 의전담당팀장과도 이야기를 나누었는데, 특별히 부탁할 사항이 생각나지 않을 정도로 회담 준비는 이상 없이 진행되고 있었다.

"윤 팀장?"

나를 부르는 낯선 목소리에 뒤를 돌아보니 30대 후반의 한국 남자가 나를 향해 다가오고 있었다. 그는 나와 눈이 마주치자 활짝 웃었다.

"윤 팀장 맞지? 이거 여기서 만나네!"

"누구시죠?"

"나 몰라? 신아일보 오지호야. 예전에 인천 경찰청에서 인사 나눴잖아. 기억 안 나?"

그제서야 어렴풋이 떠올랐다. 3년 전 탈북인사 조영철의 재탈출 사건 때 인천 경찰청에서 만난 일이 있는 신아일보 기자였다. 기자를 기피해야 하는 직업의 특성상 상대를 안 하려고 했지만 끈질기게 따라오는 바람에 사건에 관해 몇 마디 설명해주었던 기억이 있었다. 모든 기자가 다 그런지는 몰라도 대단히 집요한 사람이라는 인상을 받았었다.

"팀장으로 승진했다는 이야기 들었어. 진작 축하인사를 했어야 하는데, 사는 게 이 모양이다 보니. 그런데 여긴 어쩐 일이야? 이번 회담에 그쪽이 개입하나? 어디까지 개입해?"

오지호는 마치 나를 잘 아는 사람처럼 넉살 좋게 말을 걸어왔다. 나는 기자와 접촉해서 득될 것이 없다는 생각에 매정한 대꾸를 했다.

"죄송합니다. 지금 업무 중이라서, 나중에 뵙죠."

"아, 모르는 사람도 아니고, 왜 그래? 어디 가서 차나 한 잔 하자고."

"안 됩니다."

재빨리 돌아서서 반대편으로 향했지만 오 기자는 집요하게 따라붙었다.

"그쪽 사람들은 하나같이 왜들 그래? 사회가 민주화됐으면 그쪽도 좀 열려 있어야지. 언제까지 그렇게 살 거야?"

"할 말 없습니다."

"알았어. 길게 안 붙잡을 거야. 몇 가지만 물어볼게."

"죄송합니다. 회담에 관해서는 대변인이 브리핑할 겁니다."

"아, 그걸 누가 몰라? 나도 밥 먹고 살아야지. 사소한 거라도 좋으니 기사거리 좀 줘."

"저는 그럴 입장이 아닙니다."

오지호는 건물 밖까지 따라나와서 취재를 시도했지만, 나는 사소한 실언이라도 할까봐 노심초사하며 그를 외면했다. 취재가 불가능하다는 걸 깨달은 오지호는 잘 부탁한다는 한 마디를 던지고 쫓아오는 걸 포기했다.

주차장에 가보니 차 안에서 최 참사관이 소형모니터를 보고 있었다. 내가 차창을 두드리자 최 참사관은 화들짝 놀란 표정이었다가 나라는 것을 알고는 안도하며 문을 열어주었다. 흑백의 모니터 화면에는 조금 전에 방문했던 회담장이 부감으로 비춰지고 있었다. 박영민이 임무를 성공시킨 것이다.

"복도는 아무래도 어려울 것 같아서 비상계단을 살펴봤지. 역시나 17호실로 이어지는 환풍통로 입구가 거기도 있더라고."

"박 요원은?"

"무사히 빠져나와서 지금 이리로 오고 있어."

"잘됐군요."

"그 친구 쓸 만하더라고."

오늘 우리가 해야 할 일들은 별 문제 없이 해결이 된 셈이었다. 회담은 이틀 앞으로 다가왔다. 호텔로 돌아와 잠시 저녁 거리에서 보니 싸늘한 한기가 잠깐 느껴졌다. 아직 낮은 무더웠지만 저녁이 되면서 조심스럽게 가을이 접근하고 있었다. 북경에서 본 것들, 우리가 했던 일들, 그리고 이곳에서 만난 사람들, 언젠가는 이 모든 것들이 추억으로 남겠지, 라고 나는 북경 거리를 바라보며 중얼거렸다.

관료와 매춘

아내의 손에도 커피잔이 들려 있었다. 노트북 화면 속의 아내는 의자 위에 무릎을 세운 자세로 앉아 있었다. 나 역시 커피잔을 들고 객실 바닥에 길게 누워서 아내와 대화를 나누었다. 정상적인 부부 사이라면 오늘 하루의 일과에 관한 이야기를 주고받겠지만 나는 그럴 수 없는 처지였다.

"혼자예요?"

"아니. 동료는 일찍 잠자리에 들었어."

어려운 임무를 완수한 탓인지 박영민은 숙소로 귀환하자마자 골아떨어졌다.

"일은 잘되고 있어요?"

"별 문제 없어."

아내는 눈을 흘겼다.

"나 없이도 잘 지내는군요?"

"그럴 리가 없잖아. 항상 당신 생각뿐인걸."

"그럼 표현을 좀 해봐요."

"어떻게?"

"미치도록 그립다거나, 아니면 당신이 없으니 외롭다거나……."

"쑥스럽게 뭘."

"표현을 안 하면 누구도 당신 마음을 모른다고요. 알아요?"

"그건 그래."

"그냥 양심껏 살면 세상이 나를 알아주겠지, 하는 생각으로 살면 늘 배반당한대요."

"그럴 수도 있겠지만, 난 그렇게 각박한 인심에 시달리며 살아오지는 않았어."

"그럼 나한테만 무뚝뚝한 거예요?"

이번에도 나는 제대로 대답을 못했다. 아내에 대한 감정이 활활 타오르는 장작불처럼 뜨거운 것이 아닌 건 사실이었다. 그렇다고 애정이 없다고 말할 수는 없었다. 정숙하고 가정적인 지금의 아내가 아니었다면 나는 짝을 이루고 살기 힘들었을 것이다. 다만 장작불처럼 활활 타오르는 그런 식의 감정이 아닐 뿐이었다.

"미안해요. 당신 힘들 텐데 투정만 부려서."

"아니야. 당신과 대화를 나누니 피로가 풀려."

"그만 주무셔야죠."

아내가 먼저 로그아웃했다. 나는 잠시 암전된 화면에 시선을 고정시켰다. 이제 이틀이 지났을 뿐인데 아내와 살을 부비며 생활한 일이 오래전의 일처럼 느껴졌다. 아내는 단지 나의 부재에 외로움을 느낄뿐일까. 아니면 내가 자신을 소홀히 한다고 생각하는 것일까. 아니면 아직도 안 마담과의 관계를 의심하고 있는 것일까. 무엇을 요구하는지는 모르겠지만 내가 변하기를 바라는 건 확실한 듯싶었다. 오랜 연애 끝에 결혼한 부부도 결혼 후에는 트러블이 생기는 게 정상이다. 첫 데이트 후 3개월 만에 결혼한 나와 아내에게도 서로에게 맞춰주는 시간이 필요할 것이다. 일방적으로 내 스타일을 이해해 달라는 것도 무리고, 그녀의 요구를 모두 들어주는 것도 무리였다. 살면서 조금씩 맞춰가야 할 것이다.

다음 날인 10월 15일 오전 정동민 통일부 장관을 비롯한 대표진 5명, 수행원 40명이 북경공항을 통해 북경에 도착했다. 제9차 남북장관급회담의 개막을 하루 앞둔 그날 오후 2시 댜오위타이의 스지팅四季廳에서 원활한 회담을 위한 준비모임이 열렸다. 스지팅은 소회의실로서 정식 명칭은 댜오위타이 14호실이었다.

준비모임의 우리 측 참가자는 회담지원 요원으로 대외에 알려진 나와 의전 담당인 통일부 송별준 주임이, 북한에서는 국가안전보위부 요원이지만 대외적으로는 안전요원으로 알려진 안철수와 의전 담당 이학성, 그리고 중국 측에서는 자오유민 공안팀장이 참석했다. 회의가 시작되자마자 안철수는 미국을 강력하게 비난하기 시작했다. 미국이 남북대화 방해 책동을 하고 있다는 것이다. 우리 측과 중국 측 참가자들은 어안이 벙벙했다. 이 모임의

의도가 실무 차원의 준비모임이라는 것은 차치하더라도, 이 모임의 참석자가 정치적인 발언을 하는 것은 아무 의미도 없었기 때문이다. 의전과 경호 등 회담 외적인 문제들을 논의하는 자리에서 정치적인 선동을 하는 북한 측은 기본적인 격식도 모르는 듯했다. 대표 없는 자리에서 비서가 큰소리치는 격이었다. 북한 주민은 지위고하를 막론하고 모두가 정치 선동가라는 말을 현실로 실감하는 순간이었다.

안철수는 20분 정도 정치 선동을 해댄 후 막상 회의가 시작되자 언제 그랬냐는 듯 현실적인 태도로 나왔다. 경호 문제를 중국 측에 일임했기 때문에 남북이 특별하게 합의해야 할 사항은 없었다. 일정을 확인하고, 추후 문제가 생기면 서로 대화를 통해 해결해 나가자는 정도의 합의를 하고 회의가 정리되었다.

회의장을 나오는데 안철수가 악수를 청해왔다.

"이번 회담이 외세를 몰아내는 중요한 회담이니 우리 함께 힘을 합칩세다."

스포츠형 머리에 키가 좀 큰 편인 그는 정치적인 허세가 몸에 밴 인상이었다. 북한의 국가안전보위부는 우리의 국정원에 비견되지만 역할은 사뭇 달랐다. 국정원 요원이 회담 대표진을 보좌하는 역할을 한다면, 대체로 그들의 임무는 회담 참가자들을 감시하고 통제하는 것이었다.

나는 부드럽게 웃으며 그의 손을 맞잡았다.

"그래야지요. 잘 부탁드립니다."

"또 봅세다."

안철수는 나를 향해 손을 흔들어 보인 후 사라졌다. 정치적인 허세를 부리는 것 외에는 모나지 않은 사람처럼 보였지만 북한의 국가안전보위부 요원이라면 보통 인물은 아닐 것이었다. 그들의 주임무는 북한 내의 불순 사상자를 색출해서 처벌하는 것이었다. 그들의 판단 여하에 따라서 수용소 격리 여부가 결정되므로 북한 주민들은 국가안전보위부 요원의 그림자도 무서워할 정도라고 한다. 그들이 받는 훈련의 강도도 국정원 요원과는 비교가 되지 않는다. 별도의 양성과정을 거쳐야 기회가 주어지며 훈련과정에서 사망자가 다수 발생한다고 알려져 있었다.

그날 저녁 8시 무렵 남한의 주요 참가자들을 위한 연회가 있었다. 장소는 참가자들의 숙소인 왕푸징 호텔 내의 가라오케였다. 일본인 관광객과 한국인 관광객을 위한 가라오케였다. 도수가 낮은 술이 제공되었는데, 수행원 중 신영수 통일부 실장이 무리하게 술을 마셔서 취한 모습을 보였다. 그는 중국 접대부 여성을 끌어안기도 하고 정동민 통일부 장관에게 억지로 노래를 시키기도 했다. 나중에는 천장의 샹들리에에 매달려서 타잔처럼 소리를 지르기도 했다. 나와 박영민이 나서서 여러 차례 만류했지만 막무가내였다.

그가 결국 문제를 일으켰다. 새벽에 최 참사관으로부터 전화를 받았다. 최 참사관은 신영수가 공안에 체포되어 하베이 공안국에 붙잡혀 있으니 서둘러 해결하라고 내게 지시를 내렸다. 중

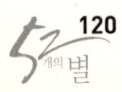

국의 공안국은 우리나라의 경찰서와 같은 곳이었다.

"그 인간 연회 끝나고 숙소로 안 돌아가고 접대부를 쫓아가서 매춘을 요구하다가 공안에 적발됐어. 잘못하면 골치 아파진다고. 여긴 매춘에 대해 엄격하거든."

나는 다급히 박영민을 깨워서 하베이 공안국으로 차를 몰았다. 입에서 저절로 쌍욕이 터져나왔다. 민간인도 아닌 통일부 직원이 이 중요한 회담을 앞두고 그런 추잡한 사건을 일으켰다는 것 자체가 이해가 되지 않았다. 징계는 당연한 것이지만 문제는 언론이었다. 만일 외신 기자들이 이 사건을 기사화하게 되면 국제적인 망신거리였다.

새벽의 하베이 공안국은 혼잡스러웠다. 술에 취한 피의자들이 보호실을 가득 메우고 있었는데, 아직도 술이 깨지 않아서 고래고래 소리를 지르는 피의자도 있었다. 그 사이에 신영수가 앉아 있었다. 만취했을 때는 몰랐지만, 막상 깨어나서 자신의 몰골을 보니 스스로가 생각해도 한심하게 느껴진다는 듯한 얼굴이었다.

내가 그에게 물었다.

"어떻게 된 겁니까?"

"모르겠습니다. 기억이 안 납니다."

더 할 말이 없었다. 그저 술로 인한 사고였을 뿐이었다. 술을 전혀 못하는 나로서는 이해가 되지 않는 일이지만, 술로 인한 사고에 관대한 한국인이 외국에서 추태를 일으키는 경우는 흔했다. 하지만 술에 취해서 기억이 안 난다는 것은 변명이 되지 않았다. 신영수가 어떤 꿈을 지니고 있는지는 모르지만, 그의 공무원 인생은 여기서 막을 내릴 가능성이 높았다.

시계를 보니 5시 10분 전이었다. 중국 기자들 대부분은 내신 기자들이었기 때문에 아직은 신영수 사건을 발견 못했을 것이었다. 그러나 시간이 지체되면 어떤 식으로건 첫 보도가 나갈 가능성이 높고, 그렇게 되면 도미노처럼 기사들이 재생산될 것이었다. 첫 보도를 막으려면 지금 당장 신영수 사건을 무마시키고, 그를 석방시켜야 했다.

나는 우선 담당 공안에게 사정했다.

"신영수 씨는 오늘 오후에 예정되어 있는 남북회담의 중요한 수행원입니다. 법을 어긴 것에 대해서는 사과를 드릴 테니 우선 석방을 부탁드립니다."

박영민이 내 말을 통역해서 전하자 담당 공안은 손을 내저었다.

"우린 그런 거 모릅니다. 그 사건에 대해 별도의 지시를 받은 적 없습니다."

그의 입장에서는 당연한 태도였다. 남북회담의 중요성은 우리의 입장일 뿐이었다. 박영민은 돈을 좀 찔러주면 어떻겠느냐고 말했다. 그것도 하나의 방법이기는 했다. 한국과 마찬가지로 중국도 돈이면 웬만한 문제는 다 해결된다고 들은 적이 있었다. 나는 박영민으로 하여금 담당 공안에게 돈을 찔러주고 사건의 무마를 부탁하라고 지시했다. 결과는 절반의 성공이었다. 돈을 먹은 공안은 축소해서 송치하겠다고 약속했지만 이미 검거된 이상

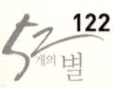

당장 석방은 불가능하다는 대답을 했다. 원래는 신영수가 접대부를 택시에 강제로 태웠지만, 그냥 매춘 요구만 한 것으로 축소되었다.

시간은 6시가 넘어가고 있었다. 중국 기자들이 드문드문 보였다. 그들이 공안국 보호실 근처를 기웃거릴 때마다 불안감이 생겼다.

그 순간 떠오르는 사람이 있었다. 자오유민이었다. 공안팀장의 자리에 있으니 충분히 힘을 쓸 위치라는 판단이 섰다. 또 그녀도 남북회담 관계자이니 이 사건의 간접적인 이해관계자이기도 했다. 나는 박영민으로 하여금 자오유민에게 사건의 해결을 부탁해 보라고 지시했다.

박영민은 휴대폰으로 자오유민과 잠시 통화한 후 내게 설명했다.

"확인해 본 후 전화 주겠답니다."

5분이 지나자 자오유민은 박영민에게 전화를 걸어왔다.

"이번 사건은 자신도 어쩔 수 없다는데요? 어떻게 정부 관리가 매춘을 하느냐고 저에게 훈계하는데요?"

난감했다. 이렇게 되고 보니 아예 그녀에게 사건 소식을 알리지 않은만 못하게 되고 말았다. 기왕 그녀의 도움을 받기로 결정한 이상 매달리는 데까지 매달리는 게 낫겠다고 판단한 나는 박영민으로 하여금 좀 더 절박하게 부탁해 보라고 지시했다. 박영민은 변심한 애인을 설득하는 것 같은 표정으로 20분간 그녀와 통화를 한 후 내게 말했다.

"겨우 사정해서 각서를 쓴다는 조건으로 석방해주겠다는 약속을 받았습니다."

"각서라니?"

"다시는 매춘을 하지 않겠다는 각서를 써야 한답니다."

각서는 또 다른 문제를 발생시킬 수 있었지만 지금은 그 방법밖에 없었다. 나는 박영민에게 그녀의 제안에 동의하겠다는 말을 전하라고 지시했다. 신영수는 6시 45분에 풀려났다.

"윤 팀장님, 어떻게 잘 좀 이야기해 보면 안 될까요?"

차 안에서 신영수는 자신의 징계 무마를 부탁했다. 하지만 그건 내 권한도 아니었거니와 국제 망신을 시킬 뻔한 그를 선처해줄 마음도 없었다. 나는 아무 대답도 하지 않고 묵묵히 차를 몰았다. 예상대로 그날 오전 신영수에게는 귀국 명령이 내려졌다. 숙소에서 샤워를 하고 수건으로 머리를 털며 창밖을 내다보니 신영수가 호텔 앞에서 택시를 세우고 있었다. 그의 처지가 안 됐다는 생각이 언뜻 들었지만 거기에 관심을 가질 만한 여유가 없었다. 몇 시간 후면 제9차 장관급회담 본회의가 열릴 예정이었다. 이제 시작이었다.

회담의 시작

회담을 앞두고 문제가 하나 더 터졌다. 국제인권단체와 탈북자 단체가 왕푸징 호텔 앞에서 시위를 벌인 것이다. 탈북자들은 모두 마스크를 쓰고 있었다. '김정일과 타협 없다', '남한은 탈북자들의 인권을 포기 말라' 등의 플래카드가 그들의 손에 들려 있었다. 물론 그들의 시위는 언론을 향한 것이었다. 제9차 남북장관급회담을 취재하기 위해 모여든 외신 기자들의 주목을 받는 데 성공한 그들은 중국 공안들과 난투극을 벌이는 처절한 장면을 보여주려 애썼다. 한때 탈북자들은 남한에서 거액의 보상금을 받으며 우대 받았지만, 북한의 대기근으로 남한에서도 감당하기 어려울 정도로 규모가 커지고, 남북이 화해 무드로 접어들면서 남한 정부는 그들을 무조건 환영하기 어려운 입장이 되었다.

남북한 어디로도 정착이 어려워진 탈북자 다수는 중국에 거주하며 남한으로의 입국 기회를 엿보고 있는 중이었다. 중국은 북한과의 관계를 고려해서 공안을 통한 탈북자 색출작업을 부정기적으로 벌이고는 있었지만, 체포되어 북한으로 압송되는 경우가 거의 없을 정도로 형식적이었다.

탈북자들은 남한 측 회담 관계자가 추후 탈북자의 처우에 관심을 갖고 정책을 집행하겠다는 의사를 전하자 자진 해산했다. 곧 언론에 보도가 될 것이고, 남한 측 관료와의 면담도 성공했으니 탈북자들은 오늘의 시위로 소기의 성과를 거둔 셈이었다.

회담 2시간 전이었다. 호텔 앞에는 회담 참가진들을 태울 리무진버스가 대기 중이었다. 회담 참가자들은 버스를 타고 30분 거리의 댜오위타이로 이동할 예정이었다. 그런데 출발 직전 정동민 통일부 장관이 나와 박영민이 묵고 있는 숙소를 방문했다. 전혀 예정에 없던 방문이었기 때문에 회담 준비상황을 확인하던 우리는 화들짝 놀랐다. 나중에 안 사실이지만 의전 담당의 숙소도 방문했다고 한다.

"여러분들의 노고를 잘 알고 있습니다. 보이지 않는 곳에서 많은 노력을 하고 있는 여러분들의 정성으로 회담이 차질 없이 준비되고 있음을 우리 대표진은 잊지 않을 것입니다."

정 장관은 수행원과 소파에 앉아서 격려 차원의 덕담을 우리에게 건넸다. 나는 공손히 응대했지만 솔직히 말하면 그 순간 짜증이 날 정도로 부담스러웠다. 내 머릿속은 회담 준비상황의 원활한 진행을 위해 풀가동되고 있었다. 회담 전까지 확인해야 할 것들이 수백 가지는 족히 될 것이었다. 이런 상황에서 장관의

격려 방문은 도움이 되기보다는 진행의 정체만을 부를 뿐이었다. 하지만 순수한 의도로 일선 담당자의 노고를 치하하려는 장관에게 무슨 잘못이 있는 건 아니었다. 단지 서로를 이해하는 방식이 다를 뿐이었다. 이런 의견 차이는 고위 관료와 일선 담당자 사이에 종종 발생한다.

장관이 객실을 나가자마자 우리는 다급히 차를 타고 댜오위타이로 출발했다. 거리 몇 군데에 교민단체 명의로 회담 환영 플래카드가 걸려 있었다. 정상회담의 규모는 아니었지만, 공안들의 경비도 삼엄하게 펼쳐지고 있었다.

댜오위타이 입구는 대대 규모의 인민해방군 병력이 진을 치고 있었다. 그들 사이를 통과해서 호수를 끼고 서행하자 5미터 간격으로 열을 맞춰서 경계를 서고 있는 공안들이 눈에 들어왔다. 차에서 내려 고개를 젖혀 보니 하늘이 유난히 맑았다. 이맘때쯤이면 황사가 극성을 부릴 시기라는데, 그날은 눈이 시릴 정도로 청명한 가을 하늘이었다.

나는 입구에 서서 경비를 총지휘하고 있는 자오유민에게로 뛰어갔다. 자오유민 역시 분주히 부하들을 지휘하다가 나를 보고는 인사를 건네왔다. 나는 서툰 중국어로 인사를 건네고 박영민을 통해 경비상황에 대한 의견을 전하도록 했다.

"입구의 인민해방군이 위엄이 있기는 하지만 지나치게 노출되어 회담 참가자들에게 위압감을 줄 수 있습니다. 가급적 눈에 띄지 않는 경비를 부탁드립니다."

박영민이 통역하자 자오유민은 흔쾌히 받아들였다. 이번에는 자오유민이 박영민을 통해 내게 의사를 전달해왔다.

"이번 회담의 진행에 왕차오 북경시장님의 도움이 많았습니다. 언론에 공개되는 기조연설에서 왕차오 시장님의 도움에 대한 언급을 잠깐이라도 해주면 좋겠습니다."

"회담 대표진에게 자오유민 팀장님의 제안을 전달해드리고, 실현되도록 부탁하겠습니다."

"감사합니다."

자오유민은 밝게 웃으며 대답했다. 어제의 첫 만남에서는 긴장한 탓에 자세히 살펴볼 겨를이 없었는데, 오늘 보니 그녀는 30대 초반의 건강한 여성미가 물씬 풍겼다. 그런데 언뜻 그녀의 손목시계에 한국 가수 안재욱의 얼굴이 배경으로 들어가 있는 게 눈에 들어왔다. 나는 사적인 대화를 나눌 기회라고 생각하고 물었다.

"가수 안재욱 시계네요?"

박영민이 통역하자 자오유민은 거의 탄성을 지르는 정도로 반가워했다.

"안재욱 아세요?"

"물론이죠. 한국에서도 아이돌 스타죠."

"제가 너무너무 좋아하는 가수예요."

안재욱이 부른 노래는 잘 모르지만, 대중문화에 문외한인 나도 안재욱이 중국에서 인기를 끌고 있다는 사실은 잘 알고 있을 정도로 그는 한류 스타였다. 수만 명의 병력을 통제하는 자오유

민도 인기 스타를 좋아하는 보통의 여자 기질이 마음 한구석에 자리 잡고 있었던 것이다. 박영민도 그녀가 아이돌 스타에게 열광하는 보통 여자라는 사실에 놀라는 모습이었다.

"윤 팀장님, 한류가 사실은 사실인가 보네요."

"그러게 말이야."

나와 박영민은 자오유민을 보며 지그시 미소를 지었다.

제9차 남북장관급회담의 개회 예정시간인 오후 2시가 가까워지자 남북 대표진과 참가자들이 모습을 드러냈다. 수백 명은 족히 되는 내외신 기자들이 모여들었는데, 기자들은 대부분 북한의 핵개발 의혹과 NPT 탈퇴에 관해 질문을 했다. 남측의 수석대표인 정 장관은 핵무기 개발 포기 선언이 전제되어야만 나머지 안건들도 토의될 것이라는 점을 분명히 했고, 북측의 수석대표인 오경성은 핵무기 개발 계획은 미국의 음모라고 주장했다. 핵을 둘러싼 남북 양측의 견해차로 회담은 쉽지 않을 것이 예상되었다.

전체회의에 앞서 남북 대표진은 댜오위타이 14호실인 일명 스지팅에서 상견례를 했다. 원활한 회담 진행을 위한 인사 차원의 만남인 만큼 정치적인 발언은 자제되었고, 서로 사적인 대화를 주고받았다.

오경석 수석대표가 커피를 마시며 말했다.

"작년의 군사회담에 참가했던 장영식 인민무력부 부장이 제주

도에 관해 많은 칭찬을 합디다. 아주 아름다운 곳이라고 하더만
요. 이번 회담은 양측의 사정으로 타국에서 개최되지만 다음 회
담은 우리 조선에서 합시다. 금강산도 좋고, 제주도도 좋지 않습
네까?"

정 장관이 환하게 웃으며 응대했다.

"제주도는 현재 국제관광도시로 세계에 널리 알려졌습니다. 다
음의 10차 남북장관급회담이 제주도에서 개최된다면 남한 국민
들은 무척 기뻐할 것입니다."

"그렇디요. 제주도에서도 하고 금강산에서도 하고……."

"그러자면 우리가 이번 회담에서 꼭 협력을 하는 게 우선이
지요."

"당연하디요. 회담이 잘 성사되면 내가 정 대표에게 술 한잔
사겠습네다."

양측 대표진 사이에 웃음이 터졌다.

"지난번에 러시아에서 선물로 가져온 고급 보드카를 마셔봤는
데, 아주 기가 막힙디다. 다음에 꼭 대접하겠습네다."

오 대표가 술을 화제로 꺼내자 정 장관이 거들었다.

"남한의 폭탄주 맛도 보셔야지요."

"폭탄주 말이군요? 나도 이야기는 들었수다. 독한 술을 섞어
서 마시는 것 아닙네까?"

정 장관 옆에 앉아 있던 김윤길 재정경제부 차관이 오 대표의
궁금증을 풀어주었다.

"주로 위스키와 맥주를 섞어 마십니다."

"별나구만요. 왜 그렇게 마시는 겁니까?"

"마실 때 부드럽고 빨리 취해서 금방 허물이 없어집니다."

"그래요? 회담 끝나고 한번 마셔봅시다."

일단은 좋은 분위기였다. 남북회담을 보좌하면서 느낀 점은 북측 참가자들이 사적으로는 허심탄회하고 인간적이라는 것이었다. 북측 고위층들 대부분은 농담도 잘하고 매너도 좋았다. 그런데 정치적인 문제로 들어가면 철옹성처럼 판에 박은 정치 구호를 되풀이하는 경우가 많았다. 그것은 1인 지배 체제의 특수성에서 나오는 것 같았다. 회담에 임하는 대표진들은 자신의 재량으로 타협을 이끌어 가기보다는 최고 지도자의 지시에 따라서 회담에 임해야 하는 입장인 것이다. 남한도 대통령의 의중에 맞춰야 하는 건 같지만, 대표진에게 상당한 권한이 주어지기 때문에 여유 있는 대응이 가능했다.

15분가량의 상견례가 끝나자 남북 대표진은 본회의 장소인 17호실로 이동했다. 본회의장의 긴 대형 탁자 양측으로 남북 대표진이 마주 앉았다. 이 대형 탁자는 오늘의 회담을 위해 특별히 제작된 것이었다. 10명의 남북 대표진이 자리를 차지하고 앉으면 모자라지도 남지도 않는 적절한 크기였다.

수백 명의 내외신 기자들은 미리 약속한 포토라인 안쪽에 진을 치고 있었다. 그들이 연신 터트리는 카메라 플래시가 마치 기관총을 쏘는 것 같은 소리를 냈다. 나는 우리 측 대표진의 뒤에서서 회담장 전체를 관찰하며 사소한 이상이라도 있는지 관찰하고 있었다. 기자들이 포토라인을 넘는다거나 대표진이 불편해하는 기색을 발견하면 재빨리 소형무전기를 통해 박영민에게 해결을 지시했다. 대표진들은 지시사항이 있을 때마다 나를 손짓으로 불러서 귓속말로 지시를 내리고는 했다. 대부분 사소한 것들이었다. 회담장의 온도가 너무 낮다거나 마이크 음량이 마음에 들지 않는다는 것 등등. 나는 간단히 해결 가능한 것은 박영민에게 지시를 내렸고, 그밖의 것들은 중국 측 의전 담당자나 자오유민에게 부탁했다.

제1차 본회의는 오후 2시 30분에 시작되었다. 남북이 미리 약속했던 대로 북한의 오 대표가 먼저 마이크를 잡고 기조연설을 시작했다.

"8차 회담에 이어 1년 6개월 만에 제9차 남북장관급회담이 개최되기에 이르렀습네다. 모두가 알다시피 순조롭던 남북회담이 정체된 것은 외세의 방해 책동 때문입네다. 우리가 이것을 극복하기 위해서는 민족은 하나다, 라는 뜨거운 동포애로 단합해야 한다는 것입네다. 남측은 미국에 대해 진정한 대화를 요구하고 불가침조약의 체결을 강력히 요구해야 합네다. 우리 공화국이 대국적인 자세로 대화에 임한 만큼 남측도 진정성을 갖기를 바라며, 그리하여 이번 회담에서 놀랄 만한 성과가 있기를 바라는 바입네다."

이번에는 남한의 정 장관이 마이크를 잡았다.

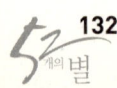

"오늘 건강한 모습으로 여러분들을 다시 만나서 매우 기쁘게 생각합니다. 북측에서 새로이 두 명의 인사가 참여하셨는데, 환영하는 바입니다. 또한 이번 회담의 장소를 제공해주고 물심양면의 지원을 아끼지 않으신 왕차오 북경시장님에게 특별히 감사인사를 드립니다. 지금 수많은 세계의 눈들이 이곳을 지켜보고 있습니다. 평화롭게 진행되던 남북회담이 정체된 것은 북측의 핵개발 의혹 때문임은 주지의 사실입니다. 그러므로 북측은 신속히 핵개발 계획의 포기를 선언하고 NPT에 복귀해야 합니다. 그렇게 되면 남북은 6.15정상회담 직후의 평화공존 체제로 다시 돌아가게 될 것입니다. 부디 이번 회담에서 북측의 핵개발 의혹으로 야기된 남북 긴장관계가 해소되기를 바라며, 역사에 기록될 중대한 합의가 이루어지기를 바랍니다. 이상입니다."

　실제의 기조연설은 각각 30분에 이르는 방대한 분량이지만 요점만 간략히 기록했다. 기조연설에서 이미 남북의 견해차가 확연히 드러나고 있었다. 북한은 핵개발 의혹을 전면 부인하며 모든 것이 미국의 방해 책동이라는 말이었고, 남한은 북한이 결백하다면 신속하게 핵개발 포기 선언을 하고 NPT에 복귀하라는 논리였다.

　정 장관의 기조연설이 마무리되자 북한의 오 대표가 마이크를 잡았다.

　"잘 들었습네다. 본회담에 앞서 이번 회담부터 새로이 참여한 우리 측 대표를 소개하겠습네다."

오 대표는 허영태 문화성 국장과 김만길 농업성 국장을 소개했다. 허영태 국장은 남북문화교류에서 중요한 역할을 담당한 실무자였기에 미리 정보를 숙지할 수 있었으나 김만길 국장에 관해서는 정보가 거의 전무하다시피 했다. 농업성 국장이 장관급회담에 참가한 것도 이례적이었다. 아마도 북한의 식량난 탓일 것이다.

기조연설과 대표진 소개가 마무리되자 비공개 본회의가 준비되었다. 비공개 본회의는 기자는 물론 남북 양측의 수행원까지 모두 철수하고 남북 대표진만 남아서 회의를 진행하도록 되어 있었다. 필기로 기록하는 것 외에는 어떤 자료도 남아서는 안 되었다. 과거의 남북대화 비공개회의에서 북한의 불바다 발언이 남한의 텔레비전을 통해 국민들에게 공개된 적이 있는데, 이는 엄연히 약속 위반이었으며, 이 문제로 한동안 남북관계가 경색되기도 한 전력이 있었다. 그럼에도 우리 측은 회담의 중요성 때문에 국정원을 통해 CCTV를 설치토록 공작을 하고 있었다. 물론 이것은 북한도 마찬가지였다. 환풍기를 통해서건, 그 외에 다른 방법을 통해서건 비공개회의를 촬영해서 북한의 최고 지도부에게 실시간 전송되도록 할 것이 100퍼센트 확실했다.

제1차 비공개 본회의는 그날 밤 12시가 다 되어서야 마무리되었다. 가장 관건이었던 북한의 핵무기 개발 포기 선언은 남북이 핵문제의 해결을 위해 평화적으로 노력한다는 식으로 두루뭉술하게 합의했고, 교류협력사업의 계속 추진과 차기 장관급회담을

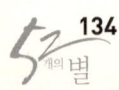

계속한다는 것에 합의했다. 첫 번째 회담이었기 때문에 명확하게 합의된 건 하나도 없었다. 다만 남북 모두가 남북회담을 깨지 않으려는 의지를 확인할 수 있었다는 것이 소득이었다.

비공개 본회의에 집중하느라 화장실 가는 것도 미뤘던 나는 브리핑룸에서 남북 대변인의 기자회견이 발표되자 그제야 본회의가 마무리되었음을 확인하고 화장실로 달려갔다. 볼일을 보고 세면대에서 손을 씻는데, 낯익은 인물이 내 옆에 섰다. 거울을 통해 눈이 마주친 다음에야 그가 북한 대표진 가운데 한 명인 김만길 농업성 국장이라는 것을 알았다. 나는 손 씻던 걸 멈추고 깍듯하게 고개를 숙여 예를 표했다. 김만길은 피로한 기색으로 손수건에 물을 적셔 얼굴을 닦으며 내게 말을 걸어왔다.

"동무래 국정원 소속이디요?"

북측에서 내 역할과 신상을 이미 파악하고 있으리라는 것은 충분히 예상 가능한 일이었다. 하지만 그것을 직접 언급하는 건 이례적이었다. 마찬가지로 북한의 국가안전보위부 요원이 회담에 개입하고 있다는 것도 이쪽에서 다 알고 있지만 굳이 언급할 필요가 없는 사항이었다. 나는 재빨리 대답했다.

"아닙니다. 정부에서 회담 보좌를 위해 파견 나온 안전요원입니다."

"다 아는 처지에 숨길 게 뭐 있습네까?"

거울을 힐끗 보니 김만길은 대수롭지 않게 생각하는 듯한 얼굴이었다. 그러나 나는 좀 복잡해졌다. 북측의 대표진이 사적으로 말을 걸어오는 경우는 처음이었고, 예상한 적도 없었기 때문이었다.

"거겨 잘 지내자고 말을 붙인 것이니 신경 쓰지 말라우요."

김만길은 그 한 마디를 남기고 화장실을 나갔다. 나는 재빨리 최 참사관에게 전화를 걸어서 김만길과의 대화 내용을 보고했다. 최 참사관은 그냥 좀 싱거운 사람 아니겠냐고 대수롭지 않게 여겼다. 그러나 숙소로 돌아오는 차 안에서 나는 줄곧 김만길과의 짧은 대화를 머릿속에 떠올리고 있었다. 남북회담 첫 참가자인 그가 남한의 국정원 요원에게 사적인 대화를 건넬 만큼 여유가 있다는 것은 내 상식으로는 이해가 어려웠다. 여러 차례의 남북회담을 거치면서 남과 북이 서로를 얼마나 경계하고 있는지를 잘 알고 있었기 때문이었다. 내 생각이 기우이거나 과민반응이기를 바라며 나는 번화가인 젠궈먼루의 8차선 도로를 빠른 속도로 달려나갔다.

어차피 우리는 피라미

　　　　　　　　　　　새벽 2시에 잠들었는데도 새벽 5시에 잠이 깼다. 더 누워 있어봐야 다시 잠이 들 것 같지도 않았고, 깊이 잠들어 있는 박영민을 깨우기라도 할까봐 호텔을 나서서 잠시 산책을 했다. 직장인들 몇 명만 띄엄띄엄 보일 뿐 대체로 한적했다. 왕푸징 호텔 우측 골목으로 접어드니 전혀 다른 풍경이 나타났다. 기와지붕의 허름한 가옥들이 줄지어 있었고, 관광객들을 상대하는 인력거가 수백 미터 이상 늘어서 있었다. 가옥들 대부분에는 음식점 간판이 매달려 있었다. 아마도 원래는 일반 주택이었으나 호텔이 생기면서 식당으로 바뀌었을 것이다. 아직 이른 시간이어서 문을 연 음식점은 눈에 띄지 않았고, 행인도 드물었다. 몇 명의 노인들이 간이의자에 앉아서 무표정하게 지나다니는 행인들을 바라보고 있었다.

　나는 천천히 걷고 있었지만 홀가분하게 관광을 할 수 있는 입장은 아니었다. 내 머리는 분주히 회전하며 남북회담의 준비 과정을 점검했다. 본회담에도 별다른 문제가 없었고, 회담 준비도 무리 없이 진행되고 있었다. 12일 일정의 제9차 남북장관급회담 기간 중 단 하루가 지났을 뿐이기는 하지만 조금은 낙관해도 좋을 것 같았다. 특히 사회주의권인 중국과의 공조가 쉽지 않을 것 같아서 불안했는데, 그 점은 완전한 기우였다. 중국 측은 공정한 입장에서 원활한 회담 진행과 완벽한 경호를 위해 최선을 다하고 있었다. 국제사회의 책임 있는 일원이 되려는 중국 측의 노력이 여러 방면에서 눈에 띄었다. 중국 공안을 비롯한 관리들은 우리 측 대표진을 귀빈으로 대우해주고 있었다.

이대로만 회담이 진행된다면 특진도 가능하리라는 현실적인 계산이 어쩔 수 없이 들었다. 처음 국정원에 발을 딛었을 때만 하더라도 10년을 넘기기는 힘들지 않을까 싶었다. 계급 정년도 있거니와 특별히 도움 되는 직원이 아니면서도 버틸 때까지 버티다가 밀려나는 건 피하고 싶었다.

그러나 이제는 내가 팀장이 되어 남북회담의 한 축을 담당하고 있었다. 물론 내가 아니면 안 돌아간다는 이야기를 하려는 건 아니었다. 하지만 서류상으로 기록할 수 있는 범위 밖의 미묘한 문제들은 내가 아니면 처리하기 힘든 것도 사실이었다. 고위급의 나에 대한 신임도 간접적으로나마 느낄 수 있었다. 그들이 구두로 나에 대한 신임을 표현한 적은 없으나, 동료들과의 대화를 통해 내가 주목받는 입장이라는 걸 알았고, 내 업무에 관해서 별다른 간섭을 받지 않고 있는 것으로 미루어 능력은 평가받

고 있다고 믿어도 좋았다. 앞으로 더 많은 날들을 국정원에서 살아갈 것이고, 그렇다면 정치인의 신뢰를 받을 가능성도 있었다. 그렇게 되면 국정원의 고위급 내지는 실세가 되는 것도 시간문제였다.

운이 좋았던 것일 수도 있고, 지금의 생활이 기가 막히게 내 성향과 일치하는 것일 수도 있었다. 동기들 가운데 두 명이 벌써 스스로 퇴직을 했다. 국정원 생활이 적성에 맞지 않으면 고위급의 눈 밖에 날 수밖에 없고, 때문에 자조적으로 권력남용이나 비리에 엮여 퇴직으로 이어지는 것이다. 그들과 비교하면 나는 정말 선택 받은 인생이었다.

하지만 자만은 금물이었다. 세상은 자신이 예측한 대로 흘러가지 않을 뿐더러, 때로 자신이 예상도 못했던 최악의 상황이 덮쳐오는 경우도 있었다. 물론 다가오지 않은 미래에 관해 걱정할 필요는 없다. 그러나 자신의 시야 밖에서 예기치 못한 문제가 발생할 가능성이 있다는 것은 숙지하고 있어야 했다.

주중한국대사관에서 최 참사관 주도의 남북회담 관련 대책회의가 열렸다. 오전 9시 30분이었다. 회의실 전체는 100평방미터 이상의 넓은 공간이었지만, 우리가 차지한 공간은 전체 회의실을 칸막이로 나누어서 여러 공간으로 만든 것 중 한 군데였다. 다른 회의실 한 군데에서도 대사관 직원들이 회의 중이었는데, 그들도 제9차 남북장관급회담과 관련된 회의였다. 오늘은 본회담이 없는 날이었다. 오후에 남북 실무자 사이에 실무회담과 준비

회담이 댜오위타이에서 다발적으로 열리지만 중요도는 떨어지는 회담들이었다.

최 참사관이 말했다.

"어제 본회의 반응이 좋아. 일부를 제외하고는 대부분의 언론도 호의적이고. 이대로만 진행된다면 좋은 물건이 나오겠어."

남북 사이에 합의가 이루어진 것은 근 6개월 만이었다. 미국의 강경책과 서해교전 등의 여파로 냉각되었던 남북문제에 해결의 실마리가 생긴 것이다.

"이러한 좋은 분위기를 계속 이어나가기 위해 우리가 할 일이 뭐가 있을까?"

최 참사관은 나와 박영민의 얼굴을 한 번씩 쳐다보았다. 순간 최 참사관이 스스로의 판단으로 할 일을 찾고 있을까, 하는 의문이 들었다. 그럴 이유가 별로 없었다. 내 짐작이지만 국정원에서 화해 분위기 지속을 위한 아이디어를 찾아내라는 명령이 내려왔을 가능성이 높았다.

박영민이 잠시 생각한 끝에 아이디어를 내놓았다.

"단순한 생각이지만 북측 대표진에게 선물을 하면 어떨까요? 우리 측 회담준비팀 이름으로 간단한 선물을 전달하면 분위기가 더 좋아질 것 같아서요."

최 참사관이 고개를 갸우뚱 했다.

"좋은 생각이지만 무턱대고 선물을 전달하면 낯간지럽지 않을까?"

"그건 그렇지만……."

박영민이 자신의 아이디어를 철회하려고 하는 것 같아서 내가 나섰다.

"명분을 만들면 되지 않을까요? 대표진 생일이라거나 대표진의 가족 생일이라거나, 아무튼 명분을 찾아내는 건 어렵지 않을 것 같아요."

최 참사관이 가볍게 테이블을 손바닥으로 내려치며 동의했다.

"그렇지! 찾아내면 되지!"

우리는 최 참사관 사무실로 이동해서 북측 참가자의 이력을 샅샅이 뒤졌다. 모니터로 확인하는 건 불편해서 정보 가운데 상당 분량을 출력해서 살펴보았다. 우선 회담 기간 중에 북측 대표진의 생일은 없었다. 조발성 내각 사무국 참사의 생일이 회담이 열리는 10월 내에 있었지만 회담 후였다. 또 가능하면 수석대표인 오경성 내각 참사와 관련된 날을 찾아내야 효과가 좋을 것이라는 것에 의견이 모아졌다. 2시간 가까운 씨름 끝에 하나를 찾아냈다. 오경성 수석대표의 큰딸 출생일이 10월 19일이라는 기록을 찾아낸 것이다. 음력을 세지 않는 북한 체제상 출생일이 생일일 가능성이 높았다. 오 수석대표의 딸은 나이가 스물 여섯이었고, 미혼인지 기혼인지는 자료에 없었다.

어떤 선물로 할 것인가를 두고 다시 회의를 거듭해서 프랑스제 핸드백으로 하자는 데 합의했다. 너무 비싼 것은 부담을 줄수도 있었고, 그렇다고 성의 없어 보일 정도로 값싼 것을 선물하는 것도 뒷말을 남길 수 있었다. 그런 면에서 핸드백은 간단한 선물로 적당할 것 같았다.

그런데 정작 문제는 선물을 전달하는 일이었다. 현재 북측 참가자들은 북경홍성유한공사에 묵고 있었다. 북경홍성유한공사는 중국 내 북한 무역회사였는데, 대외적으로만 그럴 뿐 실제로는 북한의 중국 내 거점이었다. 북한은 이곳에 공작원을 상주시키며 탈북자를 감시하고 남한의 정보를 캐고 있었다. 또 북한 관리들의 북경 방문 시 숙소로도 사용되는 장소였다. 제9차 남북장관급회담이 열리는 기간 중에는 중국 공안들이 이곳의 경비를 맡고 있었다. 그런데 문제는 선물을 전달한다는 이유를 댄다고 공안들이 출입을 허용할지 의문이라는 것이었다.

"정 장관님께 부탁드려보면 어떨까요? 오 수석대표에게 장관님이 전화를 걸어서 우리 측에서 선물을 준비했으니 받아보시라고 한다면?"

박영민의 제안에 최 참사관은 탐탁지 않은 표정을 지었다. 나역시 장관에게 국정원 요원이 이런 부탁을 한다는 건 부담을 주는 일이라는 판단이 들었다.

박영민은 다시 제안을 했다.

"그렇다면 오 대사님에게 부탁하는 건 어때요?"

이번에도 박영민의 제안은 무시됐다. 정 장관에게 부탁하는 것과 똑같은 이유에서였다. 국정원에서 이런 명령을 내렸을 때는 국정원 자체적으로 해결을 바라는 것일 가능성이 높았다.

별 아이디어가 나오지 않자 최 참사관이 결정을 내렸다.

"일단 부딪혀 보자고. 실패한다고 무슨 문제가 생기는 건 아니니까."

경비를 맡고 있는 중국 공안을 직접 상대해야 한다는 부담감 때문인지 박영민의 얼굴이 어두워졌다. 그러자 최 참사관이 그의 어깨를 두드리며 말했다.

"임무 수행하러 가는 국정원 요원 얼굴이 왜 그 모양이야? 우리는 음지에서 일하고 양지를 지향한다, 몰라?"

최 참사관의 그 말은 실수였다. 음지에서 일하고 양지를 지향한다는 원훈은 폐기된 지 오래였다. 그가 그걸 모를 리는 없고, 안기부에서 활발히 활동했던 그였기에 그 원훈이 뇌리에 각인되어 있는 것이다. 참고로 2002년 당시 국정원의 원훈은 '정보는 국력이다'였다.

북측 참가자가 묵고 있는 북경홍성유한공사는 비교적 교외인 스징산취 지역 외곽에 위치해 있었다. 댜오위타이를 기준으로 보면 1시간 30분 거리였다. 나와 박영민은 백화점에서 프랑스제 자포스 핸드백을 구입한 후 자동차를 달려서 그곳에 도착했다. 건물은 모택동 문화혁명 시절에 지어진 것이라서 무척 낡았다. 우리가 예상했던 대로 공안들이 철통같은 경계를 서고 있었다.

박영민이 공안들에게 다가가 중국어로 사정을 설명했다. 오경성 수석대표의 딸의 생일을 맞이해서 남한 측이 간단한 선물을 준비했다, 라는 간단한 내용을 손짓발짓해가며 통사정하는 것 같았다. 한동안 대화를 나누던 박영민이 내게 다가와 설명했다.

"그런 지시 받은 적 없다고 못 들여보내겠다는데요."

공안들의 태도로 미루어 더 사정을 한다고 입장이 바뀔 것 같지 않았다. 이번에도 자오유민이 떠올랐다. 전체 경비병력을 통제하는 입장인 만큼 이쪽의 입장을 설명하면 허락받을 가능성이 높을 것 같았다. 그러나 그것은 오판이었다. 자오유민과 통화를 마친 박영민의 얼굴은 하얗게 굳어 있었다.

"얼음장처럼 차가운데요. 선물 못 전해주면 내가 짤린다고 애원을 하니까 그런 부탁을 들어주면 자기가 해고된답니다. 너무 확실하게 선을 그어서 더 어떻게 부탁을 해볼 수도 없었습니다."

뾰족한 방법이 없었고, 북측 숙소 앞에서 남측 참가자가 서성거리면 의심받을 가능성도 있었기 때문에 우리는 발길을 돌렸다. 최 참사관에게 임무 실패를 보고하자 조금 실망한 응대를 했을 뿐 그 이상의 사족은 달지 않았다.

오후를 댜오위타이에서 보냈다. 실무회담의 진행 과정을 상부에 보고하기 위해서였다. 실무회담은 본회의와 달리 긴 시간과 인내심을 필요로 하는 일이었다. 주로 수행원들이 맡은 이 회담에서는 본회의에서 결정된 큰 틀을 문서로 구체화시키는 작업이 진행되었다. 조문 하나를 합의하기 위해 몇 시간씩 입씨름을 하기도 했다. 이를테면 남북 경의선 연결 문제를 논의할 때는 작업인력의 식사를 어떤 식으로 해결하느냐의 문제로 의견이 충돌하

기도 했고, 비무장지대의 지뢰제거작업에 관해서는 상대방의 작업 진행 정도를 어떤 식으로 확인하느냐의 문제로 긴 시간 대립하기도 했다. 실무자들은 만에 하나 대표진의 의견과 다른 합의가 있을까봐 논란이 되는 문제에 관해서는 대표진에게 연락을 해서 확인을 받은 후 다시 회담에 임하고는 했다.

나는 합의된 내용들을 별도로 정리해서 최 참사관에게 보고했다. 그러면 최 참사관은 국정원에 보고하게 된다. 국정원장은 합의사항들을 정리해서 대통령에게 보고할 것이다. 당연히 대표진도 대통령에게 보고를 하겠지만, 최고 통치자인 만큼 회담 진행 과정을 단일한 라인에 의존할 수는 없는 일이었고, 국정원 보고는 국가적인 입장에서 객관적 판단을 곁들이는 것이기 때문에 꼭 필요한 과정이었다. 만일 여기서 대통령이 이견이 있다면 훈령을 내려보내서 재협상을 해야 하지만, 대체로 본회의가 아닌 실무회담에 관해 대통령이 훈령을 보내는 일은 거의 없다고 봐도 된다. 앞에서도 잠깐 언급을 했지만 대체로 남측의 대표진은 북측에 비해 자기 재량이 많은 편이어서 특별한 경우가 아니라면 본회의의 합의사항에 관해서도 대통령이 훈령을 보내 재협상을 지시하는 경우는 드물었다. 물론 아주 없는 건 아니었다. 수년 전의 남북장관급회담에서 통일부 장관이 북측과 회담 도중 자기 화를 못 참고 회담장을 박차고 나가서 회담이 결렬된 적이 있었는데, 그 며칠 후 통일부 장관은 전격 경질되었다.

실무회담은 다음 날 새벽 4시까지 계속되었다. 그 시각에도 완전 타결이 된 것은 아니고, 제2차 본회의 후에 다시 논의하는 것으로 합의를 하고 회담이 종료되었다.

"안 팀장, 고생하네."

녹초가 돼서 숙소로 돌아가려는데, 복도에서 신아일보 오 기자가 말을 걸어왔다. 기사화할 만큼 중요한 합의가 예정된 것도 아니었고, 회의가 예상보다 너무 길어져서 기자들 대부분이 철수한 상태였는데, 오 기자는 끝까지 남은 소수의 기자들 가운데 한 명이었다. 역시 끈질긴 사람이었다. 잠깐이지만 그에게 동정심이 생겼다.

"피곤할 텐데요."

"이렇게 안 하면 먹고 살 수 있나."

"나도 마찬가지입니다."

"그렇지. 우리 같은 피라미들은 바람 앞의 촛불 같은 신세야. 그러니 서로 도와가며 살아야 한다고."

오 기자의 말이 이상한 방향으로 향하고 있다는 느낌이 들어 나는 입을 다물기로 했다. 그럼에도 오 기자는 내 옆을 따라오며 계속 말을 걸었다.

"이번 회담 좀 이상하지 않아? 남북이 왜 돌변해서 합의를 한 걸까? 야당에서 이면합의가 있다고 주장하는데, 신빙성 있는 논리 아니야? 어떻게 생각해?"

내가 아무 말도 없이 걷자 오 기자가 말했다.

"윤 팀장, 술 좀 하나? 괜찮으면 내가 한잔 살게. 그냥 윤 팀장

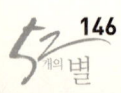

한테 인간적으로 끌려서야. 어때?"

"술 못합니다."

"그럼 식사라도 하자고."

"괜찮습니다."

내가 퉁명스럽게 대꾸했음에도 오 기자는 너털웃음을 터트리며 다음에 보자는 인사를 등 뒤로 던졌다. 그에게 인간적인 결점이 있는 건 아니었다. 내가 북측 수석대표에게 선물을 전달하려다가 거절당한 것이나, 오 기자가 내게 기사거리를 찾아내려고 안간힘 쓰는 것이나 모두 자기 직업에 충실할 뿐이었다. 그의 말대로 피라미는 그렇게 살 수밖에 없지 않은가.

우연한 만남

　　　　　　　　　새벽에 아내와 노트북 캠으로
대화를 나누다가 잠들었다. 아들 정훈이 상태를 주로 이야기했
는데, 잠들 무렵 아내가 무슨 말을 했는지 정확히 기억이 나지
않는다. '당신 없이는 살 수 없을 것 같아'라고 했던 것도 같고,
'내가 없어도 당신 살 수 있어요?'라고 물었던 것도 같다. 분명
한 건 아내의 목소리에 우울이 묻어 있었다는 것이다. 가장이 없
는 텅 빈 집에서 하루를 보내려니 기분이 다운된 것이라고 생각
하고 뭔가 위로의 말을 해주어야겠다고 생각했지만, 피로가 무
겁게 몸을 눌러와서 곧바로 잠에 빠져들어버리고 말았다.

· 잠에서 깼을 때 객실 안이 어두워서 밤인가 싶어 가슴이 철렁
내려앉았지만 시계를 확인해 보니 오후 1시 20분이었다. 창밖을
내다보니 하늘을 먹구름이 막고 있었다. 마치 폭풍전야처럼 보
였다.

박영민은 업무일지를 작성하러 대사관으로 갔을 것이다. 제2차

본회의는 오후 8시에 예정되어 있었다. 새벽까지 근무한 걸 알기 때문에 최 참사관도 얼마 동안은 나를 호출하지 않을 것이다. 회담 기간에 이런 시간적 여유가 생기는 건 드물 것이라는 생각에 시장에서 쇼핑을 하기로 했다. 아내와 아들의 선물을 살 기회였다. 아내에게는 중국 전통의상을, 아들에게는 장난감 자동차를 사줘야겠다고 진작부터 생각했다. 아내는 동양 의상이 원래 잘 어울렸고, 아들은 텔레비전에 나온 자동차에 흥미를 보였다.

호텔과 가까운 곳에 시장이 있었다. 한자를 그대로 해석하면 홍교 시장이었고, 중국어로 읽으면 홍퀘이 시장이었다. 흐린 날씨 탓인지 사람이 그리 많지는 않았다. 시장 입구에 '도매전문시장'이라는 큼지막한 한자어가 쓰여져 있었다. 인터넷으로 북경에 관해 검색해 보니 한국과 마찬가지로 중국의 시장에서도 에누리가 많다고 소개되어 있었다. 그러나 흥정에 자신도 없거니와 좋아하지도 않아 외관이 가장 번듯한 가게를 찾아가서 정가대로 아내와 아들의 선물을 구입했다.

어디 가서 질 좋은 커피를 한 잔 마실까, 호텔로 들어가서 잠을 좀 더 잘까, 아니면 관광을 하며 시간을 보낼까 궁리하며 서성이는데, 누가 내 어깨를 짚으며 말을 걸었다.

"윤정태 맞지?"

나는 반사적으로 뒤를 돌아보았다. 선글라스를 낀 날렵한 몸매의 남자가 서 있었다. 내가 긴장한 얼굴로 쳐다보자 그는 선글라스를 벗었다.

"나 모르겠어?"

그가 선글라스를 벗었음에도 낯익은 느낌은 들지 않았다.

"누구시죠?"

"나 모르겠어? 세종고등학교 3학년 4반!"

나는 빠른 속도로 고교시절의 급우들을 더듬어 보았다. 여러 얼굴들이 떠오르고, 눈앞의 사내와 근접한 한 급우가 생각나려는 순간 그가 말했다.

"스턴트맨이라고 하면 알겠지?"

그가 스턴트맨이라고 발음하는 순간 학창시절의 에피소드 하나가 떠올랐다. 청소 담당들이 유리창을 너무 깨끗하게 닦아서 창문이 열린 줄 알고 얼굴을 내밀었다가 유리창과 정면충돌한 녀석이 있었다. 기이한 것은 얼굴이 유리창을 정면으로 뚫고 나갔음에도 상처 하나 입지 않았다는 사실이다. 우리는 그 후 그를 스턴트맨이라고 불렀다. 나는 그의 이름을 불렀다.

"아! 정형식!"

"그래, 나 형식이야. 이제 기억나냐?"

"오랜만이다."

"이런 곳에서 학교 동창을 만날 줄은 꿈에도 몰랐네."

"그러게 말이야."

나는 환하게 웃으며 응대를 했지만 그리 반갑다는 생각은 없었다. 정형식에 대해서만이 아니라, 그 시절 고등학교 친구들이 보고 싶었던 적은 한 번도 없었다. 주입식 교육에 철저히 순응하

던 그 시절의 급우들은 모두가 경쟁자였을 뿐이다.

정형식이 내 손을 잡으며 말했다.

"이런 만남도 흔치 않은 일인데, 어디 가서 차나 한 잔 하자."

"지금은 내가 좀……."

내가 거절하려는 기미를 보이자 정형식은 거의 억지로 끌다시피 했다.

"흔치 않은 일이라고. 잠깐이면 돼."

거짓말로 핑계를 대기가 귀찮아서 나는 정형식을 따라 시장을 나갔다. 정형식은 대로변으로 나가서 잠시 주위를 살피더니 마땅한 곳을 찾은 듯 성큼성큼 걸어갔다. 그가 찾은 곳은 스타벅스였다. 4층 건물의 1층과 2층을 사용하는 스타벅스 매장에는 스타벅스의 한자어인 星巴克쌍바커라는 간판이 걸려 있었다.

정형식은 아메리카노 두 잔을 들고 왔다. 막상 스타벅스 매장에 들어와서 커피를 마주하고 보니 거절하지 않기를 잘했다는 생각이 들었다. 비교적 커피도 맛있었고, 매장 분위기도 산뜻했다. 대체로 북경 거리를 거니는 사람들은 유행에 뒤처졌다는 인상을 받았는데, 스타벅스 안을 가득 채운 손님들은 일본이나 한국의 젊은이들과 비교해도 손색이 없을 정도로 세련된 모습이었다. 특히 중국어로 주문을 받는 여종업원들의 모습에서는 애교가 넘쳤다. 정형식이 내 근황을 물었다.

"넌 어떻게 사냐? 범생이라서 별 어려움 없이 지낼 것 같은데?"

"애니메이션 회사의 총무부에서 일해."

"북경에는 무슨 일로?"

"이곳에 하청 회사가 있어서."

"그렇구나. 결혼은 했지?"

"물론이지. 애도 하나 있는데."

"난 몇 달 전에 이혼했어."

"왜?"

"사연이 많아. 다음에 기회가 되면 이야기해줄게."

정형식은 잠시 얼굴이 어두워졌다. 잘생긴 얼굴이었고, 옷도 고급 정장임은 분명했지만 얼굴 어딘가에서 복잡한 과거사가 짚여졌다. 세상에는 정해진 코스가 있다는 생각을 언젠가부터 해왔다. 좋은 대학을 나와서 좋은 회사에 취직하는 것을 우습게 보는 풍토가 유행하던 시절이 있었다. 그러나 그 코스를 비웃던 자들의 훗날은 대부분 암담했다. 코스 밖에 뭔가 대단한 것이라도 있는 것처럼 떠들어 대지만 결국 그들은 세상 밖이라는 곳이 얼마나 각박하고 거친 곳인가를 처절히 깨달은 뒤에야 다시 코스를 기웃거린다. 정형식의 얼굴 어딘가에서 세상의 풍파가 느껴졌고, 그것은 내게 경계심을 촉발시켰다. 하지만 나는 그것을 액면 그대로 드러낼 만큼 야박한 성격이 아니었다.

내가 물었다.

"넌 어때?"

"이것저것 하다가 잘 안 돼서, 지금은 여기서 관광객들 상대로 가이드 좀 하고 있어. 관광 생각 있으면 연락 줘라. 잘못하면 바

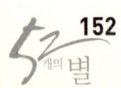

가지 쓴다고."

정형식은 명함 한 장을 내게 내밀었다. 사진이 인쇄되어 있는 명함에는 중국어, 한국어, 영어의 3개국 언어로 자기소개가 되어 있었다.

내가 정형식의 명함을 쥐고 소개를 읽어 내려가고 있을 때 남자 종업원 한 명이 내 근처에서 청소를 하는 게 보였다. 그의 행동이 정식 직원답지 않게 서툴다고 느끼는 순간, 그가 기우뚱하며 내 쪽으로 쓰러졌다. 그 바람에 나는 들고 있던 커피잔을 무릎 위에 떨어뜨렸다. 뜨거운 커피가 허벅지 근처로 쏟아져서 바지를 적셨다. 종업원은 다시 몸을 일으킨 후 90도로 고개를 숙여 사과했다. 나는 괜찮다고 했지만 정형식이 버럭 화를 냈다.

"여기 서비스 엉망이구만! 주인 오라고 해!"

그러자 종업원은 연신 고개를 숙이며 뒷걸음으로 사라졌고, 몇 분 뒤 키가 큰 미국인이 우리 쪽으로 걸어왔다. 그가 영어로 말했다.

"제가 이곳 지점장입니다. 종업원의 실수에 관해 제가 대신 사과드리겠습니다."

내가 괜찮다고 대답하자 미국인 지점장이 종업원에게 지시했다.

"이분에게 커피 다시 갖다드리고 세탁비도 지불하도록 하세요."

종업원의 실수이니 매장에서 책임진다는 것은 합리적인 사고방식이었다. 그러나 그것은 손님의 항의가 격렬할 때나 가능한 것으로 알고 있었다. 어느 곳이나 이해관계가 충돌해야만 흑백이

가려지고 보상받는 자와 보상해야 할 자가 가려진다. 손님의 요구가 별나지 않았음에도 세탁비까지 지불하는 운영방식은 놀랍도록 합리적인 사고방식이었다. 아마도 그런 이유로 스타벅스가 세계를 주름잡고 있는 것이리라.

　정형식과 작별하고 호텔로 돌아와 보니 4시였다. 좋은 커피와 만점의 서비스, 거기다가 오랜만의 친구와도 조우했으니 유쾌한 오후였던 것만은 분명했다. 그때는 전혀 예상 못했다. 예기치 못했던 그때의 몇 가지 사건들이 훗날 나를 중심으로 일어난 연속된 사건들의 고리가 되리라는 것을.

　순항하리라고 예상했던 제9차남북장관회담에 장애가 닥친 것은 제2차 본회의를 몇 시간 앞둔 10월 18일 오후였다. 먼저 미국 백악관에서 대변인 성명으로 남북장관급회담에서 북한의 핵문제를 중요하게 다루지 않은 것은 유감이라는 코멘트가 흘러나왔다. 정 장관은 기자들과의 간담회에서 핵문제에 관해 한미 양국 사이에 견해차가 있느냐는 질문을 받고 남한은 북한의 핵개발 계획을 간과하지 않을 것이며, 이번 회담에서 이 점을 분명히 따질 예정이라고 대답했다. 제1차 본회의에서 남북이 핵문제의 평화적인 해결을 위해 노력한다는 합의사항을 뒤집은 것이다. 백악관이 청와대에 문제 제기를 했고, 그 때문에 남한의 회담 대표진의 입장이 바뀔 수밖에 없었으리라는 것은 남북문제 전문가가 아니어도 추론이 가능한 일이었다. 북한도 즉각 돌변했다. 오경성

수석대표는 중국 주재 북한대사관에서 기자회견을 열고 미국의 간섭으로 남측이 태도를 바꾸려 한다고 격렬하게 비난했다.

이런 어수선한 분위기 속에서 제2차 본회의가 댜오위타이 17호실에서 개최되었다. 공개회담에서부터 남과 북은 서로를 비난하기 시작했다.

"우리 공화국은 있지도 않은 핵문제를 빌미로 호시탐탐 침략의 기회를 노리는 미 제국주의에 결코 부화뇌동하지 않을 것이며, 귀측이 계속해서 이 문제를 핑계로 회담을 지연시키려 한다면 단호하게 대응할 것입네다."

북측 오 수석대표의 격앙된 발언에 이어 정 장관이 마이크를 잡았다.

"한반도의 비핵화는 매우 중요한 과제이며, 이것에 관해 귀측이 분명한 반대 의사를 표시하지 않는다면 다른 분야의 회담이 진척되기 어렵다는 점을 분명히 하지 않을 수 없습니다."

비공개회의로 들어가자 남과 북의 대립은 더욱 깊어졌다. 나는 회의장 밖에서 대기 중이었지만, 가끔 밖으로 나온 대표진의 굳은 얼굴을 보고 회의 분위기를 짐작할 수 있었다. 또 CCTV를 통해 회의 장면이 고위층에게 전달되고 있었으므로 최 참사관으로부터 제2차 본회의가 북한의 핵문제로 암초에 부딪히고 있다는 이야기를 전해 들을 수 있었다. 그랬음에도 회의가 중단되지 않고 장시간 계속되고 있는 것은 양측의 이해가 걸려 있었기 때문이었다. 남한은 어떻게 해서라도 남북 평화 무드를 되살려서 현 정권의 치적으로 만들려 하고 있었고, 북한은 남측으로부터 경제 지원을 받아서 파탄 난 경제를 회복시켜야 하는 상황이었다.

자정이 넘은 시간까지 합의점을 못 찾고 있는 가운데 청와대에서 대통령의 훈령이 날아왔다. 팩스로 날아온 대통령의 훈령은 간략했다.

「핵문제 유연하게 대응할 것 - 대통령 지시」

결국 북측의 요구를 받아들이라는 지시였다. 나는 팩스를 접어서 봉투에 넣은 후 회의장 안으로 들어가서 정 장관에게 건네주었다. 훈령을 받아든 정 장관은 안경을 고쳐 쓰며 내용을 몇 번이나 확인했다. 그 후 회담은 일사천리로 진행되어 경의선 철도 및 도로 연결사업, 개성공단 조성사업, 금강산관광 활성화 조치, 군사적 신뢰구축 조치, 인적교류와 이산가족 상봉사업 등 다방면의 안건들이 합의됐다.

브리핑룸에서 남북 대변인은 남북관계가 꽃샘추위를 넘어 완연한 봄으로 접어들었다며 호의적인 분위기로 급반전된 회담 분위기를 기자들에게 설명해 주었다. 기자들이 앞다투어 북한의 핵문제에 관해서는 합의되지 않았느냐고 묻자 남한 대변인은 핵문제와 경제 문제를 분리해서 대응하려는 것이라는 논리를 펼쳤다.

회담의 성공은 회담 준비 인력들에게도 화해 분위기를 조성했다. 내가 회의장에서 철수 준비를 하고 있을 때 안철수가 일부러 찾아와서 악수를 청해왔다.

"남북이 화합하니 얼마나 좋습네까. 미 제국주의가 깽판만 안 부리면 금방 통일도 될 겁네다."

나는 그의 손을 맞잡으며 응대했다.

"회담이야 대표진이 하는 것이지만, 결과가 좋으니 나도 기쁘네요."

"남조선도 우리를 비방하는 짓은 그만해야 합네다. 남조선에서는 우리를 뿔 달린 괴물로 가르친다면서요?"

"북한도 마찬가지 아닌가요?"

내가 물러서지 않고 맞대응하자 안철수는 웃음을 터트렸다.

"윤 선생하고 말싸움하자는 게 아니니 오해 마시라요 아무튼 잘 지냅시다."

"물론이죠."

"또 봅세다."

안철수는 손을 흔들어 보이며 사라졌다. 그의 얼굴에서 승자의 득의만만함이 느껴졌다. 대통령의 양보를 그는 남한의 패배로 인식하는 듯했다. 실제로 그날 북한 방송에서는 미국의 방해 책동에도 흔들림 없이 대화에 임해서 대승을 거두었다는 식으로 보도가 되었다.

제2차 본회의 결과는 미국 부시 정부와 보수층의 반발을 불렀다. 미국 백악관은 회담 결과에 관해 노코멘트로 일관했지만 여러 경로를 통해 한국 정부에 유감을 표시해왔고, 한국의 보수 언론들은 남한이 북한에 굴복한 '굴종 회담'이었다고 비꼬아서 보도했다.

만일 대통령이 남북관계 개선에 강한 집념을 지니고 있지 않
았다면 이런 식의 합의는 없었을 것이다. 물론 대통령 자신의 치
적을 쌓으려는 개인적인 야심에서 비롯된 것일 수도 있고, 눈앞
에 다가온 대통령 선거에서 유리한 환경을 조성하려는 계산이
깔려 있을 수도 있었다. 하지만 대립되거나 서로에게 무관심한
두 집단이 타협하기 위해서는 어느 한쪽이 보다 절박하게 다가
가야 한다. 그런 역할을 대통령이 담당했던 것이다.

미로로 접어들다

　　　　　　　　　전화벨 소리에 잠이 깼다. 시계부터 확인해 보니 오전 10시 20분. 늦은 아침이었지만 새벽 4시쯤에 잠자리에 들었으므로 몇 시간 더 자야 했다. 박영민이 좀 받아줬으면 했지만 코까지 골며 자고 있는 그는 깨어날 기미가 안 보였다. 나는 일어나 앉아서 수화기를 들었다.

"여보세요?"

"나야, 정현식."

어제 시장에서 우연히 만난 고교 동창이었다. 그가 나에게 다시 전화를 할 이유도 없고, 내가 묵고 있는 호텔 연락처를 알려준 기억도 없었다. 나는 반사적으로 긴장했다.

"내 숙소 번호 어떻게 알았지?"

"어제 알려줬잖아."

그럴 리가 없었다. 이렇게 중요한 임무를 맡고 있는 상황에서 우연히 만난 친구에게 숙소 전화번호를 알려주는 건 초보요원도 하지 않는 실수다. 그러고 보니 난데없이 북경 거리 한복판에서 고교시절 친구를 만났다는 것 자체부터 이상하게 인식되기 시작했다. 우연이라고 하면 쉽게 설명되지만, 복잡하게 의심하기 시작하면 그것대로 또 이상한 일이었다. 그건 그렇고 이 친구가 왜 다시 날 찾는가.

"그런데 무슨 용건으로 전화를 한 거지?"

"친구 사이에 용건이 있어야 전화하는 거야? 그냥 같은 북경에서 활동하고 있으니 식사나 하자는 거지."

"그럴 여유 없어."

"당장은 아니고 나중에라도."

"곧 귀국해."

"알았다고. 마음 바뀌면 전화 주라고. 내가 요새 부쩍 외로워서 말야. 내 명함 가지고 있지?"

"알았어."

정현식과 통화를 마치고 복잡해졌다. 무엇보다 내가 그에게 숙소 번호를 알려준 기억이 없었다. 이런 문제에 신경 쓸 여유가 없었지만 의심스러운 상황을 그대로 내버려 둘 수도 없었다. 나는 비밀번호로 국정원과 접속해서 방첩부 소속 동기인 이장길을 찾았다. 이장길의 목소리가 건너왔다.

"윤 팀장?"

"응."

"무슨 일이야? 요새 북경 분위기 좋다며?"

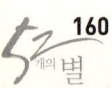

"다른 게 아니고. 신원조회 좀 해줘."

"누구?"

"정현식. 33세. 세종고등학교 36회 졸업. 현재 북경 거주."

"이 사람이 누구야?"

"고교 동창인데, 꺼림칙한 점이 있어서 그래."

"오케이."

수화기를 올려놓고 커피메이커에서 커피를 한 잔 따랐다. 정현식과 나누었던 대화를 거듭 생각해 보았지만 이상한 징후는 없었다. 우연히 만난 고교 동창끼리 나눌 수 있는 대화 이상도 이하도 아니었다. 단지 그가 내 숙소 번호를 알고 있다는 사실이 의심스러울 뿐이었다. 혹시 내가 무심결에 전화번호를 알려줬을 가능성도 아주 없는 건 아니었다. 차라리 그쪽으로 생각하는 게 홀가분할 것 같았다. 10년도 더 된 오랜 동창을 우연히 만났을 뿐인데, 별일이야 있겠는가. 나는 일단 그렇게 심정적인 동요를 잠재웠다.

일정이 빡빡한 날이었다. 오후 2시부터 댜오위타이에서 열리는 실무회의에 참여해야 하고, 5시부터 2시간 동안 인민문화궁전에서 열리는 남북예술단공연에도 참여해야 했다. 7시부터는 만찬이 예정되어 있었다. 실무회담과 남북예술단공연 시간이 겹칠 가능성도 있지만, 그럴 경우 실무회의가 종료된 다음 인민문화궁전으로 이동하는 게 순서였다.

실무회의는 오늘도 완전히 마무리되지는 않은 채 4시 안팎에 종료되었다. 남북예술단공연에 수행원이 불참하는 건 모양새가 안 좋다는 의견에 따른 것이었다. 남북 사이에 조인해야 할 것들이 많았기 때문에 아무래도 회담 후반부로 가면 수행원들이 무척 바빠질 것 같았다. 댜오위타이에서 최 참사관과 잠깐 조우했는데, 그는 내게 다가오는 대통령 선거 이야기를 꺼냈다.

"윤 팀장은 누가 될 것 같아?"

"별 관심 없습니다."

진심이 실린 대답이었다. 민주투사 출신인 여당 후보는 내가 젊기 때문에 지지했고, 대쪽판사 출신의 야당 후보는 내가 국정원 직원이기 때문에 지지했다. 양측 모두를 지지한다는 것은 어느 쪽이 되건 상관없다는 의미였다. 그러나 대체로 국정원 내에서는 야당 후보를 지지하는 흐름이 강했다. 공무원들에게 지난 5년은 상당한 이질감을 준 것이 사실이었기 때문이다.

"그렇게 무신경하게 대처할 일이 아니지. 어느 쪽이건 선택을 해야 미래가 보장되는 것 아니겠어?"

내가 잠자코 있자 최 참사관이 설명했다.

"어차피 다음 정권 들어서면 국정원은 대폭적인 물갈이가 될 수밖에 없다고. 나나 윤 팀장이나 피해갈 수가 없어. 윤 팀장이 아직 잘 모르는 것 같은데, 국정원도 사회의 일부분이야. 어느 쪽에건 줄을 대야 한다고. 좀 치사한 일이지만 그게 사람 살아가는 방식 아냐?"

"그렇다고 지금 내 입장에서 누구를 지지한다고 선언할 수도

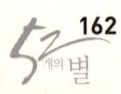

없잖아요. 그런 걸 바라는 사람도 없을 거고."

"사람 참 순진하긴."

"왜요?"

"우리가 지금 남북회담에 관한 대부분의 정보를 알고 있잖아. 그러니 이 정보로 대선캠프 쪽과 접촉이 가능하다는 이야기야. 그렇다고 내가 그런 생각을 한다는 게 아니라, 적어도 눈도장은 찍어둬야 하지 않겠냐는 이야기야."

국정원 직원이 그런 식의 이야기를 하는 것 자체가 올바른 자세는 아니었지만 현실적인 태도인 것은 사실이었다. 다음 집권세력이 국정원을 물갈이하리라는 판단도 정확한 것이었다. 미리 대선캠프의 정보 관련 팀에 손을 써 두면 진급까지는 아니더라도 물갈이 대상에서 피해갈 수는 있을 것이다. 충성심을 보여준다는 의미에서 남북대화 관련 고급 정보를 넘겨주는 건 당연한 일이었고.

문제는 최 참사관이 왜 나에게 그 이야기를 꺼냈느냐 하는 것이었다. 최 참사관이 이미 대선캠프 쪽과 접촉 중이고, 나와 함께 움직이기를 바라는 것일까. 상당히 복잡해졌지만, 내 입장은 분명했다. 물갈이 대상이 되고 싶지는 않았지만, 그렇다고 원칙에서 벗어나는 행동은 할 생각이 없었다. 내가 잠자코 있자 최 참사관은 이야기를 잘못 꺼냈다고 생각해서인지 대충 얼버무렸다.

"내가 무슨 의도를 갖고 한 이야기는 아니니 오해하지 말라고. 대선이 가까워져서 그냥 이런 생각, 저런 생각 해보는 것뿐이야."

최 참사관은 머슥한 얼굴로 사라졌다. 아무래도 내 입장을 떠본 것 같았다. 어쩌면 국정원 직원들 대다수가 최 참사관과 비슷한 입장일지도 모르는 일이었다. 집권세력은 늘 국정원 직원의 정치적 중립을 이야기하지만, 물갈이라는 이름으로 새로운 계파를 형성하는 관습이 계속된다면 국정원의 어느 누구도 자기 일에 충실할 수는 없을 것이다.

박영민에게 운전을 맡기고 잠깐 졸다가 깨어 보니 인민문화궁전이 눈앞에서 다가오고 있었다. 천안문을 연상시키는 거대한 크기의 기와 건축물이었다. 중국의 문화는 우선 규모 면에서 압도적이라는 인상을 주었다. 천안문이 대표적이지만, 근대에 들어서 건축된 건축물들도 기형적이라는 느낌이 들 정도로 거대했다. 문화혁명 직후에 건축된 인민문화궁전도 이렇게까지 클 필요가 있을까 싶을 정도로 모든 면에서 여유가 넘치는 크기였다.

주차장에 차를 세우자 공안 두 명이 다가와서 나와 박영민을 안내했다. 강당과 비슷한 규모의 로비를 지나 '제1학습당'이라는 팻말이 붙은 사무실 안으로 들어가자 자오유민이 우리를 맞았다. 이곳은 현재 경비병력의 지휘관실로 사용되는 듯싶었다. 자오유민은 평소의 하얀색 제복이 아닌 카키색의 전투복을 입고 있었다. 기묘하게도 그녀는 경찰 제복이나 군복이 잘 어울리는 여자였다.

자오유민은 나와 간단한 인사를 나누고 벽에 걸린 인민문화궁전의 도면을 지휘봉으로 가리키며 설명했다.

"인민문화궁전으로 들어가는 입구는 동서남북 출입구와 지하도입니다. 네 군데의 출입구는 인민해방군이 이중으로 경계를 서고 있으며 지하도에는 특수공안대가 경계를 서고 있습니다. 또한 만일에 대비해서 인민해방군 기동타격대 1개 중대를 정문 출입구 앞 횡단보도 근처에 대기시켜 놓았습니다. 부족한 점 있으면 지적해 주십시오."

일부러라도 의견을 내놓아야 할 것 같다고 생각했지만 빈틈이 전혀 없었기 때문에 나는 잠자코 있었다. 한류 스타의 이름이 나오자 탄성을 지르던 10대 소녀의 모습을 유감스럽게도 오늘은 볼 수 없었다. 테이블로 자리를 옮겨 자오유민으로부터 차 대접을 받고 남측 예술공연단 대기실로 이동하려는데, 안철수가 마주 걸어오고 있었다. 그와의 접촉이 조금 부담스러웠지만 이쪽이 피하는 인상을 주는 건 절대 금물이었기 때문에 환한 얼굴로 악수를 교환했다.

"오늘 남조선 공연에 김연자는 안 나옵네까?"

남한 출신의 트로트 가수 김연자는 북한 공연에서 북한 주민들에게 가장 인기를 끈 여가수였다. 내가 알고 있는 정보로는 김정일 위원장도 그녀의 열렬 팬이라고 한다.

내가 대답했다.

"이번 공연에서 우리 측 대중가수는 참가하지 않았습니다."

"아쉽구만요. 김연자가 노래는 정말 잘 부르디요."

"북한에도 좋은 가수가 많은 것으로 알고 있습니다."

"그러문요. 특히 여가수들이 목청이 좋습네다. '남남북녀'라는 말 알디요?"

"알고 있습니다."

"우리 공화국 여성들은 미인이면서 재주도 많습네다. 난 공화국에 태어난 게 자랑스럽습네다."

여기까지는 들어줄만 했지만 안철수는 곧장 체제 찬양으로 화제를 바꾸었다.

"미제와 남조선이 돈은 우리보다 많을지 몰라도 사람답게 사는 곳은 우리 공화국입네다. 솔직히 남조선은 미국의 꼭두각시 아닙네까? 우리가 비록 부자 나라는 아닙니다만, 우리식대로 살아가는 자주 국가란 말입네다. 윤 선생, 나와 이 문제를 두고 토론 한바탕 하시겠습네까?"

토론에 응하면 안철수의 일방적인 정치적 구호를 들어주어야 할 것이 뻔했으므로 나는 거절했다.

"내가 지금 볼일이 있어서 토론은 다음 기회로 미루죠."

"그렇다면 할 수 없디요. 또 봅세다."

안철수와 헤어지고 남한 예술공연단 대기실로 들어섰다. 10명 내외의 예술인들이 분장을 하느라 바쁘게 움직이고 있었다. 대중 문화인들은 연예협회에서 섭외되었고, 클래식과 성악 분야는 대학에서 섭외했다. 예술단 단장과의 짧은 면담을 통해서 무대 장비에 관한 몇 가지 애로점이 있다는 사실을 알아내고, 박영민에게 이의 해결을 지시했다.

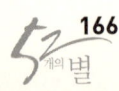

오후 5시가 가까워지자 회담 참가자들이 입장했다. 대표진들은 로비의 응접실에서 차를 마시며 짧은 사담을 나누고 곧장 공연이 열리는 소강당으로 들어섰다. 공연 시작 몇 분 전에 왕차오 북경시장이 예정에 없이 공연장을 찾았다. 나는 아무런 언질도 받지 못한 부분이라서 당황했는데, 잠시 후 우리 수행원 측에 알아보니 왕차오 시장이 정 장관에게 공연 참관을 알렸다고 했다. 대표진이 미처 국정원 쪽에 정보를 전해주지 못해서 생긴 혼선이었다. 그 외에는 별 문제 없이 예정됐던 대로 공연이 시작되었다.

나는 대사관에서 대기 중인 최 참사관에게 공연이 시작되었으며 특별한 문제가 없다는 보고를 하고 소강당의 맨 뒷자리에 박영민과 나란히 앉아서 공연을 관람했다. 공연의 사회는 북측 여자 진행자와 남측 남자 진행자가 공동으로 맡았다.

남측 진행자가 먼저 마이크를 잡았다.

"남과 북이 나뉘어진 지 어언 60년의 세월이 흘렀습니다. 그동안 남과 북은 서로를 증오하고 반목해 왔습니다. 그러나 남과 북은 남이 아닙니다. 한 핏줄이며 한 동포입니다. 모쪼록 이곳 북경에서의 남북회담이 순조롭게 진행되어 통일의 물꼬를 트게 되기를 진심으로 바랍니다."

이번에는 북측 여진행자가 마이크를 잡았다.

"60년 반목의 역사는 가라. 외세의 압제도 가라. 통일의 길로 가기 위해 우리는 만났다. 뜨거운 동포애로 서로를 안으며 분단의 한 세월을 잊겠노라. 북남장관급회담 참석자 여러분 노고가 많습네다. 여러분들의 평화로운 회담을 돕기 위해 북남 예술 합동공연을 마련했습네다. 첫 순서로 북조선 파랑새 합창단의 〈녀성은 꽃이라네〉 준비했습니다."

사회자들이 물러가자 북한의 파랑새 합창단이 등장했다. 흰색 저고리와 까만 치마를 입은 여성 합창단이었다. 반주는 남한의 서울교향악단이 맡고 있었다. 힘차고 투쟁적인 북한 음악이 강당을 가득 메웠다.

그런데 파랑새 합창단의 〈녀성의 꽃이라네〉라는 곡이 거의 끝나갈 즈음이었다. 누가 내 어깨를 두드리기에 돌아보니 북한의 대표 가운데 한 명인 김만길 농업성 국장이었다. 나는 당황해서 몇 초간 아무 말도 못하고 그를 올려다보았다.

"무슨 일이신지요?"

내가 정신을 차리고 묻자 김만길은 속삭이듯 말했다.

"내래 잠깐 윤 선생에게 할 말이 있습네다."

그가 내게 사적인 대화를 시도해 온 것은 이번이 두 번째였다. 국정원 소속임을 뻔히 알고 있는 내게 북측의 대표진이 말을 걸어 온다는 것은 이례적인 일이었다. 첫 번째의 경우는 단순한 실수로 넘겼지만, 이렇게 두 번째로 겪어 보니 긴장이 되지 않을 수 없었다.

김만길은 눈짓을 주며 다시 속삭였다.

"따라오시라요."

옆자리의 박영민이 나와 김만길을 향해 고개를 돌렸다. 나는

그에게 김만길이 내게 대화를 요청해 왔다는 사실을 최 참사관에게 보고토록 한 후 자리에서 일어나 김만길을 따라나섰다. 복도를 걸어가던 김만길은 비상계단에 접어들자 내 손목을 쥐고는 아래층으로 뛰어내려갔다. 지하는 주방이었다. 만찬을 위해 중국인 요리사들이 분주히 준비를 하고 있었다. 김만길은 채소더미 앞으로 나를 데려간 후 말했다.

"윤 선생, 나 좀 남쪽으로 데려가 주시라요."

"네?"

"못 알아듣갔습네까? 남한으로 가겠으니 도와 달라 이 말입네다."

그 순간 김만길의 얼굴은 금방이라도 울음을 터트릴 것 같은 절박함으로 가득했다. 나는 지금의 상황을 이성적으로 파악해 보려고 노력했다. 하지만 머릿속이 엉켜진 실타래처럼 복잡해져서 어떤 판단도 내릴 수가 없었다.

소강당 쪽에서 박수소리가 들려왔다. 첫 곡이 끝난 것이다. 나도 김만길도 더 이상 이곳에서 시간을 지체할 여유가 없었다.

내가 겨우 말했다.

"일단 자리로 돌아가십시오. 추후 다시 이야기하도록 하는 게 좋겠습니다."

"부탁하갔시오."

김만길은 두 손으로 나의 오른손을 감싸쥐고 애원하듯 말한 후 먼저 주방을 빠져나갔다. 나는 잠시 우두커니 서 있었다. 망명 요청이었다. 그것도 일반인이 아닌 회담 대표진 가운데 한 명인 농업성 국장이 내게 망명을 요청한 것이다.

다시 소강당으로 돌아와 보니 남한의 소프라노 가수가 〈바위고개〉라는 가곡을 열창하고 있었다. 김만길이 제자리에 앉아 있는 모습도 보였다. 나 혼자만 극심하게 긴장하고 있을 뿐 모두가 평화로운 공연을 즐기고 있는 것처럼 보였다. 나는 정신을 차리고 이 순간 내가 해야 할 일이 뭔가를 생각했다. 최 참사관에게 보고를 하는 것이 첫 번째 할 일이었다. 나는 복도로 나와서 최 참사관에게 보고했다.

"북한의 김만길 농업성 국장이 제게 망명 요청을 해왔습니다."

최 참사관의 당황한 목소리가 건너왔다.

"뭐라고?"

"조금 전에 김만길 국장이 저를 따로 불러내서 남한으로 가겠으니 도와 달라고 말했습니다."

"지금 김만길 국장과 함께 있나?"

"아닙니다. 김 국장은 자리로 돌아가서 공연을 관람 중입니다."

"알았어. 내가 상부에 보고할 테니 별도 행동은 하지 말고 가능하면 빨리 대사관으로 들어와."

"알겠습니다."

대사관으로 향하는 차 안에서 왜 갑자기 커피가 마시고 싶었는지는 나도 잘 모르겠다. 쓴 원액의 에스프레소를 몇 잔이라도 마시고 싶었다.

혼란에 빠진 국정원

내가 살아온 날들을 더듬어 보면 운명이란 확실히 존재하는 게 아닌가 싶다. 나는 성장하면서 줄곧 평범한 사람이 되리라고 생각했다. 그것이 인생의 목표였다기보다는 그것 외의 삶에 대해서는 무관심했다. 국정원이라는 특수한 직장에 근무했으나 이 직업 자체가 외부에서 보는 것처럼 드라마틱한 것도 아니었고, 나 자신이 두드러지게 드러나는 걸 좋아하지도 않았다.

제9차 남북장관급회담에 참가하기 전까지만 하더라도 나는 내가 예상했던 보통 사람의 삶을 무난하게 살고 있었다. 스무 살이 넘으면서 세상에는 코스라는 게 존재한다고 믿었는데, 나는 그 코스를 한 치도 벗어나지 않고 살았던 것이다. 그런데 제9차 남북장관급회담에 참가하고, 북한 대표진인 김만길 농업성 국장으로부터 망명 요청을 받게 되면서 내 의지와는 무관하게 역사의 격랑 속으로 빠져들어가게 된다.

불운이건 호운이건, 운명이 주는 교훈은 자기 자신을 송두리째 내보이지 않고는 살아갈 수 없다는 것이다. 지금 생각해 보면, 내가 그 사건의 중심인물이 된 것은 자신의 목소리를 감추고 무난한 보통 사람의 삶을 살려는 나의 안일함에 대한 운명의 충고인지도 모르겠다.

나는 대사관의 최 참사관 사무실 문을 밀고 들어갔다. 최 참사관은 국정원 수뇌부와 통화 중이었다. '알겠습니다'를 몇 번이나 연발한 후 통화를 마친 그는 나를 한쪽의 테이블로 데려갔다. 최 참사관의 사무실 안에는 창문이 없었다. 사방이 막힌 공간에 최 참사관과 단둘이 마주 앉아 있으니 다소 답답함이 느껴졌다.

최 참사관이 무거운 얼굴로 입을 열었다.

"방금 청와대에서 대통령이 주재하는 NSC 긴급대책회의가 시작됐어."

NSC는 통일, 외무, 국방부서의 장관과 국정원장이 참여하는 국가안정보장회의였다. 국가적인 중대사에 대해 논의하는 이 회의에 대통령이 참여했다는 것은 김만길 망명 요청건이 얼마나 중요한가를 반증하는 일이었다.

최 참사관이 말을 이었다.

"일단 국정원에서는 회담은 예정대로 진행시키고 김만길에 대해서는 진의를 좀 더 파악해 보라는 지시가 내려왔어."

"우리 측 대표진에게도 알려야 할까요?"

"그렇게 되면 회담에 영향을 줄 수 있으니까 당분간 비밀로 해

두도록 해."

"알겠습니다."

그날 자정에 NSC 회의결과가 날아왔다. 만일 지금 김만길의 망명 요청을 받아들이면 회담이 깨지고 남북관계가 최악의 상황을 맞을 수 있으니 신중히 대처하라는 내용이었다. 아울러 김만길의 망명 의사가 확실한지에 대한 확인과, 만일 확실하다면 정치적인 동기에 의한 것인지 개인적인 동기에 의해서인지를 파악해 보라는 지시도 내려왔다. 신중히 대처하라는 의미는 망명을 받아들이기 어렵다는 표현이었다. 적어도 지금은.

숙소에서 아내와 노트북 캠으로 대화할 여유가 없었기 때문에 전화통화를 잠깐 했다. 내가 다소 건성으로 응대하자 아내는 서운한 눈치를 드러내며 통화를 끝냈다. 내가 처한 상황을 설명해 줄 수 없는 게 답답했다.

나 대신 남북예술공연을 맡았던 박영민이 숙소로 돌아왔다. 나는 그에게 김만길이 내게 망명 요청을 해온 사실과 정부 수뇌부의 지시를 자세하게 설명해 주었다. 박영민은 모처럼 국정원 요원다운 임무를 맡게 됐다고 허세를 부렸지만 극도로 긴장한 눈치였다.

며칠 잠을 제대로 못 잤음에도 쉽게 잠들지 못하고 뒤척이다가 새벽에 겨우 잠들었다. 빗줄기가 창문을 두드리는 소리가 밤새 들린 듯했으나 아침에 깨어보니 비가 온 흔적은 없었다. 바람에 창문이 흔들린 걸 착각한 모양이었다.

10월 20일, 제9차 남북장관급회담 제3차 본회의가 예정된 날이었다. 회담 참가자들에게는 김만길의 망명 요청을 비밀로 했기 때문에 일상적인 회담 준비로 분주했다. 남북한 수행원들은 댜오위타이에서 실무회담에 착수했는데, 본회의 합의사항들이 많아서 시간이 많이 지체될 것 같았다. 나와 박영민은 오전 10시에 대사관에서 최 참사관이 주재하는 대책회의에 참석했다. 최 참사관이 여러 경로를 통해서 김만길에 대한 정보를 구해보려고 했지만 별 소득이 없는 듯했다.

"성명 김만길. 나이 55세. 현 농업성 국장으로 이번 회담 첫 참가자라는 것 외에는 정보가 없어."

나와 박영민도 한국에서 김만길의 신원을 파악해 보려고 노력했지만 북한에서 발행된 인물연감에서 최 참사관이 방금 열거한 내용을 겨우 찾아냈을 뿐이었다.

"그렇다면 결국 윤 팀장이 개인적으로 접촉해서 진의를 파악하는 길뿐이라는 결론이야."

"제 직감으로는 개인적인 동기에 의해 망명하려는 것 같았습니다."

"지금 결론을 내리는 건 성급해."

"알고 있습니다."

"오늘 본회의가 예정되어 있으니 기회를 봐서 접촉을 좀 해보라고."

"알겠습니다."

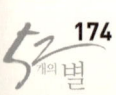

무거운 부담감이 어깨를 짓눌렀다. 청와대를 비롯한 모든 관계 기관이 나 한 사람을 주목하고 있었다. 작은 실수라도 있어서는 안 되었다. 그렇다고 상부의 명령이 구체적인 것도 아니었다. 김만길의 진의를 파악하는 것은 순전히 내 직관에 의해서여야 했다. 내가 접촉하고 내가 판단을 내릴 수밖에 없는 상황이었다.

문제는 김만길의 진의가 확인된다고 하더라도 곧장 망명작전에 들어가기는 어렵다는 점이었다. 만일 청와대에서 망명을 받아들일 의지가 있다면 어젯밤 NSC 회의에서 전혀 다른 결론이 나왔을 것이다. 청와대의 입장도 충분히 이해됐다. 남북화해는 정권 차원의 사업이었다. 대북 퍼주기 외교라는 보수층의 비난을 감수하면서까지 북한과의 화해를 최우선 과제로 삼았던 청와대가 한 개인의 망명을 받아들여서 파국을 초래할 가능성은 없었다. 그렇다고 인도적 관점에서 단호하게 거부를 할 수도 없으니 진의를 파악해서 제3의 방법을 강구하려고 할 것이다.

최 참사관의 지시로 나는 수신용 모니터를 차에 장착했다. 비공개 본회의 영상을 수신해서 김만길의 태도를 관찰하고 대처하라는 지시였다. 우선은 김만길의 진의를 알아내는 게 중요했다. 혹시라도 우리 측의 혼선을 유도하려는 위장 망명일 가능성도 전혀 없는 건 아니었다. 아무튼 여러 각도에서 대처할 필요가 있었다.

"만일 우리 정부에서 망명을 받아들이지 않겠다고 하면 어떻게 될까요?"

박영민이 댜오위타이로 향하는 차 안에서 내게 물었다.

"무 자르듯 거절하지는 못하겠지. 어정쩡한 지시가 내려올 가능성이 높을 거야."

"어떤 식으로요?"

"회담 종료 후로 망명을 연기하자거나, 다음 회담에서 시도하자거나……."

"애매하군요."

"정부 입장도 복잡하잖아."

"그건 그래요. 현 정부 최대 치적이 남북관계 개선인데, 망명을 받아들이면 끝장이니까."

사실 나는 그때까지도 괜스레 복잡한 일에 끼어들었다는 기분이 강했다. 김만길의 망명 요청이 아니었다면 회담도 순조롭게 마무리됐을 것이고, 그랬다면 나는 특진됐을 가능성이 100퍼센트였다. 나는 어쩌면 김만길이 심경의 변화를 일으켜서 망명 요청을 실수라고 얼버무려 주기를 바랐는지도 모른다. 그만큼 그의 망명 요청은 다양한 문제를 동반하고 있었다.

오후 4시에 댜오위타이 17호실에서 제3차 본회의가 열렸다. 기조발언은 서로에 대한 비방 없이 화해와 협력을 다짐하는 화기애애한 분위기 속에 진행되었다. 김만길 역시 외형적으로 눈에 띄는 변화는 없었다. 나와 몇 번 눈이 마주쳤을 때도 별다른 표정의 변화가 없었다.

나는 4시 30분에 시작된 비공개 본회의를 차 안에서 모니터로

보았다. 북측 대표진은 파탄 난 북한의 경제상황을 반영하듯, 경제 협력에 많은 관심을 표명했다.

"지난번 우리 사절단이 남조선을 방문했을 때 대기업 위주로 시찰을 했는데, 이것이 우리 공화국 실정에 잘 맞지를 않습네다. 다음 방문 때는 공화국 경제에 바로 적용이 가능한 중소기업 위주의 시찰이 되었으면 합네다."

오 수석대표의 말에 정 장관이 바로 동의를 표했다.

"좋은 지적입니다. 실무자들에게 지시해서 반영되도록 하겠습니다."

"또 하나는 우리 공화국에 최악의 가뭄이 들어 식량난이 심각하다는 것입네다. 이 점에 대해 남조선의 관심을 부탁드리는 바입네다."

"저희 대통령께서도 인도주의 측면에서 식량 원조를 적극적으로 펼치라는 지시를 내려주셨습니다. 그러자면 현재의 북한 실정을 알아야 합니다."

"그 문제에 관해서는 김만길 농업성 국장이 설명해 줄 겁네다."

장관급회담에 농업성 국장이 참가한 이유를 알 수 있을 것 같았다. 북한은 100년래 최악의 가뭄을 맞아 아사자가 속출하는 상황이었다. 식량 원조가 절실히 필요한 북한은 농업성 국장을 다급히 회담에 끼워 넣은 것이다.

김만길이 일어섰다.

"우리 공화국의 식량 수요는 650만 톤인데, 생산량은 350만

톤밖에 되지를 않습네다. 결국 300만 톤이 더 필요한데, 남한에서 100만 톤을 지원해주면 나머지는 러시아와 중국에서 해결할 수 있습네다."

정 장관이 대답했다.

"우리 정부의 입장에서는 북한이 요구하는 100만 톤을 모두 수용하고 싶습니다만, 그렇게 하면 야당과 보수층의 지지를 받기가 매우 어렵습니다. 그러니 적당한 선에서 타협을 했으면 합니다."

오 수석대표가 나섰다.

"만일 남조선에서 100만 톤 지원을 약속해주면 우리는 남조선이 요구하는 이산가족상봉 확대를 받아들이겠습네다."

"우선 식량 지원에 합의하고 내용은 실무회의를 통해 합의하도록 하는 게 어떻겠습니까?"

"그렇게 합세다."

그 외에도 남북군사실무회담 개최와 남북경제협력추진위원회 결성에 합의했으며, 제10차 남북장관급회담을 평양에서 개최한다는 것에 합의하면서 제3차 본회의가 마무리되었다. 오후 4시에 시작한 회의는 중간에 석찬을 하고 밤 9시에 종료됐다.

나는 재빨리 17호실로 이동해서 김만길의 태도를 주목했다. 남북한 대표진들이 홀가분한 표정으로 사담을 나누는 사이 김만길은 화장실을 가겠다며 17호실을 빠져나왔다. 나는 조심스럽게 그의 뒤를 따라서 화장실 안으로 들어갔다. 김만길이 볼일을 보는 사이 나는 세면장에서 손을 씻는 척했다. 잠시 후 김만길이

내 옆에 서서 손을 씻기 시작했다. 나는 최대한 부드러운 표정으로 웃으며 인사를 건넸다.

"안녕하세요?"

그런데 김만길은 무표정하게 손 씻는 것에만 열중할 뿐, 내게는 시선조차 주지 않았다. 혹시 다른 사람이라도 있나 싶어서 주위를 둘러봤지만 화장실 안에는 그와 나뿐이었다. 마치 내가 투명인간이라도 되는 양 그는 나를 전혀 의식하지 않고 손의 물기를 수건으로 닦아낸 후 화장실을 나갔다. 어이가 없었다. 나에게 혼란을 준 것은 아무것도 아니라고 하더라도, 남한 정부 수뇌부를 혼란에 빠트리고 언제 그랬냐 싶게 외면하는 그를 나로서는 이해할 수가 없었다.

대사관에서 열린 대책회의에서 나와 박영민과 최 참사관은 머리를 맞대고 김만길의 진의를 분석해 보려고 했지만 알 수 있는 방법이 없었다.

"만일 진짜 망명 의도가 있다면 윤 팀장님을 외면할 리가 없지 않을까요?"

박영민의 의견에 최 참사관이 동의했다.

"그렇지. 망명을 하려면 한시가 급한데, 단둘이 있는 기회를 그렇게 차버릴 리 없잖아."

내가 대답했다.

"하지만 어제 제게 망명 요청을 했을 때는 진심으로 느껴졌습니다."

"그렇다면 심경변화 아닐까요? 무슨 안 좋은 일이 있어서 홧김에 망명을 요청했지만 곰곰 생각해 보다가 생각이 바뀐 거죠."

박영민의 분석도 신빙성이 있었다. 사람 마음이라는 게 시시각각 변하기 마련이었다. 뭔가 개인적인 동기가 있어서 망명을 생각했지만, 다시 생각이 바뀔 수 있다는 것도 충분히 가능한 추론이었다.

최 참사관이 말했다.

"아니면 우리가 속고 있는 거 아냐? 우리를 혼란에 빠트려서 회담을 유리하게 이끌려는 술수일 수도 있잖아."

내가 고개를 갸우뚱했다.

"그런 고단수 전술이 이번 회담에 꼭 필요했을까요?"

"빨갱이들 수법은 누구도 모른다고. 70년대 초에는 위장간첩까지 내려보냈잖아."

박영민이 금시초문이라는 얼굴로 물었다.

"그런 일이 있었어요?"

"이수근 간첩사건 몰라? 요새 반공교육을 어떻게 시키길래 그런 것도 몰라?"

회의를 거듭한다고 명쾌한 결론이 나올 리 없었다. 여러 가지 가정들을 세워 보고 분석해 보았지만 장님이 코끼리 만지는 식이었다. 망명 요청이 김만길의 진심이 아니었다면 지금의 모든 혼란이 사라진다. 하지만 그것이 김만길의 진심인지는 누구도 모르는 일이었다.

북경에서의 커피 한 잔

"무슨 안 좋은 일 있어요?"

노트북 화면 속의 아내가 걱정스러운 얼굴로 물었다. 아무리 평상심을 유지하려고 해도 긴장이 얼굴에 드러나는 모양이었다.

"사업적으로 문제가 좀 생겼어. 하지만 심각한 건 아니야. 어떻게든 해결될 거야."

"혼자만 끙끙 앓지 말고 나한테 털어놓아 보세요."

"당신은 설명해도 이해 못해."

"항상 그런 식이군요. 혼자만 세상 고민 다 끌어안고 있는 사람처럼."

"미안."

"뭐가 미안해요?"

"당신과 이야기하다 보면 내가 많이 부족한 사람처럼 느껴져."

"당신은 부족하지 않아요. 다만 내 사람이라는 생각이 잘 안 들어요."

"그게 무슨 말이야?"

"어딘가 다른 세계에 있는 느낌이 든다구요."

아내의 말을 이해할 듯도 싶었지만, 내가 당장 어떻게 해줄 수 있는 요구가 아니라는 게 답답했다. 어딘가 다른 세계에 있다니. 막연한 말이었지만 아내는 자신이 느끼는 바를 솔직히 이야기하고 있었다. 빨리 회담이 마무리되어 집으로 돌아가고 싶었다. 부부는 살을 맞대야 하나라는 것을 느끼는 모양이다. 며칠 떨어져 있었다는 것이 아내와 나 사이를 이토록 멀게 만들 줄은 예상 못했다.

그래도 아들 정훈이가 상당히 좋아지고 있다는 말은 희소식이었다. 오늘은 정훈이가 '엄마'라는 말을 몇 번이나 하더라고 아내가 말해주었다. 내가 집에 있을 적에만 하더라도 정훈이는 말은 커녕, 시원하게 우는 것도 본 적이 없었다. 언제나 좋은 일만 있을 수는 없다. 아내와 간격이 느껴지는 것은 불편한 일이었지만, 정훈이의 호전은 기쁜 일이었다.

주어진 나쁜 상황 자체는 받아들일 수밖에 없지만, 그것이 더 나빠지는 방향으로 흘러가는 건 견디기 힘든 일이었다. 정훈이의 자폐증은 어쩔 수 없는 유전적 질환이지만, 호전의 기미가 보인다는 건 나은 방향으로의 진전이었다. 나는 긍정적인 마음으로 잠자리에 들었다.

늦잠을 잤다. 오전 9시에 대사관에서 최 참사관 주재의 미팅이 예정되어 있었는데, 박영민이 나를 몇 번이나 흔들어도 안 일

어나길래 더 깨우기 안쓰러워서 그냥 혼자 참석했다고 전화로 알려주었다. 다행히 최 참사관도 내가 김만길 망명건으로 스트레스를 받고 있음을 알고 이해해 주더란다.

오늘은 제9차 남북장관급회담 남북 참가자들의 만찬이 있는 날이었다. 왕차오 북경시장 주최로 열리는 이 만찬은 기자들을 제외하고도 총 인원이 100명 가까이에 이르는 대규모였다. 텐탄둥루에 있는 노동기념관에서 열리는데, 차를 타고 달리다가 언뜻 본 적이 있었다. 문화혁명 직후 지어진 근대 건축물이었고, 중국을 방문한 외교사절들의 만찬에 주로 이용된다는 설명을 들은 바 있었다.

김만길 망명건에 관해서는 청와대 쪽에서도 어떤 지시를 내릴 수도 없었고, 나 또한 어떤 판단을 내리고 보고를 할 수도 없었다. 남북예술단공연이 있는 날은 분명 절박하게 망명을 요청했지만 그것뿐이었다. 그 후 그와 개인적으로 접촉해본 적이 없었으므로 그의 진의가 어떠한지 아무도 몰랐다. 게다가 그는 나의 접촉 시도를 무시하지 않았던가. 심경변화를 일으켰으리라는 판단이 가장 설득력 있었다. 그렇다면 그냥 이대로 유야무야될 가능성도 높았다.

댜오위타이에서 실무회담에 참석하고 오후에 노동기념관으로 이동했다. 텐탄둥루 동쪽 끝을 달릴 때 갑자기 소나기가 쏟아지더니 이내 그쳤다. 비가 한차례 쓸고 간 거리는 물청소를 한 듯 깨끗해져 있었다. 텐탕둥루는 번화가였는데, 백화점 앞을 서성이는 인파들은 외모나 옷차림이 부유층임을 짐작케 했다. 차에 물건을 잔뜩 싣는 광경은 서울의 백화점 앞 풍경과 똑같았다.

노동기념관 정문에서 자오유민과 만났다. 그녀는 나와 박영민을 임시 경비지휘부로 데려가서 만찬장의 경비상황을 설명해 주었다. 돌아설 때 박영민이 그녀에게 물었다.

"실례지만 기혼이신가요?"

나 역시 궁금했었다. 그녀에게 다른 생각이 있어서라기보다는 그녀의 외모로는 도무지 짐작이 안 돼서였다. 자오유민은 차갑게 응대했다.

"개인적인 질문에는 대답할 의무가 없습니다."

"아, 그럼요. 그냥 한 번 물어본 거니까 기분 나쁘게 생각하지 마세요."

박영민은 본전도 못 찾고 사과를 해야 했다.

만찬은 노동기념관 2층의 대연회실에서 열렸다. 50미터 길이의 긴 테이블이 만찬장을 가로질러 놓여 있었고, 그 양옆으로 남북회담 참가자들이 도열해 있었다. 기자들은 테이블 후미의 포토라인 안에서 연신 셔터를 눌러댔다.

내 관심은 김만길에게 집중됐다. 만일 오늘도 별다른 일이 없다면 망명 요청건은 없었던 일로 처리할 생각이었다. 물론 그가 다시 접촉을 시도한다면 응해야겠지만, 그전에 내가 먼저 접촉을 시도하거나 관심을 두지는 않을 생각이었다. 김만길은 여느 때와 똑같이 북측 대표진의 한 사람 이상도 이하도 아니었다.

북측 대표진과 사담을 나누다가 남측 대표진이 뭔가를 물어보면 대답을 해주고는 했다. 외신 기자가 북한의 흉작에 관해 질문했을 때도 또박또박 농업 현황을 설명해 주었다.

왕차오 북경시장이 테이블의 중앙에 서자 모든 참가자들이 대화를 중단하고 왕차오 시장에게 주목했다. 왕차오 시장이 마이크에 대고 인사말을 했다.

"북조선과 남조선의 화해와 협력은 우리 중화인민공화국의 경사이기도 합니다. 주위의 우려에도 불구하고 남북회담이 순풍에 돛단듯이 순조롭게 진행되어 회담 장소를 제공한 우리는 매우 기쁩니다. 남은 회담도 무난히 이루어져서 유종의 미를 거두시기 바랍니다."

박수에 이어 북측의 오경성 수석대표가 마이크를 잡았다.

"우리 조선인민공화국과 친형제나 다름없는 중국 측의 각별한 관심에 감사드리며 이에 보답해서 좋은 성과를 올리도록 노력하겠습니다."

이번에는 남한의 정 장관 차례였다.

"우리 대한민국의 가장 중요한 무역 상대국인 중국 측의 이번 환대에 대해 저희 대통령께서 특별한 감사인사를 부탁하셨습니다. 감사합니다."

왕차오 시장이 남북한의 수석대표들에게 다가가 악수를 청한 후 다시 테이블 중앙으로 돌아와 건배를 청했다.

"자, 남조선과 북조선의 화합을 위해 건배!"

참가자들의 건배와 동시에 음악이 연주되기 시작했다. 남북 참가자들은 착석해서 식사를 하며 사담을 나누었다. 주로 남북 한의 자연에 관한 이야기들이 오고갔다. 금강산에 관한 것이나 백두산에 관한 것들.

그런데 만찬이 시작된 지 20분쯤 지날 무렵이었다. 김만길이 드러나지 않게 나를 향해 손짓을 하더니 밖에서 보자는 눈짓을 보냈다. 나는 살짝 고개를 끄덕이고 만찬장을 빠져나갔다. 다른 문으로 만찬장을 나온 김만길은 내가 나온 걸 확인하고는 복 도를 걸어가기 시작했다. 복도의 양쪽에는 집총을 한 공안들이 3미터 간격으로 늘어서 있었다. 나는 일부러 김만길과 어느 정도 거리를 둔 채 그를 따라갔다.

김만길은 비상계단으로 향하는 철문을 연 후 안으로 들어갔 고, 나 역시 그를 따라서 비상계단으로 들어섰다. 내가 비상계단 으로 들어서자 기다리고 있던 김만길은 내 손목을 쥐고 지하로 뛰어내려갔다.

"어드렇게 됐습네까?"

김만길의 표정은 처음 망명 요청 때로 돌아가서 처절해져 있 었다.

"지난번 본회의 직후 말씀이 없으셔서 김 국장님의 본의가 뭔 지 판단을 못 내렸습니다."

"댜오위타이에서는 위험해서 그런거야요. 거긴 우리 보위대 요 원들의 감시가 삼엄하디요."

"그러셨군요. 어쨌든 지금으로서는 어떤 대답도 해드릴 수가 없습니다."

"무슨 소리야요? 난 지금 목숨을 걸고 남쪽으로 가겠다는 거야요."

"김 국장님의 마음 알겠습니다. 다만 지금은 회담 때문에……"

내가 어정쩡하게 대답하자 김 국장이 분통을 터트렸다.

"이까짓 회담은 아무 쓸 데가 없습네다. 회담 통해서 지원해봤자 인민들에게는 쌀 한 톨 안 돌아가요."

"김 국장님은 정치적인 이유로 망명을 바라시는 건가요?"

"정치적인 것이건 뭣이건, 지금 그게 중요합네까? 단 하루라도 사람답게 살고 싶어서 이러는 것입네다."

"김 국장님 입장 이해하겠습니다. 어떻게든 노력해 보겠으니 기다려주십시오."

"제발 부탁드리겠습네다."

김 국장의 표정이 일그러졌고 눈가에 눈물이 맺혔다. 이로써 그의 진의는 완전히 파악이 된 셈이었다. 김 국장은 북한의 고위급이지만 보통의 탈북자와 똑같은 동기를 지닌 것이다. 그저 북한 체제에 환멸을 느끼고 남한을 선택하려는 것이다.

그때 비상계단 1층 쪽에서 발소리가 들렸다. 나는 무언가 호소하려는 김 국장의 입을 손으로 막고 구석으로 숨었다. 경비를 선 공안 두 명이 계단 중간에서 담배를 피우고 있었다. 그들이 지하에 은밀히 숨어 있는 나와 김 국장을 발견하면 상부에 보고

할 가능성이 높았다.

공안들이 돌아간 후 나는 최선을 다해서 돕겠다는 말로 안심시키고 김 국장을 만찬장으로 돌려보냈다. 최 참사관에게 보고를 하자 상부에 그대로 보고할 테니 만찬이 끝난 후 대사관으로 돌아오라는 지시가 내려졌다. 만찬 내내 머리가 복잡했다. 청와대에서 덜컥 망명을 받아들일 수 없으리라는 것이 확실했지만, 그렇다고 망명 요청을 일언지하에 거절하기도 어려웠다. 솔직히 김 국장이 일시적인 충동에 의한 것이기를 내심 바랐지만, 오늘의 접촉 결과를 보면 그의 망명 의지는 확고부동한 듯싶었다.

나는 대사관에서 최 참사관에게 김만길의 망명 의지가 확실한 것 같다는 내 판단을 그대로 보고했다. 최 참사관은 국정원의 분위기를 전했다.

"지금으로서는 망명을 받아들일 수 없다는 게 국정원의 입장이야. 대통령의 의중도 마찬가지고."

"별다른 지시사항은 없었습니까?"

최 참사관은 고개를 저었다. 황당했다. 남북관계 악화를 우려해서 망명을 덥석 받아들일 수 없는 정부의 입장은 이해할 수 있었다. 하지만 인도주의적인 관점에서 망명 요청에 대한 최소한의 대책이라도 있어야 옳았다. 그냥 내버려 두면 어쩌자는 것인가.

"그렇다고 이대로 내버려 둘 수는 없지 않습니까?"

"일단 회담 성공이 우리의 가장 중요한 임무야."

"김만길은 남한 정부를 믿고 망명을 요청했습니다."

"어쩔 수 없잖아. 대를 위해서 소를 희생시킬 수밖에."

"한 인간이 자유를 선택하려는 의지도 회담의 성공 못지않게 중요하다고 생각합니다."

내 목소리가 높아지자 최 참사관도 언성을 높였다.

"우리가 여기서 결정을 내릴 권한이 있는 게 아니잖아."

그건 그랬다. 나와 최 참사관이 토론을 벌여서 대책을 도출한다고 하더라도 그걸 그대로 실천할 수 있는 입장이 아니었다.

일단 회담을 좀 더 지켜보자는 애매한 결론을 내리고 회의를 마무리했다. 만일 회담 분위기가 악화되면 정부에서 망명을 받아들일 가능성도 있지 않겠냐는 것이다. 그러나 회담이 그 정도로 악화될 가능성은 거의 없었고, 설령 그렇다고 하더라도 김만길의 망명을 정부가 받아들이겠느냐는 것에 대해서는 사실 모두가 회의적이었다. 다만 우리로서는 그렇게 결론을 낼 수밖에 없는 입장이었다.

숙소인 왕푸징 호텔로 돌아가는 도중 커피 생각이 간절해졌다. 나는 운전을 하고 있는 박영민에게 말했다.

"차 좀 세워줘."

"왜요?"

"커피가 한 잔 마시고 싶어서."

"객실에 있잖아요."

"커피메이커 커피는 질렸어. 더 못 마시겠어."

"이 마당에 커피라니……."

박영민은 이해 못하겠다는 얼굴로 고개를 저으며 차를 세웠다. 홍교 시장 근처였고, 왕푸징 호텔은 도보로 10분 거리였다. 커피 한 잔을 마시고 머릿속을 정리한 뒤 숙소로 돌아가면 될 것 같아 주위를 둘러보니 지난번에 정형식과 들렀던 스타벅스가 눈에 들어왔다. 문을 열고 들어서 보니 테이블의 절반 정도를 손님들이 차지하고 있었다. 나는 주문을 하려고 카운터에 서서 메뉴판을 올려다보았다. 이렇게 머릿속이 복잡할 때는 진한 에스프레소가 적당할 듯싶었다. 그런데 내가 주문을 하려는 순간 카운터의 오른쪽에서 영어 인사가 건너왔다.

"안녕하십니까?"

고개를 돌려보니 지난번에 내게 세탁비를 지불하라는 지시를 내린 미국인 점장이었다. 똑같이 서서 마주하고 보니 상당히 키가 큰 사나이였다. 나도 보통 키는 넘는데, 그는 나보다 머리 하나가 더 얹어진 듯싶었다

내가 얼떨결에 대충 인사를 하자 그는 정중하게 자기소개를 했다.

"나는 이곳의 지점장 존 슈튼이라고 합니다."

"나는 윤정태라고 합니다."

"실례가 되지 않는다면 지난번 결례에 대한 사과의 의미로 제가 커피 한 잔을 대접하고 싶군요."

"그럴 필요까지는 없는데……"

"부담스럽다면 사양하셔도 되지만, 사심 없는 호의이니 받아주

시면 고맙겠군요."

세탁비까지 받은 마당에 공짜 커피까지 얻어 마시는 게 너무 염치없다는 생각이 들었지만, 존의 점잖고 사려 깊은 태도가 마음에 들어서 알겠다고 대답했다. 내가 자리로 돌아가서 기다리자 존은 직접 커피를 가져와서 내 앞에 내놓았다. 아이리쉬였다. 진한 커피와 위스키를 섞어서 만든 커피. 나는 잔을 입으로 가져가서 한 모금 삼켰다. 존의 성의 때문이 아니라, 정말 잘 만든 커피였다.

"어떻습니까?"

존이 궁금한 얼굴로 물었을 때 나는 솔직히 대답했다.

"적당히 쓴맛이 나면서 향기를 잃지 않았군요. 최근에 마신 커피 중에는 최고네요."

"제가 직접 만들었습니다."

나는 커피잔 너머로 존을 건너다보았다. 짧은 순간 종업원의 실수 때문에 이렇게까지 호의를 베푸는 것이 이상하게 생각됐지만 뭔가 다른 목적이 있다면 오히려 이런 호의를 베풀면서까지 의심을 살 리가 없다는 생각이 들었다. 국정원 요원으로 근무한 지 5년째지만 영화나 소설에 나오는 음모 같은 건 경험한 적도 없고, 들은 적도 없었다. 나는 매너 좋은 미국인 지점장의 사심 없는 호의라는 말을 믿기로 했다. 그것이 내 인생 최대의 실수가 될 줄은 꿈에도 생각하지 못했다.

황사

　　　　　　　　10월 22일, 말로만 듣던 황사
가 북경 하늘을 뒤덮은 광경을 처음 보았다. 그것은 마치 거대한
황룡이 승천하는 것처럼 장관이었다. 거리를 걷는 사람들 중 대
다수의 여성들은 마스크를 하거나 스카프로 입을 가리고 있었
다. 황사가 북경 시민들에게는 일상적인 불편을 초래하겠지만 이
방인에게는 또 하나의 볼거리였다. 차창 전면으로 보이는 황사
속의 북경은 태고의 도시처럼 신비롭기까지 했다.

　박영민과 차를 타고 대사관으로 향하던 도중 최 참사관으로
부터 연락을 받았다. 최 참사관은 자신의 사무실이 아닌 대사관
실로 오라는 지시를 내렸다. 그렇다면 오병수 대사에게도 김만길
망명 요청사건이 전해졌을 가능성이 높다는 판단이 섰다. 지금까
지 북경에서 그 사건에 관해 알고 있는 건 국정원 라인뿐이었다.

　예상대로였다. 나와 박영민이 소파에 앉자 오 대사는 곤혹스
러운 얼굴로 입을 열었다.

"어젯밤 늦게 청와대로부터 통보를 받고 최 참사관에게 별도의 보고를 받았습니다. 여러분도 알다시피 만일 이번 회담이 실패하면 남북관계는 돌이키기 어려운 파국으로 향하게 됩니다. 물론 인도주의적 측면에서 망명을 외면할 수도 없지만 현재로서는 그것보다 남북관계의 회복이 더 중요합니다."

최 참사관이 말했다.

"만일 일언지하에 망명을 거절하면 김만길 국장이 돌발행동을 할 가능성도 염두에 두고 있어야 하지 않습니까. 이를테면 기자들 앞에서 공개적으로 망명 선언을 한다거나, 우리 측을 비난하는 성명서라도 발표할 가능성 같은 것 말입니다."

"정부가 망명을 거절하는 결정을 내리지는 않을 겁니다."

오 대사의 말은 미로처럼 복잡했다. 정부가 공식적으로 망명을 거부했다는 기록이 남아서는 안 된다는 뜻인 듯도 했고, 더 시간을 두고 결정을 내리자는 말인 듯도 싶었다. 어느 쪽이건 김만길의 망명이 우리 정부 입장에서 호재가 아닌 것만은 분명하게 확인할 수 있었다. 대사라는 직책은 정부의 입장에 가까운 자리였다.

오 대사가 신중하게 입을 열었다.

"우선은 김만길 국장과의 접촉 라인을 만들어 놓으십시오. 그래서 그가 우리 정부의 어려운 입장을 충분히 이해하도록 해야 합니다. 만일 망명이 받아들여지지 않을 경우에도 불만이 생기지 않도록 말입니다. 또한 우리 정부가 그에게 관심을 갖고 있다는 것도 꼭 전달되도록 해야 합니다."

오 대사와의 회의가 끝나고 나와 박영민은 최 참사관 사무실로 이동해서 최 참사관과 대책회의를 열었다. 오 대사가 지시한 김만길과 접촉 라인을 만드는 문제는 국정원 지시이기도 했다. 망명이 받아들여지건 그렇지 않건 간에 김만길이 우리 측에 실망하는 감정이 있어서는 안 된다는 판단 때문일 것이었다.

하지만 김만길과 접촉 라인을 개설하는 문제는 쉽지 않았다. 남북 양측 대표진 사이의 커뮤니케이션을 해주는 연락관이 있었지만 우리 측 대표진에게 김만길의 망명 요청 사실을 알려주지 않기로 방침이 정해져 있었기 때문에 활용이 어려웠다. 또 여러 사람에게 사건이 알려지면 어떤 식으로건 외부에 알려질 가능성이 높았다.

그렇다면 내가 직접 접촉하는 방법뿐이었다. 그러나 그와 접촉할 수 있는 방법은 회담 직전이나 직후의 짧은 시간뿐이었다. 여러 가지 방안들이 제시됐지만 부작용이 만만치 않아 결론이 나지 않았다.

나는 줄곧 마음속에 떠돌던 방안을 불쑥 꺼냈다.

"직접 숙소로 찾아가는 건 어떨까요?"

최 참사관과 박영민이 한 대 얻어맞은 얼굴로 나를 쳐다보았다. 몇 시간 동안 이런저런 논의를 했지만 김만길의 숙소인 북경 홍성유한공사로 직접 찾아가는 방안은 거론되지 않았었다. 가장 쉽고 단순한 방법이기는 했지만 북한 보위부의 감시가 삼엄

할 것이라는 예단 때문이었다.

내가 설명했다.

"북한 대표진의 숙소는 오히려 전혀 예상 못한 곳이기 때문에 감시가 예상처럼 삼엄하지 않을 가능성이 높습니다. 또 설령 발각된다고 하더라도 친목도모 차원의 방문이라고 둘러대면 큰 의심을 사지 않을 겁니다. 만약을 위해 작은 선물을 준비해 놓으면 됩니다."

최 참사관이 물었다.

"도청되지 않을까?"

"그 점은 김만길 국장이 더 잘 알겁니다. 만일 도청장치가 설치되어 있다면 그가 먼저 우리를 제지할 겁니다."

박영민도 나를 거들었다.

"제 생각에도 별도의 공작을 하는 게 더 위험할 것 같은데요."

"그건 그래."

최 참사관은 고개를 끄덕였다. 국정원의 공작이 복잡해지면 어느 쪽에서건 꼬리를 밟힐 위험이 높은 건 사실이었다. CIA나 모사드 같은 경우도 정보원을 이용해서 복잡한 공작을 펴다가 전모가 드러나서 결국 대형 사건으로 비화되는 경우는 흔했다.

결국 김만길의 숙소로 직접 찾아가서 접촉 라인을 개설하는 것으로 결정되었다. 또한 그에게 급히 개통한 휴대폰을 건네주기로 했다. 그것만 있으면 언제든 나와 통화를 할 수 있었기 때문이었다.

그러나 이 방안에도 장애물이 있었다. 북한 대표진의 숙소인 북경홍송유한공사의 경비를 중국 공안들이 맡고 있다는 것이었다. 나와 박영민은 지난번에 오경성 수석대표에게 선물을 전해주려다가 공안들에게 제지당한 적이 있었다. 이번에도 역시 우리 측 수석대표의 도움을 받는 방안이 가장 먼저 논의됐으나 역시 대표진에게 이 사실을 알리면 회담 분위기에 악영향을 줄 것이라는 점과, 국정원으로부터 대표진에게 알리지 말라는 지시를 받은 바 있었으므로 시도하지 않기로 했다.

내가 말했다.

"경비 총지휘자인 자오유민에게 도움을 요청하면 어떨까요?"

최 참사관은 손을 내저었다.

"그 여자는 절대 안 통해. 차라리 벽창호한테 부탁을 하는 게 빠를 걸?"

"한 번 시도해 보겠습니다."

"시도해 보는 건 말리지 않겠지만 실패하면 빨리 다른 방법을 찾으라고."

"알겠습니다."

대책회의가 끝나자마자 나는 박영민과 함께 한류 스타의 중국 공연 스케줄을 샅샅이 뒤지기 시작했고, 국정원 쪽에도 같은 정보를 요청했다. 아쉽게도 안재욱의 공연은 없었지만 또다른 한류 스타인 신화의 공연이 11월 16일 상해에서 예정되어 있다는 사실을 알아냈다. 나는 국정원 쪽에 연락을 취해서 신화의 공연

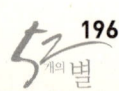

티켓을 구해달라고 요청했다.

나와 박영민은 신화의 소속사인 S사의 중국 지부로 달려가서 공연 티켓을 구한 후 곧장 자오유민이 있는 댜오위타이로 차를 몰았다. 오늘은 남북 사이에 회담이 없었지만 경비지휘부는 댜오위타이에 대기 중이었다.

나와 박영민이 경비지휘부가 있는 댜오위타이 별실로 들어서자 자오유민은 무슨 일이냐는 얼굴로 일어섰다. 나는 박영민에게 대강의 설명을 해주고 자오유민을 설득하도록 지시했다. 박영민이 설득을 시작했다.

"저희가 북한 측 대표진에게 작은 선물을 준비했습니다. 북한 대표진의 숙소인 북경홍성유한공사의 출입을 허가해 주십시오. 원활한 회담을 위해 꼭 필요한 일입니다."

자오유민은 차갑게 응대했다.

"그 문제라면 이미 충분히 설명드렸는데요."

"팀장님 저 좀 잠깐 볼까요?"

"왜요?"

"잠깐이면 됩니다."

박영민은 자오유민을 다른 공안들의 눈에 띄지 않는 구석으로 데려갔다. 그곳에서 박영민은 준비한 CD를 먼저 꺼내서 내밀었다. 자오유민이 의아한 얼굴로 물었다.

"이게 뭐죠?"

"안재욱 새 앨범입니다. 아직 정식 발매되지 않은 거예요. 안재욱 친필사인도 있습니다."

CD를 본 자오유민은 10대 소녀 같은 탄성을 질렀다.

"어머! 이거 저 주시는 거예요?"

"물론이죠."

"이걸 어떻게 구하셨어요?"

"제가 안재욱과 중학교 동창이라서요. 이런 정도는 언제든 말
씀하십시오."

물론 거짓말이었다. 몇 시간 전 나는 국정원으로 하여금 안재
욱의 친필사인이 포함된 CD를 공수하도록 요청했고, 국정원에
서는 긴급항공우편을 통해 CD를 대사관으로 보내왔다.

박영민이 이번에는 신화의 공연 티켓을 내밀었다.

"이건 또 뭐예요?"

"신화라고 아시죠?"

"그럼요. 핸섬가이들이죠."

"이건 11월 16일 상해에서 열리는 신화의 특별공연 R석 티켓 2
장이예요."

티켓을 본 자오유민의 얼굴이 빨갛게 상기되었다.

"정말이요?"

"그럼요. 신화 중에 전진이 내 고향 후배거든요."

"이런 거 받으면 안 되는데……."

그렇게 말하면서도 그녀는 티켓을 소중하게 받아서 상의 주머
니 속에 챙겨 넣었다. 일단 작전의 절반은 성공한 셈이었다. 이제

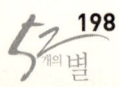

본론으로 들어갈 차례였다.

"한국에서는 비싼 선물보다는 주는 사람의 마음이 담긴 사소한 선물을 더 중요하게 생각합니다. 제가 준비한 선물이 자오유민 팀장님을 기쁘게 해드렸듯이 남한 정부의 배려심이 담긴 작은 선물이 북한 대표진의 마음을 움직여서 회담을 성공으로 이끌 것입니다. 그러니 이번 한 번만 북한 측 숙소의 출입을 허락해 주십시오."

자오유민은 잠시 망설이는 얼굴로 서 있다가 테이블로 가서 어딘가로 전화를 걸더니 통화를 마치고 우리 쪽으로 걸어왔다.

"상부에는 남조선 측 수행원이 일정 협의 때문에 북조선 숙소를 방문한다고 둘러댔습니다. 가능하면 빠른 시간 내에 볼일을 마치시기 바랍니다."

나는 몇 번이나 고개를 숙여서 고맙다는 인사를 하고 별실을 빠져나왔다. 하늘은 황사로 인해 흐렸지만 나와 박영민은 작전 성공의 기쁨에 도취되어 있었다. 아마도 북경에서 자오유민을 설득해서 원하는 바를 얻어낸 건 우리가 세계 최초일 것이었다. 아울러 한류 스타들에게도 깊이 감사했다.

북한 측 숙소인 북경홍성유한공사에서 경계근무 중인 공안들은 나와 박영민의 신원을 간단히 확인한 후 들여보내주었다. 1층 104호 문을 두드리자 김만길이 문을 열었다. 그는 우리가 자신의 숙소를 방문했다는 사실이 믿기지 않는 얼굴로 말을 더듬었다.

"아니, 동무들이 여길 어드렇게……."

내가 안으로 들어서며 말했다.

"어렵게 들어왔습니다. 이곳에서 대화 나누어도 괜찮겠습니까?"

"괜찮습네다."

나는 도청 같은 건 되어 있지 않다는 의미로 받아들였다. 김만길은 나와 박영민을 한쪽의 간이테이블 앞에 앉힌 후 냉수한 컵씩을 내놓았다. 방 안을 둘러보니 넓고 단조로웠다. 침대와 간이테이블이 가구의 전부였고, 벽에는 김정일 초상화가 걸려 있었다.

내가 냉수로 목을 축인 후 말했다.

"이렇게 직접 대면하지 않으면 길게 대화할 기회가 없을 것 같았습니다. 어렵게 찾아왔으니 이제는 서로 간에 솔직한 대화를 나누었으면 합니다."

김만길은 고개를 끄덕였다.

"옳습네다. 내래 모든 것을 털어놓겠습네다."

"먼저 하나 묻겠습니다. 혹시 피치 못할 사건에 연류되어 탈북을 시도하는 건 아닙니까?"

"무슨 말 입네까? 피치 못할 사건이라니요?"

"이를테면 범죄라거나……."

간혹 북한 탈북자 중에 북한에서 저지른 범죄가 발각될 우려 때문에 탈북을 시도하는 경우가 있었다. 물론 우리 측에서는 그것을 가능하면 덮어주고 있었지만 그들에게 어느 정도의 반감이

생기는 것도 사실이기는 했다.

김만길은 단호하게 고개를 저었다.

"그런 것 없습네다. 난 순전히 남조선에서 살고 싶은 마음에 탈북을 강행하려는 것입네다."

"남한에 대해서는 어느 정도 알고 계십니까?"

"내래 젊을 때부터 남조선의 라디오를 들었습네다. 원칙적으로 남조선의 라디오를 청취하는 건 위법이지만 상당수의 인민들이 남조선 라디오를 듣고 있습네다. 처음에는 재미로 들었지만 시간이 갈수록 남조선이 그리워지더만요. 결국 나는 알게 되었습네다. 내가 살 곳은 북조선이 아니라 남조선이라는 것을요. 내래 오십 중반의 중늙은이지만 지금부터라도 사람답게 살고 싶습네다. 단 며칠을 살아도 말입네다."

김만길의 눈가에 눈물이 맺혔다. 그 눈물은 내게도 전염되어 가슴 한쪽을 아프게 했다. 물론 남한이 그가 꿈꾸는 세상과는 다른 모습일 수도 있다. 하지만 자유에 대한 순수한 동경은 죄가 될 수 없었다. 적어도 남한은 자신의 의사를 자유롭게 표현할 수 있는 기초적인 자유가 보장된 사회였다.

내가 무겁게 입을 열었다.

"김 국장님의 마음은 충분이 이해하고 있습니다. 하지만 김 국장님은 일반 탈북자가 아닙니다. 농업성 국장이라면 몇 손가락 안에 드는 엘리트라고 할 수 있습니다. 김 국장님의 탈북이 성공하면 남북관계는 파국으로 치달을 수밖에 없습니다. 그러므로 우리 정부가 김 국장님의 망명을 지금 당장 받아들일 수는 없는 것입니다. 제 말 이해하시겠습니까?"

김만길은 고개를 끄덕인 후 말했다.

"그것도 생각 안 해본 것은 아닙네다. 하지만 내가 경험한 북조선은 인간이 살아갈 수 있는 곳이 아닙네다. 회담을 해봐야 인민들의 삶에는 아무런 도움도 안 된다는 것을 아셔야 합네다. 오히려 북조선을 개혁하려는 소수의 뜻있는 지식인들에게 좌절감을 줄 뿐입네다. 그러니 오히려 나를 탈북시키고 북조선을 사람답게 사는 세상으로 바꾸어야 합네다."

수년 전 탈북한 황장엽 씨와 비슷한 논리였다. 황씨의 경우도 북조선의 체제를 바꾸려는 의도로 탈북을 실행한 북한의 엘리트였다. 하지만 그때와 지금은 상황이 전혀 달랐다. 일단 현 정부는 정권 교체를 이룬 정부였고, 남북화해를 국정의 최우선 기조로 삼고 있었다. 남한을 선택한 북한 엘리트로 하여금 체제의 우위를 선전하는 도구로 활용할 필요성도 없었다. 아직 북한에 대해 적대적 사고가 남아 있던 황장엽 씨의 탈북 시기와는 여러 면에서 차이가 있었다. 어쨌든 이것으로 김만길의 입장과 논리를 충분히 이해할 수 있게 되었다.

나와 김만길의 대화가 어느 정도 정리되자 박영민이 주머니에서 휴대폰 하나를 꺼내 김만길에게 내밀었다. 휴대폰을 손에 쥔 김만길은 의아한 얼굴로 물었다.

"이걸 왜 저를 주십네까?"

박영민이 설명했다.

"저희와 연락을 주고받을 수 있도록 휴대폰을 준비했습니다."

"이거 어떻게 사용하는 거야요?"

박영민이 김만길의 휴대폰을 열어서 사용법을 설명해 주었다.

"이렇게 1번을 누르시면 여기 계신 윤 팀장님과 연결이 됩니다."

"이렇게 말입네까?"

김만길이 1번을 누르자 몇 초 후 내 휴대폰이 진동했다.

"만일 통화가 어려운 상황이면 문자를 보내주십시오."

"문자는 또 뭐야요?"

"자, 이걸 누르면 문자 송신화면으로 바뀝니다. 그리고 이렇게 누르면 문자가 송신되는 것입니다. 처음에는 쉽지 않을 테니 몇 번 연습을 해두십시오."

"알겠습네다."

김만길은 나이에 비해서 비교적 빨리 휴대폰 사용법을 숙지했다. 그는 박영민의 도움을 받아서 문자를 내게 보냈다. 아직 서툴러서 철자가 틀리기는 했지만 의미 전달에는 문제가 없었다. 중요한 이야기들은 이미 나누었고, 또 북측 숙소에서 시간을 지체하면 좋을 게 없다는 판단이 들어서 나와 박영민은 그만 일어섰다. 방을 나오는 내게 김만길은 몇 번이나 도와 달라고 호소했다. 그러나 내가 결정을 내릴 수 있는 문제가 아니었으므로 최선을 다하겠다는 대답밖에는 해줄 수가 없었다.

마음이 답답하고 무거웠다. 김만길과 접촉의 횟수가 늘어날수록 그에 대한 연민이 생기기 시작했다. 어떻게 해서라도 그를 돕고 싶었으나 내가 해줄 수 있는 것에는 한계가 있었다. 만일의 사태에 대비해서 그와 접촉 라인을 열어두는 것, 그리고 한국 정부가 망명을 거부한다는 명확한 결정을 내렸을 경우 그를 설득하는 것이 내게 주어진 임무였다. 내 심정을 뻔히 알고 있는 박영민이 달리는 차 안에서 물어왔다.

"우리가 너무 깊숙이 개입하고 있는 건 아닐까요?"

"무슨 소리야?"

"내가 볼 때 청와대에서는 망명을 받아들이지 않을 가능성이 높거든요. 그런데 괜히 김만길 국장과 인간적으로 엮여서 이럴 수도 저럴 수도 없는 처지에 놓이는 거 아니냐 이거죠."

"이게 우리에게 주어진 임무잖아."

"알아요. 하지만 이렇게까지 열심히 할 필요는 없다는 거죠. 윗선에서 바라는 것도 적당히 회유해서 돌려보내라는 것 아닐까요?"

가능성 있는 논리였다. 아니, 어쩌면 박영민이 방금 했던 이야기가 정답일지도 모른다. 망명을 대놓고 거절할 수 없으니 차선책으로 유야무야시켜 주기를 바라는 것이 윗선의 의중일 수도 있었다. 사실은 나도 김만길의 망명이 달갑지 않았다. 현실적으로 득될 게 아무것도 없었기 때문이다. 하지만 지금 김만길은 자신의 인생을 전적으로 나에게 의존하고 있는 상태였다. 국정원 직원이라는 것을 떠나 한 인간으로서 그를 돕는 것이 올바른 일이

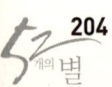

었다. 하지만 휴머니즘에 입각한 결정을 내리기에는 주변 상황이 너무도 복잡했다.

숙소인 왕푸징 호텔로 들어오자마자 박영민은 세면장으로 들어가서 샤워를 했고 나는 노트북 캠으로 아내와 접속했다. 동료가 샤워 중이라고 말하자 아내는 브라우스 상의를 젖혀서 젖가슴을 드러냈다.

"오늘 고생하셨다니, 선물이에요."

나는 웃으며 아내의 젖가슴을 양손으로 애무하는 시늉을 했다. 아내를 안은 게 까마득히 오래된 일처럼 생각되었다. 아내는 자신의 욕구를 솔직하게 이야기하는 타입이었다. 그렇다고 요부형은 아니고, 인터넷이나 책에서 본 여러 가지 체위를 먼저 시도해 보자고 제안하는 정도였다. 어쨌건 아내의 속살을 오랜만에 대하자 어느 정도 피로가 풀리는 듯했다.

아내가 내게 물었다.

"난 밤마다 외로워 죽겠다고요. 당신은 안 그래요?"

"나도 그래. 하지만 어쩔 수 없잖아."

"그럼 나한테 '당신과 하고 싶어'라고 말해 봐요."

"그걸 꼭 말로 해야 알아?"

"난 듣고 싶어요."

나는 난감한 얼굴로 웃음만 터트렸다. 아내와의 결혼 후 내쪽에서 성적인 이야기를 솔직하게 한 적은 한 번도 없었다. 한국에 있을 때는 아내도 그 점에 관해서는 별다른 불만을 표현하지 않았다. 그냥 농담으로 한 말이겠거니 생각하고 그냥 넘어가 주기를 바랐지만 아내는 포기하지 않고 계속 요구를 해왔다.

"어서요."

"알았어. 당신과 하고 싶어. 미치도록. 됐어?"

"한 번 더요."

"당신과 하고 싶어."

그제서야 아내는 만족한 미소를 지었다. 아내의 요구에 의해서 이긴 했지만 섹스를 하고 싶다는 의사표현을 하자 갑자기 성욕이 들고 일어났다. 아내와의 접속을 끝내고 잠자리에 누웠을 때는 아내의 알몸이 눈앞에 어렸고, 딱딱하게 발기가 되었다. 잠이 들었을 때 두서없는 꿈속을 헤맸다. 자오유민이 노트북 화면 속에서 성기를 드러내고 나를 유혹하기도 했고, 내가 남북 본회의가 열리는 회의실에서 남북 대표진이 보는 가운데 성기를 꺼내 자위행위를 하기도 했다. 눈을 떠보니 새벽 1시였다. 1시간 남짓 눈을 붙였는데, 몇 시간을 잔 것 같은 느낌이었다. 팬티가 축축해질 정도로 발기가 너무 심하게 돼서 그냥 자기가 어려웠다. 나는 세면장으로 들어가서 자위를 했다.

대통령 후보의 폭로

황사는 오늘도 계속되었다. 객실에서 아래를 내려다보니 주차된 자동차들의 보닛에 뽀얀 모래가 내려앉아 있었다. 공중을 보니 황사가 느리게 움직이고 있었다. 황사는 토네이도처럼 빠른 스피드로 이동하지 않고 거북이 걸음처럼 굼뜨게 북경 하늘을 가로지르고 있었다.

오늘은 오후 4시에 댜오위타이에서 제4차 본회의가 예정되어 있었다. 회담은 일사천리로 순조롭게 진행 중이었다. 실무회담도 큰 문제 없이 속속 합의가 되고 있었다. 한국의 주요 일간지는 날마다 굵직굵직한 남북의 합의사항들을 1면 톱으로 보도했다. 김만길 망명 요청건만 아니라면 회담은 대성공의 가도를 달리고 있었다.

오전 9시에 대사관에서 열린 최 참사관 주재의 대책회의에서 나는 어젯밤 김만길과의 접촉 사실을 보고했다. 자오유민을 설득해서 북측 숙소 잠입에 성공한 일은 기대 이상의 성과였지만 역시 김만길의 망명 의사가 확고부동하다는 사실은 부담스러운 일이었다. 최 참사관을 비롯해서 우리 실무진이 결정할 수 있는 게 아무것도 없었기 때문에 대책회의의 결론은 뻔했다. 우선은 회담 성공에 주력하고 김만길과는 계속 접촉 라인을 유지한다는 것이었다.

다오위타이로 향하는 차 안에서 내 휴대폰이 울렸다. 액정에 김만길이라는 이름이 떠 있었다. 그와의 첫 통화였다. 나는 재빨리 폴더를 열었다.

"김 국장님 안녕하세요?"

내가 반갑게 인사를 건네자 조심스러운 김만길의 목소리가 건너왔다.

"윤 선생 안녕하십네까."

"어디십니까?"

"숙소입네다."

"별일 없죠?"

"방금 안철수 상좌가 왔다갔습네다."

안철수라면 북한의 국가안전보위부 요원을 말하는 것이었다.

"뭐라고 했습니까?"

"별말은 없고, 그냥 이것저것 묻고 갔습네다. 내 방에 잘 안 들르는데, 웬일인지 모르갔습네다."

"어떻게 대처하셨습니까?"

"물 한 잔 대접하고 이런저런 한담을 나누었지요."

"그럼 별일은 아닐 겁니다. 이럴 때일수록 평상시와 다름없이 행동하셔야 합니다."

"네……."

김만길이 머뭇거리는 투로 침묵하고, 나 또한 어떤 말을 해줘야 좋을지 몰라서 가만히 있었다. 한참만에 김만길의 목소리가 건너왔다.

"내래 윤 선생을 믿습네다."

그의 목소리는 사랑하는 여자에게 사랑을 고백하는 것처럼 떨리고 있었다. 그 순간 형언키 어려운 죄스러움이 마음속에서 들고 일어났다. 나는 감정을 자제하고 차분히 응대했다.

"내가 결정을 내릴 수 있는 입장이 아니라서 답답합니다만, 김 국장님의 바람이 성공하도록 노력하겠습니다."

"알갔습네다. 아무튼 이렇게 통화 상대가 있으니 훨씬 낫구만요."

"언제든 연락주십시오."

"알갔습네다."

원래는 오전에 댜오위타이로 가서 실무회담을 지켜봐야 하지만 머리가 복잡해져서 박영민을 혼자 보내고 왕푸징 호텔로 향했다. 잠깐 눈을 붙이면 좀 나아질 것 같았다. 그런데 홍교 시장 근처에 이르렀을 때 낮잠 대신 커피 한 잔이 더 절실해졌다. 지난번에 지점장 존으로부터 근사한 커피 대접을 받은 기억도 있어서 스타벅스로 들어섰다. 원래 아이스 커피는 잘 안 마시지만, 심하게 갈증이 생겨서 아이스 카푸치노를 주문하고 창가의 테이블에 자리를 잡았다.

"안녕하십니까?"

서툰 한국말이 들려서 고개를 들어보니 존이 나를 향해 미소를 짓고 있었다. 나도 반갑게 응대를 하고 맞은편 의자를 가리켰다. 존은 자신의 커피를 들고 내가 가리키는 자리에 앉았다. 그의 잔에 채워진 커피는 에스프레소였다.

존이 내 커피를 가리키며 물었다.

"오늘 커피 어떻습니까?"

"괜찮습니다. 항상 친절하시군요."

"커피를 즐기는 분은 모두 친구죠."

"솔직히 스타벅스 같은 곳에서 마시는 스페셜티 커피는 개성이 없어서 꺼렸지만, 이번에 북경에서 접해 보니 맛도 괜찮고, 서비스도 좋군요."

"개성이 없다는 것은 오해입니다. 우리 스타벅스는 각 나라의 개성과 독창성을 존중합니다."

일리 있는 말이기는 했다. 한국 스타벅스도 체인점마다 인테리어와 운영방식이 조금씩 달랐다. 지금 이곳도 중국 전통주택의 대문처럼 입구를 꾸며 놓아서 중국 전통찻집 같은 분위기를 자아내고 있었다. 단지 내가 말한 개성은 커피의 맛이 획일적이라는 의미였다. 아무래도 영어로 대화를 나누다 보니 의사전달이 제대로 되지 않은 것 같았다. 존에게 커피 맛이 괜찮다고 한 것은 예

의상 한 말이었고, 여전히 공장에서 찍어낸 듯한 맛은 변함이 없었다.

"스타벅스가 빈민층을 후원한다는 사실은 알고 계십니까?"

존의 질문에 나는 고개를 저었다. 그러자 존은 스타벅스가 중국과 한국, 그리고 필리핀 등의 동남아시아에서 장애인과 빈민계층을 위해 경제적 지원을 한다는 사실을 액수까지 들어가며 소개했다. 아마도 스타벅스가 미국 문화 침투의 첨병이라는 일부의 주장을 반박하고 싶은 것 같았다. 그러나 나는 어느 쪽도 아니었다. 아니, 사실은 무관심했다. 그저 커피는 커피일 뿐이라는 것이 내 생각이었다.

존은 매너 있는 사람답게 적당히 자신의 견해를 피력하고 자리를 비켜 주었다. 창밖으로 시선을 돌리니 헤진 옷을 입은 더러운 얼굴의 소년이 거리에 서서 이쪽을 물끄러미 쳐다보고 있었다. 배고픔을 해결하는 게 급선무인 그의 시선에 커피를 즐기는 스타벅스의 손님들이 어떻게 보일지 생각해 보니 앉은 자리가 가시방석처럼 느껴졌다. 하지만 스타벅스 안을 채운 중국인들 어느 누구도 거리의 소년에게는 관심을 두지 않았다. 북경은 모택동이 꿈꿨던 이상사회와는 정반대의 모습으로 급격하게 변모하고 있었다.

스타벅스를 나와서 주차장으로 향하던 중 최 참사관으로부터 휴대폰이 걸려 왔다. 폴더를 열고 전화를 받자 최 참사관의 흥분된 목소리가 건너왔다.

"윤 팀장! 난리났어!"

"무슨 말씀입니까?"

"방금 야당의 대통령 후보가 북측 대표진의 망명설을 터트렸어."

순간 머리에서 현기증이 일어났다. 자세한 내용은 아직 모르지만 김만길 망명 요청건이 야당의 대통령 후보에 의해 폭로되었다는 것만은 명확히 이해되었다. 나는 아무 대답도 못하고 거리 한복판에 우두커니 서 있었다. 어떤 일이 일어날지 구체적으로는 분석할 수 없었지만 엄청난 파국이 밀려오리라는 것은 불을 보듯 훤한 일이었다.

"당장 뉴스부터 보고 다시 이야기하자고."

"알겠습니다."

통화를 마치고 왕푸징 호텔로 차를 몰았다. 호텔에 도착해서 대형 텔레비전이 설치되어 있는 로비로 달려갔다. 손님이 거의 없어서 종업원에게 채널을 CNN에 맞춰달라고 부탁했다. 각국의 뉴스를 전해주는 코너에서 한국계 CNN 기자가 야당 당사에서 야당 후보가 북한 고위급의 망명설을 터트렸다고 소개한 후 녹화된 야당 후보의 기자회견 모습을 보여주었다. 야당 후보는 기자들 앞에서 굳은 얼굴로 메모를 읽어 내려갔다.

"북한 측의 거물급 인사가 망명 요청을 했는데, 현 정부가 북한과의 관계 악화를 우려해서 망명을 거부했다는 정보가 있습니다. 만일 이것이 사실이라면 현 정부의 비인도적인 행태는 지탄받

아 마땅할 것입니다."

기자들이 벌떼처럼 일어나서 다양한 질문을 쏟아냈지만 야당 후보는 현재 사실을 확인 중에 있다는 말을 몇 번 되풀이하고 퇴장했다. 스튜디오로 화면이 바뀌자 앵커와 기자는 이 사건이 제9차 남북장관급회담에 끼칠 영향을 분석하기 시작했다.

끔찍한 일이기는 했지만 최 참사관으로부터 처음 폭로 소식을 접했을 때 느꼈던 것만큼 최악은 아니라는 사실에 조금은 안도가 되었다. 일단 김만길의 이름이 거론되지 않았으며, 망명 요청이 제9차 남북장관급회담 대표진에 의한 것인지도 확실치 않았다. 더 이상의 폭로를 막을 수 있다면 대선 과정에서 일어날 수 있는 폭로전의 하나로 유야무야시킬 여지가 있었다.

나는 다급히 대사관으로 차를 몰았다. 운전대를 잡은 손이 부르르 떨렸다. 김만길 망명건은 국정원 일부 요원과 오병수 주중한국대사, 그리고 대통령을 비롯한 청와대 참모들과 NSC 참여 장관들만이 알고 있는 극비사항이었다. 도대체 어떻게 야당의 대통령 후보에게까지 이 정보가 새어 나갈 수 있는가. 그 답은 사실 뻔한 것이었다. 국정원이건 정부 관료건, 당선 가능성이 높다고 판단되는 후보에게 줄을 대려는 세력의 짓이 100퍼센트 확실했다. 설령 그렇다 하더라도 한 인간의 목숨이 걸린 문제를 폭로해서 이득을 취하려는 대선 후보에게도 분노가 치밀어 올랐다. 이건 아군이 아군에게 등 뒤에서 기관총을 난사하는 격이었다. 나는 기관총 난사에 벌집이 된 기분으로 대사관의 최 참사관 사무실로 겨우 들어섰다. 최 참사관은 상기된 얼굴로 설명했다.

"야당 대선 후보가 어떤 루트로건 정보를 입수해서 폭로한 거야. 대선 후보 간 격차가 아슬아슬한 상태이니 현 정부의 비인도적 처사를 부각시켜서 보수층의 결집을 주도하려는 거지. 다행인 것은 정보를 전달한 놈이 양심은 있어서 전모를 다 전달하지 않았다는 거야."

"아직 모르지 않습니까? 만일 추가 폭로를 통해 전모를 밝힐 수도 있지 않습니까?"

"현재 국정원 차원에서 움직이고 있어. 어떻게 해서건 추가 폭로를 막아야 해. 이건 국익이 달린 문제이니만큼 야당도 막 나가지는 못할 거야. 만일 망명사건을 모두 폭로해봐, 그렇게 되면 국익을 저해한다는 역풍이 불지 않겠어?"

"하지만 현재까지의 폭로로도 위험합니다. 북한이 가만 있겠습니까?"

"그게 가장 큰 문제야. 회담도 다 깨지게 생겼고."

"저는 어떻게 해야 됩니까? 또 김만길 국장은 어떻게 되는 겁니까?"

"모르겠어. 현재 국정원도 혼란 상태라 명확한 지시를 내리지 못하고 있어."

한 마디로 그로기 상태였다. 무수한 잔펀치를 맞아서 무너지는 경우도 있지만 예상치 못한 강펀치 한 방에 쓰러지는 경우도 있었다. 이번의 경우는 후자였다. 어디선가 날아온 핵폭탄 한 방

에 모두가 전멸 직전의 상태에 처했지만, 어떻게 대책을 세워야
할지 아무도 모르는 것이다. 그저 막연하게 상황이 반전되기만
을 기대하는 수밖에는 없었다. 잠자코 의자에 앉아 있는데, 인간
존재 자체에 대한 원시적 분노가 솟구쳐서 숨이 가빠졌다. 내 입
에서 저절로 욕설이 터져나왔다. 개새끼들!

수습되지 않는 혼란

　　　　　　　　　　　예정대로라면 댜오위타이에서
실무회담에 참석해야 할 시간이었지만 최 참사관의 지시로 대사
관에서 대기했다. 오후 2시에 청와대 대변인이 성명을 발표했다.
중국의 CCTV에서 방영된 청와대 대변인의 성명은 야당 대선 후
보의 북한 고위급 망명설이 사실무근이라는 내용이었다. 정부에
서도 진화를 위해 애쓰고 있는 듯했다.

　내 관심은 김만길의 안전 여부에 집중되었다. 이번 보도로 북
한의 국가안전보위부가 전면 개입해 철저히 조사를 한다면 망명
시도에 관련된 증거가 나올 수도 있는 일이었다. 여러 가지가 궁
금했으나 김만길의 상황이 어떤지 모르는 상태에서 내가 먼저 연
락을 시도하기도 어려웠다.

　오후 3시, 나는 상부로부터 아무런 지시도 받지 못한 채 본회
의 참여를 위해 댜오위타이로 향했다. 제9차 남북장관급회담을
축하하는 플래카드가 거리에서 펄럭거리고 있었다. 댜오위타이

입구에서는 중무장한 인민해방군이 철통같은 경계를 서고 있었다. 모든 것이 여느 때와 다름없는 모습이었다.

주차장에 차를 주차시키고 사이드 브레이크를 올리는데, 누군가 차 문을 열고 보조석에 털썩 주저앉았다. 놀란 눈으로 쳐다보니 오 기자였다. 오늘은 카메라를 어깨에 걸고 있었다. 남의 차에 아무렇지도 않게 올라타는 그의 넋살에 할 말을 잃었다.

"윤 팀장, 뭘 그리 놀라?"

"뭐 하시는 겁니까?"

"정색할 것 없어. 5분이면 끝나니까."

"공안 부르기 전에 내리시죠."

"딱 하나만 물어볼게. 망명설 어떻게 된 거야?"

"그것 때문이라면 2시에 청와대에서 사실무근이라고 성명서 발표하지 않았습니까."

"내가 남북관계만 10년 취재했어. 국정원 요원들 표정만 봐도 뭔가 있다는 게 직감적으로 느껴진다니까."

야비할 정도로 집요한 오 기자의 눈빛을 마주하니 가슴이 뛰었다. 어설프게 둘러댔다가는 허점이 드러날 것 같아서 짧게 대답했다.

"전 모릅니다."

"이 사람 정말 순진하군. 이 바닥은 다 공생하는 관계야. 사람 미래 어떻게 될지 모른다고. 지금은 내가 윤 팀장에게 사정하는 처지지만 반대로 윤 팀장이 나한테 아쉬운 소리 해야 할 때도 있을 거라고. 그게 인생사야."

"용건만 밝히시죠."

"다 털어놓으라는 게 아니잖아. 살짝 냄새라도 풍겨줘야 나도 먹고 살 거 아니냐고."

"그러고 싶어도 아는 게 아무것도 없단 말입니다."

"정말 이러기야?"

"죄송합니다만, 내리시죠."

"거참, 까칠하기는."

오 기자는 툴툴대며 차에서 내렸다. 잠깐이지만 내가 지나친 거 아닌가 싶은 마음도 들었다. 그냥 관계자 명의로 사건에 관한 간접적인 정보 정도는 주는 게 기자와 공직자의 관계였다. 오 기자의 말대로 공직자도 기자가 아쉬울 때가 있었다. 억측 보도가 난무할 때는 인간적으로 친분이 있는 기자가 방어를 해주기도 하는 것이다. 하지만 그런 식의 주고받는 거래가 나한테는 맞지 않았다.

정각 4시에 제4차 본회의가 시작되었다. 회담 시작부터 분위기가 싸늘했다. 김만길은 여느 때와 변함없는 모습이었다. 그것은 내게 안도감을 주었다. 만일 꼬리가 밟혔다면 이 자리에 나오기는 힘들었을 것이었다. 북측 대표진은 의례적인 사담도 건네지 않고 곧장 수석대표가 기조발언을 시작했다.

"이번 남조선의 모략 선전은 우리 측의 단합을 방해하고 회담 분위기를 깨려는 망발이라고밖에는 할 수 없습네다. 이것은 노골적인 선전포고나 다름 없습네다. 우리는 남조선의 전쟁 분위기 조성에 한 치의 물러섬도 없이 맞서 싸울 준비가 되어 있음을 분명히 합네다. 이것으로 회담은 깨진 것이니 이 회담을 마지막으로 우리는 철수할 것입네다."

야당 대표의 망명설 폭로는 우리뿐 아니라 북측에도 혼란을 주고 있음이 분명했다. 일개 북한 주민의 탈출도 북한으로서는 망신이었다. 그런데 남북회담에 참여한 대표진 가운데 한 명이 망명을 시도한다면 국가적인 재앙이 될 것이었다. 황장엽 씨의 망명 때도 북한은 공황상태에 빠졌는데, 만일 그와 같은 사건이 한 번 더 되풀이된다면 남북관계는 그것으로 끝장난다고 봐야 할 것이다.

남한 측의 수석대표인 정 장관이 마이크를 잡았다.

"완전한 오해입니다. 언론에 발표된 내용은 전혀 사실과 다릅니다. 우리 남한 사회의 특성상 갖가지 정보들이 나올 수 있습니다. 그런 것에 일일이 대응할 필요가 없는 것입니다. 그럼에도 어쨌거나 우리 남한에서 그런 터무니 없는 얘기가 나온 것에 대해서는 유감을 표합니다."

그러자 오 수석대표가 테이블을 두드렸다.

"어물쩍 넘어가려 하지 말라우요!"

"그렇다고 잘 진행되고 있는 회담을 깰 수는 없지 않습니까."

"회담 방해공작은 남조선에서 먼저 하지 않았습네까."

"대통령의 지시로 청와대 대변인이 사실무근이라는 성명도 발표했습니다."

"그것 가지고는 안 됩네다."

장시간의 논쟁이 계속되었다. 남한 대표진 전원이 나서서 설득 작업을 벌였지만 격앙된 북측의 태도를 바꾸기는 버거웠다. 게다가 관례적으로 북측 대표진은 북한 최고지도부의 지시대로 회담에 임하는 경우가 많았다. 재량이 없는 상태이므로 이쪽에서 아무리 좋은 언변으로 설득을 해도 타협점을 찾기가 어려웠다.

제4차 본회의는 회담 시작 1시간 만에 정회하고 실무자들이 별도의 협의를 시작했다. 남북 양측은 이 상태에서 본회의를 예정대로 진행하기 어렵다는 의견에 동의하고 회담의 연기에 합의했다.

대사관으로 돌아가는 차 안에서 내 휴대폰에 문자수신음이 울렸다. 액정을 보니 김만길로부터 온 문자였다.

'도대체 어드렇게 된 겁네까?'

나는 차를 세우고 답장을 보냈다.

'죄송합니다. 우리 측의 내부 사정으로 정보가 새어나갔습니다. 최선을 다해 수습하겠습니다.'

'난 이제 죽은 목숨입네다.'

'죄송합니다.'

'답답하니 좀 만납시다.'

'어디서 뵐까요?'

'숙소는 안전하지 못하니 전쟁기념비 앞에서 만나자우요. 11시 어떻습네까?'

'알겠습니다.'

대사관에 도착한 나는 최 참사관에게 김만길과 접촉키로 한 사실을 보고하고 명령을 내려 달라고 요청했다. 최 참사관은 답답한 얼굴로 대답했다.

"아무 지시도 없어."

"그럼 어떻게 해야 합니까?"

"자네도 상황 잘 알잖아. 지금 망명이 가능하겠어?"

그건 그랬다. 만일 지금 망명을 받아들이면 회담뿐 아니라 남북관계 자체가 파국으로 치달을 것이 확실했다. 김만길의 망명은 자꾸만 불가능한 쪽으로 흘러가고 있었다.

최 참사관은 알아서 잘 설득하라는 지시만을 내렸다. 나는 알겠다고 대답하고 대사관을 빠져나와서 전쟁기념비가 있는 순샹둥리로 차를 몰았다. 차창 밖 거리에서 야간군사훈련 중인 고등학생들이 열을 맞춰 행진하고 있었다. 노천 술집에서는 부잣집 자제로 보이는 젊은 남녀들이 어울려서 술을 마시고 있었다. 문득 나는 모든 것을 훌훌 벗어던지고 거리의 사람들과 어울려서 인생의 한순간을 즐기고 싶은 충동에 휩싸였다. 이번 사건이 아니더라도, 한 번도 코스를 벗어나 본 적이 없는 모범적인 지난날에 대한 반발감이 내부에서 들고 일어났다. 항상 따라다니는 책임감, 그것이 현재의 나를 존재하게 한 것은 부인할 수 없지만, 나는 나 밖의 세상에 대해 너무 아는 게 없었다.

언젠가 고등학교 때의 일이었다. 나는 양재동에서 실수로 목적지의 반대편 버스를 탄 적이 있었다. 아주 늦은 밤이었다. 버스는 자꾸만 황량하고 낯선 곳으로 한없이 달려가고 있었다. 나는 불안했지만 잘못 탔으리라고는 생각을 못하고 어서 도시가 나타나기만을 고대했다. 하지만 버스가 정차한 곳은 인가 하나 보이지 않는 시골 마을이었다. 차는 이미 끊겼고 택시비도 없었다. 겨우 공중전화를 찾아낸 후 집에 연락해서 아버지가 차를 가져왔지만, 그 순간의 막막함은 세월이 오래 지난 후에도 잊혀지지 않았다. 내게 세상 밖의 모습은 그런 것이었다.

늦은 밤임에도 전쟁기념비 앞은 관광객들로 붐볐다. 원형의 전쟁기념비가 조명을 받아서 하얗게 빛나고 있었다. 나는 차를 주차하고 사람들 사이를 헤집고 걸어갔다. 계단에 엉덩이를 걸치고 앉아 있던 김만길이 나를 보고는 손을 들어보이며 일어섰다. 그의 얼굴을 다시 보니 반가움에 앞서 부담감이 먼저 찾아들었다. 나는 김만길의 손을 잡고 나란히 계단에 걸터앉았다.

김만길이 물었다.

"어떻게 됐습네까?"

"죄송합니다. 원하시는 대답을 드릴 수가 없는 입장입니다."

"결국 망명을 안 받아주겠다는 거야요?"

"지금으로서는."

김만길은 얼굴을 두 손으로 감쌌다.

"내래 북으로 돌아가면 철저한 조사를 받을 거야요. 그러면 내래 망명하려 했다는 사실이 밝혀질 것이고, 그렇게 되느니 차

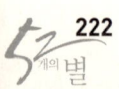

라리 내 손으로 자결하갔습네다."

"면목이 없습니다."

"남조선에 실망했습네다. 이렇게 비인간적으로 나올 줄은 몰랐습네다."

"다음에 또 기회가 있지 않겠습니까."

김만길은 내 손을 뿌리치고 일어섰다.

"기회라니요? 북조선에 돌아가면 난 총살입네다. 죽은 다음에도 당신들의 비인간적인 처사는 잊지 않겠습네다."

김만길의 입에서 터져나오는 한 마디, 한 마디가 비수가 되어 내 가슴을 후벼팠지만 변변히 대응을 할 수가 없었다. 현실적으로 해줄 수 있는 게 아무것도 없는데, 위로의 말을 백 번 해봐야 공허할 뿐이었다.

김만길은 차도 쪽으로 걸어가서 택시를 세운 후 올라탔다. 나는 그를 태운 택시가 밤의 거리 저편으로 사라지는 모습을 물끄러미 바라보다가 일어섰다. 일본 관광객인 듯한 젊은 여성 몇 명이 카메라를 건네주면서 사진을 찍어달라고 부탁해왔다. 나는 카메라를 들고 셔터를 눌렀지만, 무슨 정신이 있어서 그런 것이 아니라 그냥 건성으로 움직일 뿐이었다.

숙소로 돌아와서 아내와 통화를 잠깐 한 후 침대에 누웠는데, 휴대폰에서 문자수신음이 들렸다. 김만길로부터 온 문자였다.

'아까는 죄송했습네다. 윤 선생의 입장을 모르는 것은 아닙네다.'

나는 답장을 보냈다.

'아직 회담이 끝나지 않았으니 좀 더 기다려 보기로 하죠.'

'윤 선생은 조국이 뭐라고 생각하십네까'

김만길의 뜬금없는 질문에 나는 생각나는 대로 답장을 보냈다.

'양심대로 살면 조국을 위한 길이 되는 게 아닐까요?'

'나도 그리 생각합네다.'

'늦었습니다. 주무십시오.'

'잘 자라우요.'

조국이라는 말이 새삼스럽게 다가왔지만 너무 피곤해서 사유할 시간이 없었다. 휴대폰을 내려놓고 눈을 감자마자 나는 깊은 잠에 빠져들었다.

아내의 편지

　　　　　　　　　잠에서 깨는 순간 서울의 내
집이라고 잠시 착각했다. 아직 북경이라는 사실과 함께 복잡한
사건이 얽혀 있는 현재의 상황에 느닷없이 휩싸인 느낌이 들었다.
서둘러 샤워를 하고 박영민과 함께 대사관으로 출발하려는데,
정 장관의 비서인 차동철이 객실 문을 두드렸다. 차동철은 정 장
관이 나와 대화를 나누고 싶어 한다는 말을 전해주었다. 나는
박영민을 혼자 대사관으로 보내고 정 장관이 묵고 있는 객실로
갔다. 정 장관은 창가에 서서 수행원 한 명과 무슨 대화를 나누
다가 내가 들어서자 악수를 청했다.

　"어서오세요. 잠깐 할 이야기가 있어서 불렀어요."

　정 장관은 수행원을 내보내고 나를 소파로 안내했다. 장관이
나를 개인적으로 불렀다는 것도 특별한 일이었고, 정 장관의 얼
굴도 심각한 편이어서 나는 조금 긴장했다.

　"윤 팀장, 그 망명설 때문인데……."

역시 그 이야기였다. 하지만 대표진에게는 알리지 않는다는 국정원 내부 지침이 내려온 상태였기 때문에 나는 거짓말을 하기로 작정하고 정 장관의 말이 이어지기를 기다렸다.

"혹시라도 근거가 있는 건 아닌가요?"

"아닙니다."

나는 단호하게 대답했다.

"그렇다면 다행이고."

"그 문제라면 신경 쓰지 않으셔도 괜찮습니다."

"그 문제 때문에 회담이 엉망이 됐잖소."

"사실이 아니기 때문에 원상회복될 것입니다."

"알겠소."

정 장관은 고개를 끄덕였다. 장관이라는 직책이 서열상으로는 나에게 까마득하게 높은 위치지만, 국정원 요원은 그의 지시에 복종할 의무가 없었다.

나는 객실을 나오며 장관이 무슨 눈치를 챈 건 아닌가 생각해 보았다. 하지만 그렇다고 하더라도 어쩔 수 없었다. 국정원 내부 방침도 그렇지만, 회담에 임하는 우리 측 수석대표가 상대방 대표진의 망명 요청을 알게 되면 회담에 악영향을 미치리라는 것은 불을 보듯 훤한 일이었다.

복도에서부터 내가 묵고 있는 객실의 전화벨 소리가 들리고 있었다. 나는 재빨리 뛰어들어가서 수화기를 집어들었다.

"여보세요?"

낯익은 목소리가 저편에서 건너왔다. 그 많은 사람들 개개인을 목소리만으로도 기억해 낸다는 건 놀라운 인간의 능력 중 하나라고 늘 생각했었다.

"나야, 이장길."

"그래. 서울은 어때?"

"대선 때문에 복잡해."

선거에 관해 중립을 지켜야 할 국정원이었지만 선거처럼 다급한 상황이 되면 정치인들은 국정원부터 찾고 있었다.

"전에 윤 팀장이 이야기했던 정현식 신원조회 결과 알려 주려고 전화했어."

"아, 그래."

"2000년도에 펀딩회사를 했다가 크게 망하고 사기죄로 수배된 적이 있어. 수배 아직 안 풀렸고. 이 친구 미국으로 도망갔다가 북경으로 이주한 모양인데……."

내 예상대로 평이한 인생을 살아오지는 않은 모양이었다.

"북경에서 북한 탈북자들을 제3국으로 탈출시켰다가 남한으로 망명시켜 주는 일을 최근까지 했어."

"탈북 브로커?"

"그렇지. 탈북자가 남한에 오면 정착금 조금 나오잖아. 거기서 일정 부분 수수료를 챙기는 거지. 탈북자 단체에서는 꽤 알려진 사람이야. 도움 됐으면 좋겠는데, 정보가 여기까지뿐이야."

"그만하면 됐어. 고마워."

"서울 오면 한잔 사라고."

"그렇게."

정현식이 궤도를 벗어난 인생을 살았다는 것은 확실했지만 내 입장에서 의심할 만한 정보는 아니었다. 단지 동창 덕 좀 보려는 것일 가능성이 높았다. 내 뒤를 밟거나 해서 호텔과 객실을 알아냈을 수도 있었다. 나는 일단 그렇게 단순하게 정리하기로 했다. 사실 더 이상 그 문제로 신경 쓸 겨를도 없었다.

이제는 대사관으로 출발해야 했지만, 잠깐이라도 아내 얼굴을 보고 싶었다. 하지만 노트북 화면에는 아무것도 나타나지 않았다. 아내가 컴퓨터를 꺼 놓은 것이다. 내가 북경으로 출발한 뒤부터는 항상 컴퓨터를 켜 놓은 아내였으므로 이상하게 생각이 되었다. 무심코 이메일을 열었는데, 아내로부터 메일 한 통이 와 있었다.

'미안해요.'

이런 제목이었다. 아내가 내게 미안해할 일도 없거니와 그 말을 메일로 한 이유도 알 수가 없었다. 나는 불길한 예감에 휩싸인 채 메일을 열어보았다.

'당신을 떠나기로 했어요.'

메일의 첫 문장이었다. 어떤 식의 상처는 이미 오래전에 예정되

어 있는 것인지도 모르겠다는 생각을 해왔다. 인생이라는 게 프로그램되어 있어서 예정된 시간이 지나면 불운과 파국이 하나 둘씩 모습을 드러내는 것은 아닐까. 그래서 그것이 눈앞에 등장하면 상처를 받기 전에 이미 죗값을 받는다는 기분이 먼저 드는 것인지도 모르겠다. 나를 떠나겠다는 아내의 말을 확인하는 것과 동시에 나는 이 순간이 오래전부터 준비되어 왔다는 느낌에 휩싸였다.

'당신을 만난 후 난 외로웠어요. 난 당신의 여자가 아니고, 당신도 내 남자가 아니라는 생각이 늘 들었어요. 이유는 모르겠어요. 당신이 나쁜 사람이 아니라는 건 알아요. 하지만 나는 단지 좋은 사람이 필요한 것이 아니라 내가 아니면 못살 것처럼 절박하게 나를 필요로 하는 남자를 원했어요. 미안해요. 내 잘못인지도 몰라요. 하지만 나와는 다른 세계에 살고 있는 것 같은 남자와 영원히 함께할 자신이 없어요. 그렇다고 다른 남자를 찾겠다는 뜻은 아니에요. 난 당신을 떠날뿐이에요. 정훈이는 일단 외할머니에게 맡겨두겠어요. 기타 다른 문제는 당신이 서울에 오면 논의하기로 해요.'

나는 아내의 편지를 몇 번이나 읽으면서 내가 지금 당장 행동으로 옮겨서 해결될 일이 있는지 분석해 보았다. 그러나 내용 자체가 막연했으므로 대책도 막연했다. 어떻게 해서건 아내가 오해

를 하고 있다는 것을 이해시키는 방법밖에는 없었다. 그러나 아
내가 모질게 결심한 것이라면 마음을 되돌리기 어려웠다. 또 아
내가 오해를 한 것이 아닐 수도 있었다. 나는 아내를 절박하게
필요로 하는가. 그렇다는 대답이 바로 나오지 않았다. 그런데 그
것이 결별의 사유가 될 수 있을까. 단지 내가 아내를 절박하게
필요로 하지 않기 때문에 헤어진다는 것은 억울한 일이다. 하지
만 내가 아내를 절박하게 필요로 하지 않는 것이 자유이듯 그녀
가 그 이유로 나를 떠나는 것도 자유였다. 아니, 이런 건 중요하
지 않다. 중요한 건 내가 지금 엄청난 데미지를 입었다는 사실이
었다. 불과 몇 시간 전만 하더라도 생글생글 웃던 사람이 느닷없
이 내게 냉담한 경우는 수없이 경험했다. 하지만 아내가 그러리라
고는 꿈에도 생각 못했다.

쉬고 싶었지만 그럴 여유가 없었다. 아내가 떠났다는 사실을
최 참사관에게 말할 수도 없는 일이었다. 대사관으로 향하는 차
안에서 소름끼치도록 무서운 느낌에 사로잡혔다. 지금 이 순간
나에게는 아무도 없다는 현실 인식이 느닷없이 찾아들어서였다.
인생은 결국 혼자라는 걸 모르는 건 아니다. 다만 그것을 현실
에서 체험해 나가는 과정이 생소할 뿐이었다. 나는 영혼이 빠져
나간 기분으로 황사에 뒤덮인 북경 거리를 질주했다.

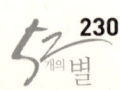

연속된 불운

                    사소한 것에 대해서만 분노하는 자신을 책망하는 내용의 수필집이 있었다. 집에 중요한 물건을 두고 외출을 했다거나, 아주 중요한 전화를 제때 받지 못해서 일에 지장을 초래했다거나 하는 내용이었다. 그런 것들은 아내가 느닷없이 결별 선언을 한 것보다는 사소한 일들이었다. 하지만 남북회담이라는 국가적인 중대사와 비교한다면 국정원 요원의 아내가 결별을 선언한 것 정도는 아무것도 아닌 일이었다. 정부의 어느 당국자가 내 사정에 관심을 기울이겠는가. 개인사로 인해 업무에 지장을 초래한다면 사표를 쓰는 길밖에는 없었다. 하지만 나도 인간인 이상 국가적인 중대사보다는 개인사정에 더 마음이 쓰이는 건 어쩔 수 없는 일이었다.

    아내를 다시 찾고 싶었다. 절실하게. 그러려면 아내의 친정과 친구들에게 전화를 걸어서 아내와 통화를 해보는 게 급선무였다. 하지만 내 앞에는 김만길 망명 요청건이 도사리고 있었다. 적어도 회담이 끝날 때까지는 김만길건에 집중해야 한다. 3일 후면 이 지긋지긋한 북경을 떠나 서울로 돌아간다. 그때 해결하면 될 것이고, 그 방법밖에는 없었다.

대사관 계단을 올라가는데, 박영민이 마주 내려오고 있었다. 맞은편에 있는 대형 창문에서 쏟아져 들어오는 햇빛을 받아서인지 그의 얼굴이 유난히 젊어 보였다. 아니면 늪 속을 헤매고 있는 나 자신이 상대적으로 초라해서 그렇게 보이는 것인지도 모르겠고.

박영민이 물었다.

"장관님 만난 일은 어떻게 됐습니까?"

"장관님이 망명설에 신경이 쓰이나봐."

"혹시 눈치 챈 건 아닐까요? 고위 당국자가 정보를 알려줄 수도 있잖아요."

"그렇지는 않은 것 같아. 다만 혹시나 할 뿐이지."

"최 참사관님과 회의 마쳤어요. 윗선에서 김만길 망명을 다음 회담으로 미루자고 제안하라는 지시가 내려왔다는데, 그게 말이 되나요?"

"다음 회담으로? 그때까지 그 사람이 살아 있기나 할까."

"그러게 말예요."

고위급의 자기 편의적인 발상이 여기서도 그대로 드러났다. 당장 절박하게 망명을 요청한 사람에게 사정이 있으니 다음 회담으로 망명을 미루자는 제안을 어떻게 할 수 있다는 말인가. 그

들에게는 한 개인의 망명 요청이 사소한 것으로 느껴질 것이었다. 하지만 접촉 당사자인 내 입장에서는 남북회담보다 자유를 선택하려는 그의 의지가 더 소중했다.

박영민이 운전하는 자동차의 보조석에 앉아서 눈을 감았다. 잠은 오지 않고 여러 가지 복잡한 생각들이 머릿속을 혼미하게 만들었다. 아내 문제와 김만길의 망명 요청, 그리고 남북회담, 이런 것들이 어느 하나 명쾌하게 정리되지 않고 있었다.

커다란 짐자전거 한 대가 자동차 앞으로 끼어들었다. 인민복 차림의 중년 남자는 대형 플라스틱통이 실린 자전거를 힘겹게 끌고 가고 있었다. 느닷없이 저 사람에게는 무슨 고민이 있을지가 궁금해졌다. 국가적인 중대사를 보조하는 입장도 아닐 것이고, 망명을 도와주어야 하는 입장도 아닐 것이며, 갑자기 아내가 집을 나가지도 않았을 것이다. 그것만으로도 그가 나보다 더 행복한 인생을 살고 있다는 생각이 들었다.

댜오위타이에 도착해서 실무회담에 참석했다. 실무자들은 제4차 본회의의 일정을 정하기 위해 여러 차례 협의했지만 양측의 의견 차이로 합의를 이루지 못하고 있었다. 북측은 망명설에 대해 대통령의 사과 표명이 있어야만 제4차 본회의에 합의하겠다고 주장했고, 남측은 청와대 대변인의 사과가 있었으니 그 문제는 마무리를 하자고 주장했다. 나는 거의 초인적인 의지로 아무일 없었다는 듯이 실무회담에 집중하려고 노력했다. 이것은 습관에 따른 반사적인 행동이었다. 정신은 서울의 아내에게 치우쳐 있었지만 내가 맡은 업무를 소홀히 해서는 안 된다는 책임감의 지배 아래 나는 초인적으로 움직이고 있었다.

　실무회담에서 제4차 본회의가 합의된 것은 오후 4시 안팎이었다. 우리 측의 오병수 주중대사와 북측의 주중대사가 전화통화를 통해 망명설 문제는 더 이상 문제삼지 않는다는 것에 합의했고, 그 즉시 실무회담이 급진전되어 제4차 본회의에 합의한 것이다. 양측 대사의 합의 배경에는 남북 최고 통수권자의 합의가 있었으리라는 것은 어렵지 않게 짐작할 수 있는 일이었다. 2000년 남북정상회담에서 남북 양측 최고 통수권자 사이에 직통전화를 개설하는 문제가 합의되었고, 2002년 현재까지 유효한 것으로 알고 있다.

　야당 대통령 후보의 망명설 폭로로 파행되었던 제9차 남북장관급회담이 이로써 다시 제 궤도를 찾게 되었다. 일단 문제 하나는 해결이 된 셈이었다. 김만길을 설득해서 망명이 불가능하다는 것만 이해시키면 북경에서의 내 임무는 무사히 완수되는 것이었다. 김만길이 내게 인간적인 신뢰를 갖고 있으니 성의 있게 대화를 나누면 설득시킬 수 있으리라는 생각이 들었다. 다음 회담으로 망명을 미루자는 고위급의 지시는 실천할 생각이 없었다. 그것은 문제를 해결하는 것도 아니고, 망명 당사자를 안심시키는 일도 아니었다.

　왕푸징 호텔로 돌아와서 노트북부터 켰다. 혹시나 했지만 여전히 화면은 깜깜했다. 아내는 순종적이고 단순한 성격이지만,

특정한 문제에 대해서는 엄청나게 고집스러웠다. 나의 안단테 출입건에 관한 것이 그렇고, 이번의 결별 선언 또한 그러했다. 아내는 나름의 논리를 차곡차곡 쌓아두다가 마침내 결단을 내리는 그런 성격이었다. 아내는 내 태도의 여러 면을 분석하고 곱씹어보다가 마침내 자신을 절박하게 필요로 하지 않는다고 확신을 지니게 되었을 것이다.

아내의 입장이 되어 문제를 풀어보려는 시도를 하던 중 잠이 들었다. 기억나지 않고, 분명하지도 않은 여러 가지 꿈을 꾸며 깊은 잠으로 빠져들려는데, 누군가 내 팔을 흔들어 댔다. 눈을 떠보니 박영민이 나를 내려다보고 있었다.

"윤 팀장님, 김 국장으로부터 전화가 왔어요!"

박영민은 내게 휴대폰을 내밀고 있었다. 액정에는 김만길이라는 이름이 떠 있었다. 언뜻 시계를 보니 오후 8시였다. 나는 머리를 세차게 흔들고 휴대폰을 귀로 가져갔다.

"여보세요?"

아무 대답도 없었다.

"여보세요? 여보세요?"

내가 여러 차례 외치자 수화기 저편에서 김만길의 음성이 건너왔다.

"윤 선생……."

"김 국장님 무슨 일입니까?"

그러자 김만길은 왈칵 울음을 터트렸다.

"지금 이리로 좀 와 주시라요."

"왜요? 무슨 일이 생겼습니까?"

"사고가……났습네다."

그리고 휴대폰은 끊어졌다. 나는 재빨리 김만길의 휴대폰으로 전화를 걸었지만 아무 반응이 없었다. 무슨 일인지는 알 수 없었지만, 지금까지의 별별 사건들을 아무렇지도 않은 것으로 만드는 거대한 괴물이 모습을 드러냈다는 불길한 예감이 찾아들었다.

나는 김만길과 조금 전에 나누었던 대화 내용을 더듬어 보았다. 그는 자신의 숙소로 와 달라고 말했고, 그 다음에는 사고가 났다고 했다. 당연히 사고는 그의 망명과 관련된 것일 가능성이 높았다. 그러나 여기에는 모순이 존재했다. 만일 망명이 발각되었다면 국정원 요원인 나를 자신의 숙소로 부를 리가 없었다. 그렇다면 망명 기도가 발각될 위기에 처했지만 아직 발각된 것은 아닐 수도 있었다. 그래서 내 도움이 필요한 것이라면 앞뒤 정황이 어느 정도 들어맞는다. 그런데 과연 이 상황에서 북측 숙소를 찾는 것이 옳은 일인지 판단이 잘 안 섰다. 자칫하면 목숨이 위태로워질 수도 있는 일이었다. 박영민에게 김만길과의 대화 내용을 설명하고 의논을 해봤지만 그도 나와 마찬가지로 혼란스러워했다.

"이건 순전히 가정이지만……우리가 김만길의 숙소를 찾아가면 북한의 국가안전보위부 요원들이 총을 겨누고 기다리고 있는 건 아닐까요?"

"그럼 김만길이 보위부 요원과 한패란 건가?"

"망명이 발각되자 협박에 의해 우리를 유인하려는 것인지도 모르잖아요."

그럴 가능성도 아주 없는 건 아니었지만 김만길이 거짓말을 하고 있지는 않은 것 같다는 쪽으로 생각이 흘러갔다. 만일 그렇다면 일단 숙소를 찾아가봐야 한다. 정말로 그는 내 도움을 절실히 필요로 하는 위급한 상황에 처해 있을지도 모르는 일이었다.

나는 박영민으로 하여금 자오유민을 찾아가서 북한 대표진 숙소 방문 허락을 받도록 지시하고, 곧장 출발했다. 차를 몰고 가는 도중 최 참사관에게 김만길과의 통화 내용을 보고했는데, 그 역시 박영민과 비슷한 우려를 했다.

"괜히 쇼하는 거 아냐? 우리를 함정에 빠트리려고."

"그런 것 같지는 않았습니다."

"기왕 출발했다니 말리지는 않겠지만 조심하라고."

"알겠습니다."

차를 도로변에 주차시키고 북측 숙소인 북경홍성유한공사 앞에 섰다. 외형적으로는 여느 때와 똑같은 4층짜리 낡은 건물이었다. 정문을 지키는 공안들의 모습에서도 특이 징후를 찾을 수 없었고, 건물 안쪽도 쥐죽은 듯이 고요했다.

나는 공안들 쪽으로 걸어가서 일정 협의차 방문한 남측 수행원이라고 말하며 신분증을 보여주었다. 자오유민에 대한 박영민의 설득이 성공한 듯 공안들은 간단한 신원조회만 하고 들여보내주었다.

나는 김만길의 숙소인 104호 문을 노크했다. 몇 번이나 조심스럽게 노크했지만 반응이 없어서 문을 밀어보았다. 문이 스르르 열려서 발을 들여놓자 내부는 암흑이었다. 불길한 예감이 스쳐서 권총이 있는 안주머니 속으로 손을 넣고 권총 손잡이를 잡았다. 그때 어둠 속에서 김만길의 목소리가 들렸다.

"윤 선생?"

"김 국장님?"

"잠시 기다리라우요."

그가 이쪽으로 걸어오는 소리가 들리는가 싶더니 불이 켜졌다. 그 순간 내 눈에 가장 먼저 들어온 건 붉은 피였다. 김만길의 방 안은 온통 핏물로 진득했다. 핏물이 시냇물처럼 방을 가로질러서 침대 아래로 흘러가고 있었다. 김만길은 내가 서 있는 곳의 좌측에 서서 나를 바라보고 있었다. 분무기로 핏물을 뿌린 것처럼 작은 핏방울들이 그의 얼굴을 덮고 있었다. 나와 눈이 마주치자 그는 손을 들어서 세면장 쪽을 가리켰다. 나는 천천히 세면장으로 걸어가서 안을 들여다보았다. 세면장 바닥에는 양복을 입은 남자가 엎드려 있었다. 머리의 절반이 깨져 있었고, 거기서 아직도 샘물처럼 핏물이 솟구치는 중이었다. 마치 페인트 통에서 붉은 페인트가 쏟아져 나오는 것처럼 보였다.

나는 쭈그려 앉아서 남자의 시체를 확인해 보았다. 죽은 것이 확실했으므로 맥을 짚어볼 필요는 없었다. 전문가가 아니라도 사인이 두개골 함몰임은 쉽게 알 수 있었다. 조각난 두개골 조각들과 뇌의 잔해가 사방에 널려 있었다.

나는 앉은 자세로 김만길에게 물었다.

"누굽니까?"

"안철수 상좌입네다."

북한의 국가안전보위부 요원 안철수. 죽은 사람이 안철수라는 걸 아는 순간 사건의 전말이 대강 이해됐다. 안철수가 망명을 추궁하자 김만길이 살해했을 것이다. 그래도 확인을 해봐야 했다.

"왜 이랬습니까?"

김만길은 의자에 앉은 후 잠시 멍해 있다가 입을 열었다.

"모든 것은 남조선에서 제기한 망명설 때문이었습네다. 남조선의 대통령 후보가 망명설을 터트리자 우리 국가안전보위부에서 뒷조사를 시작했더랬습네다. 하지만 나는 윤 선생과 접촉한 것 외에는 누구에게도 내 속마음을 털어놓지 않았기 때문에 의심받으리라는 생각은 안 했습네다. 그런데 문제는 내가 남북회담 첫 참가자라는 것이었습네다. 남북회담 경험자들의 경우 망명 소지가 거의 없지만, 첫 참가자인 나는 그중 가능성이 높다고 본 모양입디다. 그래서 안철수 상좌가 여러 번 내 방을 방문했더랬디요. 이것저것 캐물었지만 의심받을 내용은 없었습네다. 그런데 휴대폰 때문에……."

"제가 준 휴대폰 말입니까?"

김만길은 고개를 끄덕였다.

"그 휴대폰을 내래 무심코 테이블 위에 올려놓은 것입네다. 안철수 상좌가 내 방에 들렀다가 그것을 발견했고요. 나는 백화점에 들렀다가 호기심에 하나 샀다고 둘러댔디요. 거기까지는 좋았습네다. 그런데 안철수 상좌가 휴대폰을 열어 보더니 문자를 확인하는 것입네다. 아마도 저 자는 보위대에서 휴대폰 사용법을 숙지한 모양입네다."

"그래서 바로 살해했나요?"

"아니디요. 사람 죽이는 게 그리 쉽습네까. 안철수 상좌가 문자를 읽어 내려가는 도중에도 나는 발각되지 않을지 모른다고 생각했습네다. 저 자가 휴대폰 사용법을 모르기 때문에 문자를 보지 못한다고 생각한 거디요. 그래서 고개를 빼고 휴대폰 액정을 봤는데, 아뿔싸 문자를 고스란히 읽어 내려가는 겁네다. 문자를 확인한 안철수 상좌는 손으로 내 어깨를 누르더니 권총을 뽑았습네다. 이렇게 당할 수는 없다고 생각한 나는 권총을 제치고 머리로 그의 얼굴을 들이받았습네다. 하지만 특수훈련을 받은 보위부 요원을 내가 이길 수 있갔습네까. 나는 개처럼 두들겨 맞으며 세면장 쪽으로 기어갔습네다. 그런데 내 눈에 세면장 변기뚜껑이 보이는 게 아니겠습네까. 그래서 순간적으로 몸을 날려 변기뚜껑을 양손으로 쥐고 안철수 상좌의 머리통을 휘갈겼습네다. 몇 번이나 쳤는지 기억이 잘 나질 않습네다. 아마 수십 차례는 넘었을 것입네다. 미친듯이 내리쳤으니까요."

그렇게 된 것이다. 야당 대통령 후보의 망명설 폭로, 그리고 내

가 전해준 휴대폰, 그런 것들이 연쇄적으로 반응해서 안철수의 죽음에까지 이르게 된 것이다. 불운이란 일상적인 것들이 안 좋은 쪽으로만 흘러가는 현상을 뜻하는 게 아닐까. 내가 전해준 휴대폰이 이 참담한 사건의 매개가 될줄 누가 알았겠는가.

이제 어떻게 해야 좋을까. 김만길은 어떻게 되는 것이고, 나는 어떻게 행동해야 하는가. 답은 없었다. 또 이건 내 권한 밖의 일이었다. 이런 경우는 무조건 상부의 지시대로 행동하는 게 최선이었다. 나는 최 참사관에게 전화를 걸었다. 한참만에 최 참사관의 목소리가 건너왔다.

"여보세요?

"돌발상황이 발생했습니다."

"돌발상황?"

"김만길 국장이 보위부 요원을 살해했습니다."

"왜?"

"망명 사실이 발각될 것 같자 우발적으로 살해한 것 같습니다."

"뭐야? 지금 윤 팀장 어딨어?"

"김만길 국장 숙소에 있습니다."

최 참사관의 목소리가 조심스러워졌다.

"내 말 잘 들어. 당장 손 떼고 철수해. 우리가 개입된 걸 저들이 알면 가만있지 않을 거야. 이건 전쟁까지 유발할 수 있는 중대한 문제야."

"알겠습니다."

최 참사관의 지시는 당연한 것이었다. 보위부 요원이 살해된 것은 어쩔 수 없는 일이지만 이 사건에 남한의 국정원이 개입된 걸 알면 북한은 당연히 보복을 하려고 할 것이었다. 전쟁까지 유발할 수 있다는 최 참사관의 우려는 절대로 과장이 아니었다.

내가 만일 그때 최 참사관의 지시에 순종했더라면 김만길 한 사람의 희생으로 사건이 마무리되었을 것이다. 그의 망명 요청으로 국정원이 개입된 건 사실이지만, 거기까지였다. 그런데 나는 그곳에서 머뭇거리기 시작했다. 머뭇거림, 그것이 문제의 출발이었다.

나는 김만길을 바라보았다. 그는 침대 끝에 엉덩이를 걸치고 앉아 있었다. 얼굴의 핏방울은 벌써 딱딱하게 굳어가고 있었다. 시선은 바닥 어딘가를 향하고 있었는데, 초점이 없어 보였다. 그 순간의 그는 흡사 유령 같았다.

빨리 이곳을 벗어나야 한다는 현실적 판단이 섰지만, 나는 우두커니 그 자리에 서 있었다. 김만길의 앞날이 어떻게 되리라는 걸 뻔히 알면서 나 혼자 이곳을 벗어나기란 쉽지 않은 일이었다. 하지만 그냥 이렇게 함께 있다고 도움이 되는 것도 아니었다. 만일 나까지 체포되면 엄청난 국가적 혼란이 닥칠 수도 있었다. 그러는 사이 김만길이 침대에서 일어서더니 휘청휘청 내 앞으로 걸어와서 무릎을 꿇었다.

"윤 선생, 살려주시라요."

타이밍이 늦어버린 것이다. 내가 조금만 더 이성적인 인간이었다면 김만길이 도움을 요청하기 전에 이곳을 떠났어야 옳았다.

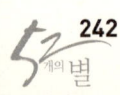

아내 때문이었을지도 모른다. 아내의 결별과 김만길 사이에는 아무 연관이 없지만, 아내 문제가 내 태도에 영향을 미친 건 분명했다. 아마도 나와 감정적으로 이어진 사람이 주위에 아무도 없다는 것이 나로 하여금 김만길에 집착하도록 만든 것인지도 모른다.

나는 김만길을 일으켜서 테이블을 사이에 두고 마주 앉았다. 나는 일단 김만길을 돕기로 마음속에서 결정을 내렸다. 그 이후의 상황은 생각하지 않기로 했다. 나는 국정원 요원으로서가 아니라 양심을 가진 한 인간으로서 판단을 내렸다. 김만길은 처음부터 끝까지 나를 믿었다. 그가 믿은 것은 나라는 개인이 아니라 한국 정부 전체일 수도 있다. 그렇다면 이 순간의 나는 국가를 대변하는 행동을 해야 한다. 어차피 대통령의 임기는 몇 달 남지 않았다. 또 다른 대통령이 선출되겠지만, 그도 대통령이라는 직위를 가진 직업인일 뿐이었다. 나는 옷을 벗겠지만, 내가 양심에 따라 행동했다는 것은 하늘이 알고 있을 것이다. 그것으로 족하다.

어느 가을날, 안단테를 혼자 찾아갔던 첫날의 기억이 잠깐 스쳤다. 왜일까. 그것은 내가 하고 싶은 일을 난생 처음 혼자 시도해 봤기 때문이었다. 좋아하는 카페에 혼자 찾아가는 일은 사소한 것이다. 하지만 그 사소한 행동조차도 나는 그때까지 해본 적이 없었다. 지금 이 순간도 마찬가지다. 나는 김만길을 돕고 싶다. 그저 그뿐이다.

오랜 침묵 끝에 내가 입을 열었다.

"내가 우리 정부를 설득시킬 방법은 없습니다. 단지……."

내가 여지를 두자 김만길의 눈빛이 다소 살아났다.

"개인적으로 탈출을 도울 수는 있습니다. 이렇게까지 일이 벌어진 상황에서 김 국장님을 내버려 두고 떠나는 일은 양심이 허락하지를 않는군요."

"살려주시라요."

김만길의 눈에서 눈물이 주루룩 흘러내렸다.

"상황이 이렇게 악화된 것은 어느 정도 내 책임도 있으니 제3국을 경유해서 남한으로 망명하는 방법을 찾아보려고 합니다. 어떻습니까?"

"그렇게라도 해주시라요. 은혜 잊지 않겠습네다."

"우선 이곳을 벗어나야 합니다."

나는 우선 김만길로 하여금 목욕을 하고 옷을 갈아입도록 한 후, 함께 숙소를 빠져나왔다. 정문의 공안들에게는 산책을 하겠노라고 둘러댔다. 북경홍성유한공사를 나와 보니 세상은 내 혼란과 아무 상관없이 평화로워 보였다. 멀리 북경 시내의 고층 빌딩들이 화려한 불빛을 뽐내며 서 있었고 고속도로 위로는 자동차들이 질주했다. 나는 세상에 첫발을 내딛는 사람처럼 어둠을 밀고 앞장서서 걸어갔다.

이제 어디로?

상황은 계속 안 좋은 쪽으로만 흘러갔다. 주차장으로 가 보니 박영민이 내 차 안에 앉아 있었다. 자오유민과 접촉한 후 걱정이 돼서 이곳까지 왔다고 했다. 그는 내가 김만길과 함께 있는 걸 보고는 영문을 몰라했다. 하지만 사정을 설명할 시간도 없었고, 설명을 해서 이해시킬 자신도 없었다. 이 문제에 박영민을 끌어 들이고 싶지는 않았다. 적당한 시점에서 대사관으로 돌려보낼 계획을 하며 나는 운전석에 앉아 시동을 걸었다.

제3국이라면 미얀마가 가장 적절한 국가였다. 중국 인접국인 미얀마는 치안이 아직 혼란스러워서 월경이 쉬웠다. 또 탈북자들 가운데 이 나라를 경유해서 남한으로 오는 경우도 더러 있었다. 하지만 북경 지리도 제대로 모르는 상태였고, 남북한 모두로부터 추적당할 가능성이 높았기 때문에 낙관만 할 수는 없었다. 순간 떠오르는 인물이 정현식이었다. 탈북 브로커인 그에게라면 충분히 도움을 받을 수 있을 것 같았다. 다행히 지갑 속에 그의 명함이 남아 있었다. 나는 차를 세워 놓고 정현식에게 전화를 걸었다. 그의 목소리가 건너왔다.

"여보세요?"

"나야, 윤정태."

"아, 웬일로?"

"지금 좀 만날 수 있어?"

당장 시간을 내주지는 않을 것이라고 생각했지만 우선 원하는 걸 분명히 밝히기로 했다. 그런데 그는 의외로 흔쾌히 응했다.

"괜찮아. 어디서 볼까?"

"지금 수도 고속도로 입구야. 어디가 좋을까?"

"거기서 10분쯤 달리면 뚱쓰환베이 도로로 접어드는 표지판이 보여. 표지판 방향대로 계속 달리다 보면 조양공원이 있어. 거기 분수대가 있는데, 제철이 아니어서 인적이 없을 거야. 난 시간 맞춰서 갈게."

"알았어."

탈북 브로커인 그가 움직여 주면 의외로 쉽게 풀릴 수도 있었다. 그런데 이쪽 사정도 묻지 않고 덥석 약속을 하는 그의 태도가 마음에 걸렸다. 대개의 사람들은 이쪽의 용무가 다급할 때는 오히려 여유를 부리며 더 나은 조건으로 협상하려는 자세를 갖는 게 보통이었다. 나의 지나친 노파심일 뿐일까. 어쩌면 정현식은 계산적이지 않은 타입인지도 모르지.

보조석의 박영민이 참다못해 질문을 던졌다.

"윤 팀장님, 상황이 어떻게 되는 건지 설명 좀 해주시면 안 될까요?"

나는 짧게 대답했다.

"별일 아냐."

"알겠습니다."

박영민은 입을 다물고 앞쪽을 주시했다. 룸미러를 보니 김만길의 얼굴을 초조한 기색이었다. 얼굴을 감싸기도 하고 얼굴을 손바닥으로 문질러 보기도 하며 마음을 달래고 있었다. 차창을 열자 밤바람이 밀려들었다. 계절이 깊은 가을이어서 바람이 찼다. 이따금 대형 트럭이 굉음을 지르며 내 차를 추월했다. 차창 정면으로는 다른 자동차의 후미등이 보였는데, 거기에 집중하고 있으면 모든 것이 정지한 채 불빛만 떠다니고 있는 것처럼 보였다.

그때 휴대폰이 울렸다. 액정을 열어보니 최 참사관이었다. 나는 마음을 모질게 먹고 폴더를 열었다.

"여보세요?"

"윤 팀장 어디야?"

"지금 김만길 국장과 함께 있습니다."

내가 대답하자 곧장 최 참사관의 날선 목소리가 날아왔다.

"자네 미쳤어?"

"제 양심대로 행동하겠습니다. 개인적으로 탈출을 돕는다면 남북 간에 문제 생길 여지도 없다고 생각합니다."

"자네가 지금 무슨 짓을 하고 있는지 알고 있어?"

"이 사람을 죽게 내버려 둘 수는 없습니다!"

나는 절규하듯 외치고 휴대폰 폴더를 덮은 후 전원을 꺼버렸다. 엑셀레이터를 밟은 발에 저절로 힘이 들어갔다. 박영민이 다시 무슨 일이냐고 다시 물어왔지만 나는 아무 대답도 하지 않았다. 그 순간의 나는 엄청난 폭발력으로 대기권을 박차가 날아가는 로켓과 비슷했다. 나는 내 감정을 표현하고, 그것을 지금 행동으로 옮기는 중이었다. 어떤 댓가가 따르더라도 김만길을 살리고 싶었다. 내 국정원 생활은 이것으로 끝날 것이다. 하지만 상관없었다. 평생 죄책감을 안고 살아가는 것보다는 이게 더 나은 선택이라고 믿었다.

자신의 방식대로 산다는 건 힘든 일이다. 다양한 장애물 때문만이 아니고, 자신만의 고집이 정당하지 못한 것 아니냐는 자책이 늘 따라다니기 때문이다. 자신의 방식대로 살아가려고 하면 누구도 응원해주지 않고, 오히려 집단에 순응하지 못하는 이상성격의 소유자로 취급된다. 흔들릴 때마다 혹독한 공격이 가해지고, 사소한 도움도 받지 못한다. 이 딜레마를 극복하는 길은 성공뿐이다. 다시 말해서 자신의 의지대로 살아가겠다는 결심을 했다면 주위의 모든 것과 투쟁해서 이겨야만 살아남을 수가 있다는 것이다.

김만길을 돕기로 한 것은 오랜 사유 끝에 나온 것이 아니었다. 하지만 어린아이 같은 충동에 의한 것도 아니었다. 굳이 설명을

하자면 북경에 도착한 후 내게 닥친 여러 가지 사건들이 나를 그 방향으로 몰아갔던 것이다. 아니, 어쩌면 이곳 북경은 내 인생의 한 단면일지도 모른다. 나는 줄곧 이 한순간을 향해 살아왔던 것이 아닐까. 물론 평소의 나는 순종적이고 고지식하다. 국정원 입사 이후 단 한 번도 상사의 지시를 거부한 적이 없을 뿐더러, 사적으로도 동료들과 상사의 험담을 나누는 것조차 피했다.

그런데 중요한 순간 나는 국가의 명령을 거부하고 도피의 길을 선택하게 되었다. 단지 휴머니즘 때문일까. 그것보다는 한 인간의 자유의지를 돕겠다는 의지에 의한 것이라는 게 더 정답에 가까울 것이다. 대통령조차도 하나의 직업인으로 인식되는 시대다. 누구에게 정의를 호소할 것인가. 아니, 과연 누가 올바른 지시를 내릴 수 있다는 말인가. 내가 광장의 높은 곳에 서서 양심의 회복을 호소한들 무엇이 변하겠는가. 현실이 변하기를 바라는 것은 모두가 마찬가지다. 하지만 변화를 바라기만 하는 사람이 수없이 늘어나도 역사는 제자리를 맴돌 뿐이다. 중요한 것은 옳다고 믿는 바를 실천하기 위해 자신이 가진 것을 포기하는 용기다. 가진 것을 포기하지 않고 변하기를 바라는 사람이 다수인 이상, 세상은 여전히 똑같은 모습일 것이고, 사람들의 불평불만은 늘어갈 것이다. 나의 선택이 올바른 것인지는 나도 모른다. 단지 나는 상식과 휴머니즘을 가진 한 인간으로서의 당연한 행동을 시작한 것이다.

정현식과 통화한 시점부터 30분을 더 달리자 조양공원 진입로가 나타났다. 야간에는 출입이 금지되는 듯 인적이 없었다. 정현식이 말한 분수대는 조양공원 외부에 있었다. 양쪽으로 문을 닫은 포장마차들이 줄지어 있는 이차로의 도로를 5분쯤 서행하자 분수대가 나타났다. 꽃봉오리 모양의 분수대는 어디서나 흔히 볼 수 있는 형태였고, 페인트 칠이 벗겨져 있었다.

나와 박영민, 그리고 김만길은 서로 아무 대화도 나누지 않았다. 나와 김만길이 알고 있는 것을 박영민은 모르고 있었기 때문에 공통의 화제가 없었다. 김만길은 내가 박영민에게 사실을 밝히지 않으려 마음먹은 것을 알고 있는 듯 그 사건을 언급하지 않았고, 박영민은 뭔가 이상한 분위기였지만 내가 침묵을 원하는 눈치라서 입을 다물고 있었다.

분수대 앞에 이르자 박영민은 잠시 화장실을 가겠다며 자리를 떴고, 김만길과 나는 분수대에 엉덩이를 걸치고 나란히 앉았다. 박영민과는 여기서 작별해야 했다. 그 혼자 대사관으로 복귀하도록 지시할 예정이었다. 더 늦으면 그도 사건에 말려들 수 있었다. 내 문제에 다른 사람을 개입시키고 싶지는 않았다. 그렇다. 이것은 내 문제였다.

정면에서 박영민이 걸어오고 있었다. 어둠 속이어서 얼굴은 보이지 않았다. 그런데 나를 향해 똑바로 걸어오는 게 이상했다. 박영민은 마치 결투라도 벌이려는 카우보이처럼 똑바로 걸어오더니 내 앞에서 걸음을 멈추었다. 그의 손에는 권총이 들려 있었다. 권총의 총구가 서서히 올라가는가 싶더니 이내 나를 향했다. 그

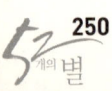

의 목소리가 어둠 속에서 들려왔다.

"윤 팀장님, 방금 최 참사관님과 통화했습니다."

그랬군. 박영민은 화장실을 간 것이 아니라 최 참사관의 문자를 받고 그와 통화를 하려고 자리를 떴던 것이다. 젠장, 여기서도 한 발 늦었군.

"지금 당장 저와 대사관으로 돌아가 주셔야겠습니다. 이건 명령 불복종입니다."

나는 자리를 박차고 일어나며 외쳤다.

"모르겠어? 지금 제대로 된 명령을 내릴 사람은 아무도 없어. 모두가 자신의 이해관계에 따라서 움직일 뿐이야."

박영민은 고개를 저었다.

"전 그런 거 모릅니다. 국정원 요원의 본분에 충실하고 싶습니다."

"국정원 요원의 본분이 정치인들 뒤치다꺼리나 하는 건 아니잖아."

"더 듣고 싶지 않습니다. 윤 팀장님이 계속 명령에 불응하면 사살해도 좋다는 지시 받았습니다."

"자네까지 개입시킬 생각은 애초부터 없었어. 일이 이상하게 꼬여서 이렇게 된 거야. 어서 총 내려놓고 대사관으로 돌아가."

"혼자는 못 갑니다."

박영민은 완강했다. 내게 설득당하기는커녕, 오히려 나를 설득시키려 했다.

"최 참사관님 말씀에 의하면 현재 북측에서는 국정원이 보위부 요원을 살해하고 김만길 국장을 납치한 것으로 판단을 내렸답니다. 그 때문에 우리 대사관에서 총격전까지 벌어졌다고 합니다. 상황이 더 악화되기 전에 저와 돌아가 주십시오. 부탁드립니다."

예상 못했던 건 아니지만 막상 박영민으로부터 남북 양측의 충돌 소식을 전해들으니 두려움이 생겼다. 정말로 나 때문에 전쟁이 발발할 수도 있었고, 전쟁까지는 아니더라도 유혈 충돌이 발생할 수도 있었다. 내가 지금 저지르고 있는 일의 무게가 현실감을 지니고 다가왔다. 하지만 내게도 명분은 있었다. 한국 정부에 도움을 요청한 사람을 외면할 수는 없었다. 나는 내가 옳다는 걸 증명하기 위해서라도 김만길을 끝까지 지켜내야 했다.

박영민의 말이 이어졌다.

"윤 팀장님 좋은 분이셨습니다. 하지만 공과 사는 구분해야 합니다. 어서 저와 함께 대사관으로 돌아가 주시기 바랍니다."

나는 고개를 저었다.

"나는 이게 지금 가장 현명한 선택이라고 생각해."

"잊으셨습니까? 우리는 임무에만 전념할 뿐 판단은 상부에서 하는 겁니다."

"이 일에 관해서는 내가 판단을 내릴 거야."

"윤 팀장님……"

박영민의 목소리가 호소조로 바뀌어서 애닳게 마지막 설득을 하는 것 같더니 갑자기 말이 끊어지고 짧은 비명과 함께 앞으로

고꾸라졌다. 그의 뒤에는 사내 한 명이 서 있었다. 그 사내는 무릎을 세우고 앉아서 고통을 호소하는 박영민의 급소를 다시 한 번 내리쳐서 정신을 잃게 한 후 내 쪽을 쳐다보았다.

대륙을 가로질러

커피에는 우울한 역사의 단면이 배어 있다. 17세기 이후 제국주의 열강들은 더 많은 커피 열매를 소유하기 위해 아프리카의 노예들을 커피 재배에 이용하기 시작했다. 서인도제도와 브라질의 농원들에는 수백만 명의 노예들이 투입되어 제국주의 국민들의 입맛에 맞는 질 좋은 커피를 생산하는 일에 모든 인생을 바쳤다. 열대 숲을 개간하고 커피를 수확하는 일은 강도 높은 노동을 필요로 했다. 노예들은 죽지 않는 한 일에서 헤어나올 수가 없었다. 지독한 더위와 독사, 모기, 질병 등으로 헤아릴 수 없이 많은 노예들이 죽어갔지만 처참한 노동은 계속되었다. 농장주들은 더 많은 수확을 올리기 위해 끔찍한 체벌과 고문을 가했다. 채찍이 일반적으로 가해졌고, 탈출하려다가 붙잡힌 노예의 손목과 발목에는 쇠사슬과 족쇄가 채워졌다. 노예들의 비참한 상황은 커피 재배에 기계가 도입되기 시작한 19세기 말까지 계속되었다. 지금도 커피를 재배하는

노동자들의 처지는 열악하기 그지없다. 커피를 생산하는 70여 개국의 노동자들은 대부분 경제적으로 최하층에 속하고 있다.

물론 커피는 그저 커피일 뿐이다. 커피 한 잔을 마시며 브라질의 산악지대에서 가난에 신음하는 노동자의 비참한 삶을 떠올리는 건, 그것 자체가 섣부른 동정이다. 모순이라고 보면 모순일 수 있고, 현실이라고 생각하면 그냥 현실일 뿐이다. 단지 안 마담으로부터 이 이야기를 들었을 때 내가 느꼈던 건 삶의 복잡성이었다. 전통 있는 카페에서 최고급 커피를 즐기는 상류층으로부터 가난한 커피 재배 노동자까지 이 세계가 정교한 그물로 얽혀 있다는 것이다. 마치 레고블록처럼, 어느 하나를 빼내면 전체가 와르르 붕괴하는 그런 구조였다.

우리가 흔히 말하는 일상의 평화로움이란 누구도 자기 목소리를 내지 않는다는 전제 하에 가능한 것이다. 누군가 자신이 원하는 것을 표현하고 그것을 행동으로 옮기기 시작하면 전체가 동요하게 된다. 내가 김만길과 함께 도피를 시작한 직후부터 많은 것들이 움직이기 시작했다. 갑자기 나는 내 의도와는 상관없이 갑자기 세상의 중심에 서게 되었다. 정말로 중요한 이야기는 지금부터 하려고 한다.

정현식은 등에 가방을 메고 있었다. 그는 박영민의 목덜미를 손날로 가격해서 실신시킨 후 나를 쳐다보았다. 순간적으로 정현식이 상황을 오해하고 박영민으로부터 나를 구출하려던 것이라고 생각했다. 그런데 정현식의 동작은 상당히 숙달된 것이었다. 단 두 번의 가격으로 국정원 요원을 실신시키는 일은 보통 사람의 무술 실력으로는 불가능한 것이었다. 도대체 이 자는 누구인가.

정현식은 박영민이 완전히 정신을 잃었다는 게 확인되자 나를 향해 일어섰다. 달빛에 반사된 그의 얼굴을 보고 있자니 기묘한 기분이 들었다. 며칠 전에 스타벅스에서 커피를 마신 오랜 동창인 것은 분명했지만, 그것은 외형일 뿐이고, 사실은 전혀 다른 이미지를 풍기고 있었다. 어떤 의미에서 국정원 요원은 내가 아니라 정현식인 것처럼 생각될 정도였다. 누군가가 현재의 혼란스러운 상황을 명쾌하게 정리해 주었으면 좋겠다고 생각했지만, 그럴 수 있는 사람은 아무도 없었다.

정현식이 말했다.

"자세한 이야기는 나중에 하기로 하자. 서로 다급한 입장일 테니까."

마치 나를 꿰뚫고 있는 것 같은 말투와 내용이다. 정현식이 어떤 행동을 취하고 어떤 말을 할수록 나는 복잡해졌다. 그러나 그의 말대로 지금 차근차근 자초지종을 물을 여유가 내게는 없었다. 지금쯤 남북한 양측에서 나를 추적하기 시작했을 것이었다.

정현식은 가방을 열어서 중국 지도 한 장을 꺼내 내 앞에 펼쳤다.

"제3국을 통해 망명하는 방법은 크게 두 가지가 있어. 북경역

에서 호남선을 타고 양슈오를 지나 마카오로 가는 방법이 있고, 서안, 곤명을 가로질러서 미얀마로 넘어가는 방법이야. 그런데 첫 번째 방법은 감시가 삼엄해서 추천하고 싶지 않아. 서안까지 자동차를 이용하고 거기서부터 기차로 갈아타면 넉넉잡고 사흘이면 미얀마에 도착할 수 있을 거야."

정현식이 어떻게 내 상황을 고스란히 파악하고 있는지는 따지지 않았다. 그가 범상한 인물이 아니라고 생각해버리자 간단하게 정리가 되었다. 단지 그가 내 편인지 아닌지가 중요한 문제라고 생각했다. 그것을 눈치 챈 듯 그가 말했다.

"난 널 도우려는 거야. 다만 지금은 아무것도 이야기해줄 수 없어. 난 네가 좋은 놈이라는 걸 알고 있으니, 너도 날 믿으라고."

나는 알겠다는 의미로 고개를 끄덕였다. 정현식의 설명이 계속 이어졌다.

"서안까지는 고속도로 대신 국도를 이용해. 지도는 있을 거라고 생각해서 준비 안 했어. 중국인민증하고 여행증명서는 내가 준비해 놓을 테니 서안에서 다시 만나자. 내 쪽에서 연락할게."

그리고 그는 작은 종이가방 하나를 내밀었다.

"이건 간단한 변장도구야."

나는 그가 내민 종이가방을 받아들었다. 정현식은 무슨 의미인지 알 수 없는 웃음을 마지막으로 짓고는 뒤돌아서 걷기 시작했다. 그가 어둠 속으로 사라진 직후 자동차 한 대가 길 저편으로 사라졌다.

"어드렇게 돼 가고 있는 겁네까?"

김만길이 내 옆으로 다가와서 물었다. 나는 아무 대답도 하지 않은 채 그의 손을 잡고 자동차 쪽으로 뛰어갔다. 시동을 걸자 헤드라이트가 켜지며 도로가 드러났다. 나는 그 상태에서 잠시 고민했다. 정현식의 정체가 분명치 않았지만 지금의 내게 현실적인 도움을 주는 건 확실했다. 그렇다고 그에게 완전히 의존하는 건 위험했다. 이럴 경우는 내 입장을 공개적으로 밝힐 수 있는 방법을 찾아야 했다. 내가 사사로운 이익이나 혹은 사상 문제로 김만길의 탈북을 돕는 게 아니라는 걸 대외에 알릴 필요가 있었다. 어떤 식으로건 싸워야 한다, 라는 생각이 독하게 들고 일어났다.

나는 수도 고속도로의 인터체인지에서 다시 북경 쪽으로 차를 몰았다. 10분쯤 달리자 북경대학의 진입로가 나타났다. 대학은 비교적 경비가 덜 삼엄한 곳이라는 생각에 북경대학 캠퍼스로 들어가서 주차를 시킨 후 오 기자에게 전화를 걸었다. 오 기자는 내가 중요한 사실을 밝히려고 한다고 말하자 당장 만나겠다고 대답했다. 나는 김만길을 차에 두고 북경대학 도서관 로비에서 오 기자를 기다렸다. 오 기자의 숙소가 북경대학 인근의 자이찐 유스호스텔이었기 때문에 10분도 지나지 않아서 오 기자가 뛰어왔다.

도서관 로비는 몇 명의 여학생이 소파에 앉아 영어 원서를 읽고 있을 뿐 비교적 조용했다. 나는 오 기자와 함께 고서를 전시

해 놓은 전시관으로 갔다. 유리상자 안에 낡은 고서들 몇 권이 설명과 함께 전시되어 있었다. 나와 오 기자는 다정한 친구라도 되는 양 나란히 서서 고서를 내려다보았다. 그 자세로 오 기자가 물었다.

"어떻게 된 거야?

"시간이 없으니 간단하게 말씀드리겠습니다. 저는 지금 북한 대표진 가운데 한 사람인 김만길 농업성 국장을 탈북시키려 하고 있습니다."

오 기자는 믿기지 않는 눈으로 나를 보다가 곧 이성을 되찾고 구슬리기 시작했다.

"윤 팀장, 그런 중요한 문제를 이런 곳에서 이야기할 수는 없지. 자, 내 숙소로 가서 이야기하자고. 윤 팀장이 어떤 입장인지는 모르겠지만 내가 도와줄게."

나는 고개를 저었다.

"망명 계획은 모두 서 있습니다."

"그렇다면 그간의 경과를 좀 설명해 주게."

"10월 19일 김 국장이 처음 내게 망명 요청을 했습니다. 하지만 고위층에서는 남북관계가 악화될 것을 우려해서 이를 거부했습니다. 그 와중에 야당 대선 후보가 망명설을 폭로하게 됩니다. 우리 측에서 당선 가능성이 높은 대선 주자에게 줄을 대려고 정보를 누출한 겁니다. 망명설 폭로로 북한 보위부의 감시가 삼엄해지고, 그래서 김 국장은 보위부 요원을 살해했습니다. 상부에서는 손을 떼라는 명령을 내렸지만 나는 김만길 국장을 죽게 둘수 없어서 지금 그를 망명시키려는 것입니다."

오 기자의 얼굴이 상기되었다.

"이거 틀림없는 사실이지?"

"물론입니다."

"기사화해도 상관없는 거지?"

"그렇습니다."

"이제 윤 팀장은 어떻게 할 계획이야?"

"그건 밝힐 수 없습니다. 중요한 건 내가 양심을 걸고 김 국장을 책임지겠다는 것입니다."

오 기자는 한국의 신문사로 전화를 걸어서 기사 마감시간 연장을 요청했다. 나는 그가 통화를 하는 사이 슬쩍 몸을 빼고 도서관 로비를 나섰다. 뒤늦게 내가 사라진 걸 안 오 기자가 황급히 뛰어나왔지만 나는 나무 사이로 몸을 피한 채 주차장으로 이동했다.

"별일 없습네까?"

김만길의 질문에 나는 야무진 어조로 대답했다.

"걱정마십시오. 어떻게든 망명을 성공시키겠습니다."

차는 다시 수도 고속도로로 접어들었다. 10분쯤 고속도로를 달리다가 샛길로 접어들어서 국도를 탔다. 이차선의 국도 양쪽으로는 이름을 알 수 없는 거대한 나무들이 빽빽이 서 있었다. 아직 아무것도 분명치 않았지만 망명의 성공이 보이기 시작했다.

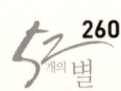

인생에서 승기를 잡는 순간이 있다. 당장 원하는 게 손에 쥐어진 건 아니지만 주변 상황이 자신에게 유리하게 돌아가고 있다는 것은 직감으로 예측이 가능하다. 오 기자를 만난 것이 옳은 판단이었다는 것이 시간이 갈수록 분명해졌다. 내일 오전에 김만길 망명건이 기사화되면 정국은 엄청난 소용돌이 속으로 빠져들 것이다. 모든 것이 공개되는 건 절대적으로 나에게 유리했다. 나는 어떤 이해관계에도 얽매여 있지 않았으므로 잃는 것에 대한 두려움이 없었다.

3시간을 달리자 태원太原 진입을 알리는 표지판이 머리 위로 지나갔다. 태원은 공업도시였다. 어둠 속에서 거대한 공장들의 형체가 나타났다 사라지고 있었다. 인적도 드물었고, 차량도 보기가 힘들었다. 마치 버려진 도시를 달리고 있다는 생각이 들 정도였다. 나는 태원을 가로지르는 강 위의 다리에 차를 세웠다. 시간은 새벽 1시. 눈을 감으면 곧장 잠이 밀려올 만큼 피로했다. 긴장해서인지 김만길은 전혀 잠을 자지 않았다. 나는 다리 난간에 서서 아래를 바라보며 김만길에게 물었다.

"망명이 성공하면 어떻게 살고 싶습니까?"

김만길 역시 아래를 바라보며 대답했다.

"별거 있겠습네까. 고저 남조선 인민들처럼 살면 그뿐이지요."

"아셔야 할 게 있습니다. 남한이 모든 사람들에게 천국은 아닙니다. 망명이 성공한다고 갑자기 인생이 바뀌지는 않을 겁니다."

"알고 있습네다. 내가 한두 살 먹은 어린애도 아닌데⋯⋯. 남조선에서는 돈이 최고지요?"

나는 솔직하게 대답했다.

"그렇습니다. 돈이 많으면 행복하게 살 수 있지만 가난하면 북한과 별 차이가 없을 것입니다."

"각오하고 있습네다."

김만길의 야무진 표정은 나를 안도하게 했다. 탈북자들과의 접촉 기회가 많았던 나는 그들의 특성도 잘 알고 있었다. 경쟁이 없는 북한 체제에서 살아온 그들은 경쟁 일변도의 남한 체제를 경험하고 절망하는 경우가 많았다. 그런 경향은 엘리트일수록 심했다. 북한에서 고위층 대접을 받아온 그들은 남한에서도 그러한 예우를 받으리라고 기대하지만, 남한은 모든 것이 돈에 의해 가름되는 체제였다. 성공해서 부를 축적하면 왕에 버금가는 대우를 받을 수 있지만 그렇지 못하면 거렁뱅이 취급을 받으며 살 수밖에 없었다.

지금은 그런 것까지 염려할 때가 아니었으므로 나는 더 이상 그 문제를 화제로 삼지 않았다. 북한 노래에 관한 가벼운 대화를 몇 마디 나누고 나와 김만길은 다시 차에 올랐다. 태원을 지나자 황막한 중국의 농촌이 끝없이 펼쳐졌다. 몇 시간을 달려도 똑같은 모습의 평야가 다가왔다가 지나가기를 반복했다. 열린 차창으로 불어오는 바람이 아니라면 무중력의 공간을 유영하는 것 같았다.

태원에서 4시간을 더 달리자 전면에 도시의 불빛들이 보이기 시

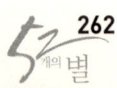

작했다. 그곳이 서안이었다. 중국 무협지에 자주 나오는 '장안'이라는 도시가 오늘날의 서안이라는 이야기를 어디선가 읽은 기억이 있었다. 서안은 수많은 왕조의 수도로서 로마와 함께 한때 세계 문명의 중심지였다고 세계사에 기록되어 있다.

서안에 들어서자 아직 새벽임에도 사람의 냄새가 물씬 풍겨졌다. 왕복 8차선의 넓은 도로 위로 자동차들이 다녔고, 도로 양측으로는 여느 도시처럼 빌딩들이 늘어서 있었다. 도로의 중심에는 명나라 때 건립된 목조건물인 종루가 위풍당당하게 서 있었다.

목적지에 도착하자 우선 쉬고 싶어졌다. 나는 외곽에 차를 주차시키고 눈을 감았다. 김만길도 뒷자리에 몸을 오므리고 잠을 청했다. 꿈도 꾸지 않고 깊은 잠에 빠져들었다가 깨어보니 오전 7시 20분이었다. 우선 요기를 해야 했다. 나는 김만길을 깨워서 시내의 포장마차촌으로 이동했다. 그곳에는 각양각색의 음식들이 널려 있었다. 간단한 분식부터 중국의 정통요리까지 모두 갖추고 있다는 것이 놀라웠다. 나와 김만길은 양고기 샤브샤브로 허기를 채우고 다시 차로 돌아왔다. 정현식에게 전화를 걸자 그는 다른 사람이 나에게 연락을 줄 테니 좀 기다리라는 대답을 했다. 정현식과의 통화 직후 낯선 남자가 전화를 걸어왔다. 그는 내가 중국어를 이해 못하자 영어로 바꾸었다. 자신의 이름을 탕자쉬안라고 소개하고 곧 갈 테니 기다리라고 말했다.

탕자쉬안은 낡은 오토바이를 타고 왔다. 40대 초반의 그는 단

추가 풀린 셔츠를 입고 있어서 볼록한 배가 밖으로 그대로 드러나 있었다. 그의 영어 실력이 중학교 저학년 수준이어서 기초적인 의사소통밖에는 이루어질 수 없었다. 나나 김만길이나 중국어를 전혀 못했기 때문에 그 정도도 다행이다 싶었다.

나는 오토바이를 타고 앞장서서 가는 탕자쉬안을 따라 서안의 변두리 마을로 접어들었다. 비교적 번화가인 서안 중심가와는 전혀 딴판의 빈민가였다. 목조로 얼기설기 엮은 가옥들이 하천 가까이까지 늘어서 있었다. 탕자쉬안은 유리문이 있는 집 앞에서 멈췄다. 나와 김만길이 내리자, 탕자쉬안은 비닐 장판을 들고 와서 차를 덮었다. 공안의 검색을 우려한 대비책인 듯싶었다.

유리문을 밀고 들어가자 작은 테이블이 몇 개 있는 공간이 나타났다. 테이블과 의자가 있는 것으로 미루어 식당인 것은 분명했지만 그 바로 옆에 2층 침대가 서 있어서 의아했다. 집으로 사용하는 곳이지만 손님이 있으면 식사도 차려주는 곳 같았다. 탕자쉬안은 사람 좋게 웃으며 나를 향해 중국어와 영어를 번갈아 가며 뭐라고 쉴 새 없이 중얼거렸지만 알아들을 수 있는 단어는 몇 가지 없었다.

"미스터 정 넘버원."

탕자쉬안이 몇 번이나 반복한 말이었다. 정현식이 최고라는 것인데, 그 이유는 알 수가 없었다. 탈북 브로커를 하면서 우정이 깊어졌을 수도 있고, 정현식이 탕자쉬안에게 돈을 많이 집어줬을 수도 있었다. 탕자쉬안은 정체불명의 사나이였지만 기묘하게도

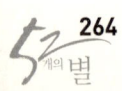

의심은 들지 않았다. 그저 돈 받고 간단한 잡일을 해주는 사람이라는 인상이 깊었다.

장시간의 힘겨운 대화를 통해 정현식이 오후 1시에 이곳에 도착한다는 사실을 알아낸 나는 탕자쉬안에게 우선 자고 싶다고 말했다. 탕자쉬안은 다른 방으로 우리를 데려갔다. 그곳에도 2층 침대가 있었다. 퀴퀴한 냄새가 코를 찔렀지만 너무 피곤해서 자는 데는 지장이 없었다.

"미스터 정 넘버원!"

탕자쉬안은 나를 향해 엄지손가락을 치켜세운 후 방을 나갔다. 탕자쉬안의 그 표정이 기묘하게 일그러지는 잔상이 눈앞에 어리는가 싶더니 나는 곧 잠 속으로 빠져들어갔다.

동창생의 정체

오전 11시 30분, 잠에서 깼다. 더 자고 싶었지만 뉴스가 궁금했다. 예상대로라면 지금쯤 한국은 물론 전 세계가 발칵 뒤집혔어야 했다. 식당으로 가서 텔레비전을 켜고 뉴스를 지켜봤다. 그러나 내가 기대했던 뉴스는 나오지 않았다. 어느 방송에서도 나와 김만길의 도피는 보도되지 않았다. 다만 뉴스 말미에 제9차 남북장관급회담이 내부조율 문제로 연기되었다는 소식만 짤막하게 전해줄 뿐이었다.

뭘까. 오 기자의 성격으로 미루어 이 대단한 특종거리를 뒤로 미룰 리는 없었다. 그렇다면 국정원이 움직였을 가능성이 컸다. 주요 신문사 편집부의 통신망이 국정원에 의해 도청되고 있는 건 비밀 아닌 비밀이었다. 현저하게 국익에 위배된다는 판단이 서면 국정원이 나서서 보도 통제를 하는 경우가 있었다. 물론 강제는 아니고, 최대한 설득을 시도하되 여의치 않은 경우 세무조사 등을 무기로 활용한다. 그러나 국정원의 개입은 어디까지나 내

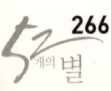

추론일 뿐이었다. 오 기자가 보도 시점을 저울질하는 수도 있고, 신문사 편집국에서 저울질하는 것일 수도 있었다. 아니면 내가 생각지 못한 문제 때문일 수도 있었다. 어느 경우건 내 입장에서는 마이너스 요소였다.

사실을 확인해 보기 위해 오 기자의 숙소로 전화를 걸었다. 하지만 신호만 길게 이어질 뿐 받지 않았다. 이 마당에 오 기자가 내 전화를 피할 이유가 없었다. 아무래도 국정원의 개입 쪽에 무게가 실렸다. 국정원에서 오 기자를 숙소에 감금시켜 놓고 있는 상황이 자꾸 떠올랐다.

오 기자와의 통화를 위해 잠깐 휴대폰 전원을 켜 놓은 사이 전화벨이 울렸다. 액정을 보니 박영민이었다. 받지 않아야 한다는 판단이 섰지만 그의 건강이 염려되었고, 단순한 성격의 그가 나를 회유하려는 의도로 전화를 걸지는 않았으리라는 생각에 휴대폰을 귀로 가져갔다.

"여보세요?"

"윤 팀장님 어디세요?"

"미안해. 말 못해."

"윤 팀장님 입장 이해합니다. 저도 정치적인 입김 때문에 국정원이 개판된 거 평소에 불만이었습니다. 지금 개인적으로 통화하고 있는 겁니다."

"고마워. 몸은 어때?"

"급소를 정확히 맞았어요. 지금은 괜찮아요. 그런데 그 사람

누구예요?"

괜찮다는 말을 듣자니 눈물이 나올 만큼 안도가 되었다. 나는 솔직하게 대답했다.

"나도 잘 몰라. 그쪽 상황은 어때?"

"저도 사실대로 밝힐 수 없는 입장입니다."

"이해해."

"다만 여러 경로로 남북이 접촉 중이라는 건 말씀드릴 수 있습니다."

남북이 분주히 접촉 중이라면 일단 유혈 충돌의 위험은 사라졌다는 것이었고, 그것은 북측에서 일련의 상황들을 파악하고 있다는 의미였다. 박영민의 목소리가 조심스러워졌다.

"윤 팀장님 내가 하는 말 냉정하게 잘 들으세요."

"어떤 말?"

"최 참사관으로부터 얻은 정보인데……김만길 국장말이에요."

박영민은 잠시 머뭇거리다가 정확한 발음으로 본론을 이야기했다.

"북경 은행에 50만 달러가 예치되어 있는 게 확인되었답니다."

이건 또 무슨 말인가. 박영민의 말을 듣는 순간 머릿속을 떠돌던 모든 정보와 계획들이 깨끗이 포맷되어 버린 듯한 기분이었다. 포맷된 머릿속에 새로운 내용이 담겨져야겠지만 김만길의 50만 달러 예치 정보는 너무나 의외의 것이어서 제대로 저장이 되지 않았다. 박영민은 말을 이었다.

"나도 더 이상의 정보는 없지만 이건 틀림없는 사실이에요."

박영민도 저쪽 편이다. 그가 아무리 정직한 청년이라고 하더라도 상부의 명령을 거부할 수는 없을 것이다. 그렇다면 나를 무력화시킬 목적으로 김만길의 50만 달러 예치설을 흘리는 것일 가능성도 있었다. 가능성……모든 것에 가능성만 있을 뿐 명쾌하게 드러나는 건 하나도 없었다.

나는 알았다고 대답하고 재빨리 휴대폰을 끊었다. 식당으로 돌아와 보니 김만길이 의자에 앉아서 텔레비전 쇼 프로그램을 보고 있었다. 내가 다가가자 그는 고개를 돌려서 인사를 했다.

"잘 잤시오?"

나는 그렇다고 대답한 후 잠시 그의 얼굴을 쳐다보았다. 관료답지 않게 검게 그을린 얼굴이 시골 촌부를 연상시키는 외모였다. 순박한 외모뿐 아니라, 그와 여러 시간을 함께 보내면서 순수하고 선량한 사람이라는 확신을 갖게 되었다. 어쩌면 그런 면 때문에 모든 것을 포기하고 탈출을 돕게 된 것인지도 몰랐다. 하지만 살아오면서 인간의 이면이 얼마나 복잡한가를 잘 알게 된 나로서는 혼란을 느꼈다. 김만길이 선량한 사람이라면 박영민도 마찬가지였다.

내가 물었다.

"궁금한 게 있어요."

"뭐가 궁금하다는 거야요?"

"가족 문제는 한 번도 이야기 안 하셨어요. 김 국장님이 망명하면 가족들은 어떻게 되는 거죠?"

줄곧 품어왔던 의문이었다. 하지만 그 문제를 꺼내면 그의 선의를 의심하는 것이 되므로 참아 왔었다. 김만길은 아무렇지도 않다는 듯이 대답했다.

"내래 얘기 안 했구만요. 내래 일찍 상처했고 자식이 없어요. 홀어머니가 계신데, 어머니도 내가 망명하기를 바라고 계십네다. 어머니 연세가 워낙 많아서 저들도 어쩌지 못할 겝네다."

모순은 없었다. 상처했고 자식이 없다면 혈혈단신 망명을 시도하는 것은 이상한 일이 아니었다. 나는 내친김에 묻고 넘어가기로 했다.

"50만 달러는?"

김만길의 눈이 휘둥그레졌다.

"50만 달러라니요?"

"북경 은행에 50만 달러가 예치되어 있다는 건 무엇을 말하는 거죠?"

"그게 무슨 소립네까?"

"사실대로 이야기해주셔야 합니다."

"아니, 내가 무슨 돈이 있어서 50만 달러를 은행에 예치합네까? 국정원에서 그런 정보를 들은 모양인데, 그건 나와 윤 선생 사이를 이간시키려는 계략입네다."

첩첩산중. 갈수록 길이 복잡해지는 고난도의 미로게임 속에 빠져버린 기분이 들었다. 국정원이 나를 무력화시킬 의도로 50만

달러설을 흘렸다면 어느 정도 성공한 것이다. 내 속의 열정이 반감된 것은 부인할 수 없는 사실이었다. 이 상황에서 아무리 김만길이 자신의 결백을 주장하더라도 마음속에 드리운 의심은 말끔히 씻기지 않을 것이었다.

나는 방으로 들어가서 2층 침대의 아래칸에 엉덩이를 걸치고 앉았다. 아내가 떠올랐다. 이번 일이 어떤 식으로건 마무리되면 어떻게 해서라도 아내의 마음을 다시 되돌려야 한다는 의지가 강하게 들고 일어났다. 그래도 의지가 될 사람은 아내뿐이었다. 가족이 아니면 도대체 어디서 안정을 찾을 수 있단 말인가. 그렇다고 김만길을 돕지 않겠다는 말은 아니었다. 다만 박영민으로부터 50만 달러 예치 정보를 들은 직후부터 혼란이 생긴 것이다. 나는 사실 김만길에 관해 아는 게 전혀 없었다. 하지만 이제 와서 되돌릴 수는 없었다. 이 미로의 끝에 무엇이 있는지는 모르지만 갈 데까지는 가봐야 했다.

정현식은 정확하게 오후 1시 정각에 나타났다. 그가 유리문을 열고 들어오자 탕자쉬안은 만면에 웃음을 띠고 그를 맞았다. 정현식은 능숙한 중국어로 탕자쉬안과 대화를 나누었다. 두 사람의 친밀한 모습은 오랜 교분에 의한 것임을 알 수 있었다. 탕자쉬안과의 인사를 끝낸 정현식은 나를 향해 섰다.

"생각보다 건강해 보이는군."

"덕분에."

"다행이야."

"이젠 난 어떻게 해야 하지?"

"서두르지 마. 우선 식사나 좀 하자고."

그가 원하는 대로 맞춰줄 수밖에 없었다. 정현식이 아니라면 나는 중국에서 길 잃은 미아 신세가 될 것이었다. 탕자쉬안이 점심을 준비했다. 그는 짧은 시간에 정통 사천요리를 우리가 앉은 테이블 위에 차려 놓았다. 잘게 썬 두부를 기름에 볶은 두부요리도 있었고, 돼지발을 삶아서 말린 중국식 돼지족발도 있었다. 근사한 점심이었다. 나를 포함한 네 명의 남자들은 오랫동안 굶주린 사람들처럼 탕자쉬안이 준비한 요리를 게걸스럽게 먹어치웠다.

점심식사가 끝나자 정현식은 탕자쉬안과 김만길을 다른 방으로 보낸 후 나와 단둘이 테이블을 사이에 두고 마주 앉았다.

내가 궁금한 것을 먼저 질문했다.

"지금 남북이 어떤 상태인지 알고 있어?"

정현식은 고개를 끄덕인 후 대답했다.

"어젯밤 주중한국대사관에서 총격전이 있었어. 김만길을 남한 정부가 계획적으로 빼돌린 것으로 착각한 북한이 선제 공격을 했던 거지."

박영민으로부터 간략하게 들었던 상황이었다.

"하지만 지금은 정리가 됐어. 김만길의 망명으로부터 문제가 시작되었다는 걸 저들이 이해하게 된 거지. 아마 지금쯤 막후에서 여러 가지 협상이 있을 거야."

"어느 곳에서도 이번 사건에 관한 보도가 나오지 않고 있어."

"당연하지. 남북한은 물론, 중국도 이 사건이 공개돼서 득될 게 없으니까."

그리고 정현식은 가방에서 서류를 꺼내 내게 내밀었다.

"이건 여행증명서고, 이건 여권이야. 여기서부터 자동차는 위험하니 기차를 이용해. 곤명까지 15시간 정도 걸릴 거야. 특별히 검문이 삼엄하지는 않지만, 만일 발각될 것 같으면 돈으로 해결하라고. 이 나라는 돈이면 죽은 사람도 살리는 나라니까."

곤명에서 도보로 반나절만 걸으면 미얀마라고 정현식은 덧붙였다. 망명 성공이 눈앞에 다가와 있었다. 그럼에도 마음이 개운하지 않았다. 국가를 배신한 것에서 오는 죄책감일까. 아니면 김만길의 50만 달러 예치 정보 때문일까. 그것도 아니면 정현식에 대한 의혹이 풀리지 않아서일까.

내가 잠시 침묵하다가 입을 열었다.

"궁금한 게 있어."

"망명 경로에 관한 것이라면 뭐든지."

"넌 누구지?"

정현식은 웃음을 터트렸다.

"농담하는 거야? 난 너의 고교 동창이잖아."

나는 작심을 하고 오랫동안 억눌러 왔던 질문을 던졌다.

"넌 어젯밤부터 내 사정을 다 알고 있는 사람처럼 행동하고 있어. 마치 오래 준비한 사람처럼. 어떻게 된 거지?"

순간 정현식의 얼굴에서 웃음기가 사라졌다.

"그런 건 고민할 필요 없잖아. 우린 서로 필요한 것만 취하면 된다고. 안 그래?"

할 말이 없었다. 더 추궁해 본다고 하더라도 정현식은 결코 사실을 밝히지 않을 것이다. 그의 도움으로 여기까지 왔고, 미얀마로의 탈출이 성공할 때까지 그의 도움이 필요했다. 물론 정현식이 아무 사심 없이 나를 도울 리는 없었다. 반드시 반대 급부가 있을 테지만 그게 무언지 알 수 없었다. 아니, 정현식이라는 인간 자체가 미스테리였다.

"자, 곤명에서 다시 만나자."

정현식은 나와 악수를 한 후, 탕자쉬안을 불러서 뭔가 지시를 내리고 식당을 나갔다. 남겨진 나는 한동안 우두커니 서 있었다. 정현식의 정체가 뭔지, 그리고 김만길의 50만 달러는 뭔지, 그런 것들이 거대한 안개처럼 내 앞을 가로막는 듯했다. 나는 내 의지대로 살고저 김만길과 함께 도피의 길을 선택했지만 또 다른 존재의 지배 아래 놓인 듯한 기분이었다. 이런 기분으로 김만길의 망명을 성공시킨들 무슨 의미가 있을까 싶어졌다.

나는 곧 김만길에게 이곳에서 몇 시간만 기다려 달라고 말한 후 밖으로 나갔다. 정현식이 식당을 나간 것은 10분 전이었다. 식사 도중 차 대신 택시를 이용했다는 말을 들은 게 생각났다. 그렇다면 행색이 남루한 사람들이 대부분인 이 빈민가에서 그를 찾아내기란 어렵지 않을 것이었다.

나는 숨 가쁘게 뛰기 시작했다. 어쩌면 이 상황에서 김만길의

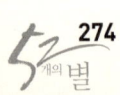

망명은 중요한 게 아닐 수도 있었다. 도대체 나를 둘러싼 것들의 정체가 무언지 알고 싶었다.

정현식을 다시 발견한 것은 난먼 시내에서였다. 무작정 그가 향했을 것이라고 추정되는 방향으로 달린 끝에 그가 난먼 시내의 백화점 앞에서 택시를 기다리고 있는 모습을 발견한 것이다. 샤프한 가을코트를 입고 있었기 때문에 어렵지 않게 찾아낼 수 있었다. 정현식은 택시를 세운 후 올라탔고, 택시는 곧 출발했다. 나는 길가로 달려가서 택시를 세웠다. 정현식이 탄 택시를 뒤쫓아 달라고 요구하자 운전사는 난색을 표했다. 나는 지갑에서 집히는 대로 지폐를 꺼내 그의 손에 쥐어주었다. 운전수는 알겠다고 대답하고 차를 출발시켰다.

완벽한 커피

완벽한 커피에 관해 생각해
본 적이 있다. 완벽이라는 것은 정점을 뜻한다. 더 이상 개선의
여지가 없는 최상의 상태. 안단테에서 안 마담이 만들어 주는 커
피가 내겐 완벽이다. 하지만 그건 내 기준일 뿐이다. 어딘가 다른
곳에서 더 훌륭한 커피가 만들어지고 있는지도 모르는 것이다.
다만 내가 경험할 수 있는 세계의 기준에서는 안 마담의 커피가
완벽이었다. 완벽한 논리, 완벽한 소설, 완벽한 인생 그런 것들은
모두 지금 이 세계에서만 통용된다. 백 미터 신기록은 늘 깨지지
만, 그것이 깨지는 순간은 완벽이라고 말할 수 있을 것이다. 새로
운 기록은 아직 나오지 않았으므로.

만일 나를 둘러싼 음모가 있다면 그것을 만든 사람들은 완벽
을 노렸을 것이다. 시장에서 작은 가게를 하는 사람조차 손님을
끌기 위해 최선의 노력을 다한다. 남북관계와 관련된 이번 사건
의 경우라면 최고의 두뇌들이 지략을 짜냈을 것이다. 드문드문

드러나는 단서들은 모종의 음모를 예시하지만, 그것들을 아무리 종합해도 정체를 알 수가 없었다. 내가 정현식을 추적하기로 한 것은 그의 정체에 대한 궁금증보다는 음모의 실체를 알고 싶은 지적 호기심에 의한 것일 수도 있었다. 안 마담의 완벽한 커피에 매혹되었듯이, 나는 나를 중심으로 펼쳐진 멋진 드라마에 중독된 것인지도 모른다.

물론 이것은 내 추론이었다. 정현식을 추적해서 알아낼 수 있는 게 아무것도 없을 수도 있고, 어쩌면 그는 그냥 탈북 브로커에 불과할 수도 있다. 설령 그렇다고 하더라도 그것을 내 눈으로 확인해 봐야 직성이 풀릴 것 같았다. 이대로는 아무것도 할 수가 없을 것 같았다.

정현식을 태운 택시는 북경을 향해 달리고 있었다. 내가 탄 택시는 상행선이어서 별다른 검문을 받지 않았다. 내가 집어준 돈 때문인지 운전사는 시종 싱글벙글하며 서툰 영어로 말을 걸어왔다.

"나도 남조선에 한 번 관광을 간 적이 있습니다. 대단하더군요. 우리 중국도 남조선을 본받아야 합니다."

돈 때문이라는 건 알고 있지만 듣기 싫은 말은 아니었다. 하지만 그와 한가한 대화를 나눌 만큼 여유롭지 않아서 별 대꾸를 해주지는 않았다. 국도가 아닌 고속도로에서 바라본 중국은 경제 부흥의 증거들이 여기저기서 눈에 띄었다. 도로 증축공사를 벌이는 광경이나 공장 건설현장을 흔하게 볼 수 있었다. 고속도로 위로도 일제나 유럽제 같은 외국 자동차들이 자주 지나다녔고, 버스도 대부분 현대식이었다. 나는 그런 풍경들을 바라보며 10시간 가까운 주행을 견뎠다.

드디어 북경 진입을 알리는 표지판이 머리 위로 지나갔다. 수도 고속도로를 통과하자 정현식의 택시는 오쏜라이 거리로 접어들었다. 숙소에서 댜오위타이로 가려면 지나야 하는 거리였으므로 내게는 익숙했다. 오쏜라이를 지나자 왕푸징 거리가 나타났다. 순간 내 손이 서서히 땀으로 젖어들었다. 왕푸징 거리는 내가 묵고 있는 왕푸징 호텔이 있는 곳이었다. 거대한 기와지붕의 북경미술관이 스쳐 지나가고 있었다. 정현식의 목적지가 이곳이었다는 것도 의외였지만 나를 추적하고 있을 공안들의 눈에 띌까봐 염려가 되었다.

왕푸징 사거리에서 정형식의 택시는 좌회전 깜박이를 켜고 서 있었다. 좌회전하면 바로 홍교 시장이었다. 그와 내가 처음 조우한 곳. 역시 정현식의 근거지는 홍교 시장 내에 있었던 것인가.

그런 생각을 하는 도중 신호가 바뀌고 정현식의 택시가 서서히 좌회전을 했다. 나를 태운 택시는 그의 택시 바로 뒤를 따라붙고 있었다. 집어준 돈이 아깝지 않을 정도로 운전사는 훌륭하게 차를 몰고 있었다. 좌회전 직후 정현식의 택시가 정차했다. 나는 의심받을까봐 운전사에게 멈추지 말고 서행하도록 요구했다. 서행하는 택시 안에서 내다보니 정현식은 택시에서 내린 후 보도로 올라서서 잠시 주위를 두리번거렸다. 나는 몇 미터 더 달리게 한 후 운전사에게 차를 세우도록 했다. 잠시 그대로 앉아서

백미러로 관찰해 보니 정현식은 스타벅스 안으로 들어서고 있었다. 정현식과 처음 만나서 커피를 마신, 바로 그곳이었다. 일이 기묘하게 진행된다는 생각을 하며 나는 택시에서 내려 스타벅스 쪽으로 뛰어갔다. 다행히 유리창을 통해 정현식의 모습이 보였다. 그는 키 큰 미국인과 등을 돌리고 서서 대화를 나누는 중이었다. 나는 그 키 큰 미국인이 내게 공짜 커피를 대접한 존 슈튼 지점장임을 바로 알아차렸다.

그들은 나란히 왼쪽으로 이동했는데, 그쪽에는 기둥이 있고 각도가 나빠서 잘 보이지 않았다. 나는 그들을 보다 자세히 관찰해야겠다는 생각에 우선 스타벅스 안으로 들어섰다. 매장 안으로 들어서자마자 방금 정현식과 존 슈튼이 대화를 나누던 곳을 쳐다봤지만 두 사람은 사라지고 없었다. 2층이 있나 싶어서 좌측으로 이동해 보니 그곳에 계단이 있기는 했다. 하지만 계단의 입구에는 출입금지라는 글귀가 적혀 있었고, 출입통제선이 출입을 막고 있었다. 사방을 둘러봐도 이 계단 외에는 갈 곳이 없었다.

나는 통제선을 넘어서 계단을 걸어 올라갔다. 음모의 실체에 근접했다는 생각이 들면서 전신에 긴장이 퍼지기 시작했다. 2층으로 올라서자 1층 매장 넓이의 빈 공간이 나타났다. 휴지 조각 하나 없이 깨끗하게 빈 공간이었다. 그런데 바닥에는 먼지가 없었다. 만일 사용하지 않고 방치하는 공간이라면 당연히 먼지가 두껍게 깔려 있어야 정상이었다.

나는 빈 공간을 가로질러 걸어갔다. 먼 곳에서 볼 때는 몰랐는데, 가까이 다가가 보니 정중앙에 출입문이 하나 있었다. 문과 벽이 똑같은 회색이어서 구별이 어려웠던 것이다. 의도적이라는 생각이 들었다. 그 문을 몇 발자국 남겨두었을 때 등 뒤에서 발소리가 들렸다. 돌아보니 한 남자가 성큼성큼 나를 향해 걸어오고 있었다. 서양인이었고, 대머리였다. 그가 내게 말했다.

"손님, 이곳은 출입하면 안 되는 곳입니다."

대답할 말도 없었고, 그럴 필요성도 느끼지 못해서 무시하고 문 손잡이를 붙잡았다. 그러자 대머리가 내 어깨를 손으로 붙들었다. 나는 격하게 그의 손을 뿌리쳤는데, 단지 손만 뿌리치려고 한 것이 손날로 그의 얼굴을 가격하게 되었다. 대머리는 내가 자신을 공격한다고 생각했는지 반사적으로 주먹을 뻗었다. 다소 둔한 스피드였기 때문에 나는 상체를 뒤로 살짝 젖혀서 피한 후 양 손바닥으로 그의 가슴을 밀어버렸다. 의외로 싱겁게 대머리는 바닥에 주저앉았다. 그가 일어서서 공격 자세를 취했을 때 나는 안주머니에서 권총을 꺼내 그를 겨누었다.

나는 그에게 또박또박 말했다.

"난 지금 이 문을 열고 들어가야겠어. 오케이?"

대머리는 알겠다고 대답하며 진정하라는 의미로 두 손을 아래로 흔들었다. 나는 권총으로 그를 겨누며 다른 손으로 문 손잡이를 비틀었다. 하지만 굳게 잠겨 있어서 꼼짝도 하지 않았다. 총으로 손잡이를 부수는 방법밖에는 없었다. 어디를 조준해야 쉽게 박살낼 수 있을까를 고민하는데, 대머리의 허리에서 신호음이

들렸다. 대머리는 허리에서 무전기를 꺼내 통화를 시작했다. 알겠다는 대답만 몇 번 반복한 그는 통화를 마치고 내게 말했다.

"내가 열어주겠소."

나는 일단 그를 믿기로 하고 총구를 아래로 향했다. 대머리는 열쇠를 꽂아서 문을 연 후 나에게 들어가라는 제스처를 취했다. 나는 안으로 발을 내딛었다. 처음 나타난 것은 좁은 복도였다. 마치 침대칸이 있는 기차의 객실 통로처럼 한 사람이 겨우 걸어다닐 수 있는 좁은 크기의 복도가 30미터 정도 이어져 있었다. 그 복도로 어느 정도 접어들자 양쪽에 다닥다닥 문들이 있다는 것을 알게 되었다. 뒤를 돌아보니 대머리가 입구에 서서 나를 지켜보고 있었다.

복도 끝까지 걸어가자 맨 끝에 있던 문이 열리고 한 사내가 모습을 드러냈다. 그는 스타벅스의 지점장 존 슈튼이었다. 이상한 장소에서의 이상한 만남이었지만 그의 표정은 내게 공짜 커피를 대접할 때와 똑같이 온화한 표정이었다.

"또 만났군요. 미스터 윤."

"평범한 스타벅스 지점장이 아니신가 보군요."

"스타벅스 지점장은 아니지만 커피를 매우 좋아합니다."

존은 안으로 들어오라는 제스처를 취했다. 그의 방 안에 들어섰을 때 처음 눈에 들어온 건 성조기였다. 책상 옆에 걸려 있는 성조기를 보자니 갖가지 생각들이 머릿속을 어지럽혔다.

나는 존과 소파에 마주 앉았다. 곧 금발의 여직원이 들어와서 내 앞에 커피 한 잔을 내놓고 사라졌다. 존이 커피를 가리키며 말했다.

"카페로얄입니다. 나폴레옹이 즐겨 마셨던 커피죠."

"알고 있습니다. 식후에 주로 마시며 브랜디나 꼬냑을 넣고 점화하면 로맨틱한 불꽃이 일어서 주로 연인들의 사랑을 받아 왔죠."

"이렇게요."

존은 빙그레 웃으며 라이터를 꺼내더니 커피잔 위에서 불꽃을 점화시켰다. 순간 환상적인 오렌지빛 불꽃이 타올랐다가 스러졌다. 나는 커피잔을 입으로 가져갔다. 이 혼란스러운 상황에서도 내 미각은 제 성능을 발휘해서 카페로얄 특유의 달콤함에 잠시 도취됐다. 나는 커피잔을 내려놓으며 물었다.

"이번 김만길 국장 망명사건에 미국이 개입되었습니까?"

"대답할 수 없습니다."

"내 예감이 맞다면 당신은 CIA 요원이고, 이곳은 CIA의 북경 지부쯤 되겠군요."

"그것 역시 대답할 수 없습니다."

"그렇다면 왜 나를 이곳에 들여보낸 거죠?"

"당신이 아셔야 할 게 있기 때문입니다."

"어떤 말이라도 좋으니 듣고 싶군요."

존은 팔짱을 낀 채 등받이에 등을 기대며 설명했다.

"현 미국 정부는 지난 정부와 전혀 다른 대북관을 갖고 있습

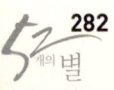

니다. 우리는 북한을 대화가 아닌 방법으로 변화시켜야 한다고 보고 있습니다."

신문에도 나오는 뻔한 이야기였다. 현 부시 행정부가 북한을 악의 축으로 규정하고 적대적인 자세를 취하고 있는 건 모두가 아는 사실이었다. 그런데 왜 이 친구는 지금 내게 그 이야기를 하는가.

존의 말이 이어졌다.

"그런데 남한 정부는 대화를 통해 북한을 포용하는 정책을 고집하고 있습니다."

"그런데요?"

"이라크와 똑같은 방법으로 북한을 변화시키려는 우리들에게 남북관계의 진전은 매우 커다란 장애물로 작용을 했습니다."

순간 내 머릿속으로 퍼뜩 떠오르는 게 있었다.

"김만길 국장의 망명을 유도해서 전쟁을 발발시키려는 것이 CIA의 전략이었던 건가요?"

존의 얼굴이 잠시 굳어졌다가 풀어졌다.

"대답할 수 없습니다."

대답할 수 없다는 존의 말을 나는 긍정한다는 의미로 받아들였다. 그렇다면 어디까지가 공작이고 어디까지가 사실이라는 말인가. 빠른 순간 김만길 국장과 처음 조우하던 때부터 현재까지가 머릿속에서 플래시백되었다. 의심의 눈으로 보면 모든 것이 짜여진 각본처럼 생각되었고, 그게 아니라고 보면 문제될 게 없어 보였다.

"하나만 말씀드리죠."

존은 창가에 서서 등을 보인 채 말했다.

"만일 김만길 국장의 망명이 계획에 의한 것이었다면, 그것은 실패했습니다."

"무슨 뜻이죠?"

"더 이상 우리가 간여하지 않겠다는 것입니다."

간여하지 않겠다는 말을 바꾸어서 해석하면 지금까지는 간여를 해왔다는 말이었다. 내가 가장 궁금했던 걸 물어보았다.

"김만길 국장을 당신들이 돈으로 매수했나요? 돈으로 매수해서 망명을 유도한 건가요?"

"그건 대답할 수 없습니다만, 제3자의 입장에서 볼 때 북한의 고위관료가 돈이 아니라면 망명을 시도할 이유가 없어 보이는군요."

퍼즐의 여러 조각이 사라졌지만 남은 몇 개의 퍼즐로도 전체 그림이 어떤 형태인지를 상상할 수는 있었다.

"자, 당신이 흥미 있어 할 정보가 방금 들어왔군요."

존은 나를 손짓해서 책상 앞으로 불렀다. 책상 위에는 노트북 화면이 펼쳐져 있었다. 내가 화면을 주시하자 존은 동영상을 재생시켰다. 은행의 폐쇄회로 화면이었다. 존이 마우스를 조작하자 은행을 들어오는 한 남자의 상반신이 클로즈업되었다. 분명하지 않은 화면이었지만 그가 김만길이라는 것은 확실히 알 수 있었다. 그렇다면 이 은행은 북경 은행일 것이었다. 모든 것이 불길한 예감대로 흘러가고 있었다.

김만길은 은행 여직원에게 통장을 내밀며 예금 인출을 요구하고 있었다. 그러자 여직원은 잠시 자리를 비켰고, 김만길은 초조하게 주위를 두리번거렸다. 그 순간 무장 공안들이 들이닥쳐서 김만길을 체포했다. 김만길은 공안에 의해 무릎이 꿇렸고, 공안 지휘관은 무전으로 그의 체포 소식을 상부에 보고했다.

존은 노트북을 덮고 나를 향해 섰다.

"다시 한 번 말씀드리지만, 이번 작전은 종료되었습니다. 더 이상 아무것도 남지 않았다는 것을 당신에게 확실히 보여줄 필요가 있어서 이곳으로 안내한 것입니다."

"김만길 국장은 어떻게 되는 겁니까?"

"그건 그가 선택할 문제입니다."

더 할 말이 없었고, 지금의 상황으로부터 일단 도피하고 싶다는 갈망이 강해져 나는 그만 자리에서 일어섰다. 나는 마지막으로 존에게 물었다.

"하나만 묻겠습니다. 모든 스타벅스가 CIA의 근거지입니까?"

"우리는 다양한 기업들의 도움을 받고 있습니다. 스타벅스일 수도 있고, 맥도날드일 수도 있고 나이키일 수도 있습니다. 그들은 우리의 입장을 이해하고 지지합니다."

나는 알겠다고 대답하고 방을 나왔다. 복도의 끝에는 대머리가 아까와 똑같은 자세로 서 있었다. 내가 그의 곁을 스쳐 지나가자 대머리가 말했다.

"당신 빠르더군."

계단을 내려와서 1층에 서 보니 여느 때와 똑같이 매장 안은 손님들로 붐볐다. 나란히 앉은 연인이 노트북으로 영화를 보고 있었고, 두 명의 여대생이 하나의 잔에 스트로우를 두 개 꽂고 커피를 나누어 마시는 모습도 보였다. 내겐 그들이 너무나 먼 세계의 사람들로 보였다. 그렇다면 나는 지금 어디에 있는 걸까. 마치 세상의 모든 사람들이 나를 관찰하고 다음 행동을 기다리고 있는 것처럼 느껴지는 이유는 뭘까. 머리를 흔들었다. 이렇게 복잡한 상황에 계속 머물면 미칠지도 모른다는 불안감이 들었다. 사람이 미치는 의학적인 이유는 잘 모르지만, 감당할 수 없는 정보가 한꺼번에 밀려드는 것도 이유의 하나가 될 수 있다는 생각을 한 적이 있었다. 내 상태가 지금 그랬다.

거리에 서자 다소 현실감이 느껴졌다. 차량의 경적소리와 사람들의 목소리가 이토록 정겹게 느껴진 건 처음이었다. 더 이상 자신들이 개입하지 않겠다는 존의 말은 사실 같았다. 그 말을 들은 직후부터 시종 짓눌려온 압박감에서 벗어난 듯한 느낌이 들었다. 그런데 나는 지금 어디로 가야 하나. 김만길 국장이 체포되었으므로 망명 계획은 무산된 것이다. 그렇다면 대사관으로 복귀하는 길밖에는 없었다. 나는 힘없이 차도로 내려서서 택시를 향해 손짓을 했지만 빈 차는 잡히지 않았다. 나는 도로 턱에 엉덩이를 걸치고 주저앉았다. 아내와 아들이 너무나 보고 싶었다.

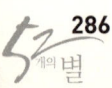

이별

부시가 집권하면서 한미관계
에 균열이 생겼지만 그것이 표면화된 사건은 2001년의 푸틴 러시
아 대통령 방한 때 한·러 양 정상이 공동발표문을 발표한 것에
서 비롯되었다. 한·러 정상의 공동발표문에는 부시 행정부의 요
격미사일 계획MD에 반대한다는 문구가 들어 있었다. 백악관에서
는 한국이 미국과의 관계를 재설정하려는 것으로 판단하는 계
기가 되었다. 부시 행정부 내에는 북한에 대해 대화와 타협을 우
선해야 한다는 온건파와 무력으로 굴복시켜야 한다는 강경파가
양립해 있었다. 온건파의 대표적 인물은 파월 국무장관이었고,
강경파의 대표적인 인물은 딕 체니 부통령과 럼스펠드 국방장관
이었다.

부시가 강경파의 의도대로 움직인 것은 군수산업과 깊은 연관
이 있다. 장기간 계속되고 있는 미국의 불황을 타개하기 위해서
는 군수산업의 호황이 필수였는데, 이를 위해 적극적으로 밀어

붙인 것이 요격미사일 계획이었다. 하지만 아직 여론은 부시의 이 계획에 지지를 보여주지 않았다. 이 요격미사일 계획은 부시가 처음 시도한 것이 아니었다. 날아가는 총알로 총알을 맞추겠다는 이 계획은 레이건 대통령이 처음 제안해서 부시까지 6번이나 시도되었지만 부정적인 여론이 비등해서 현실화시키지는 못했다.

부시는 자신이 구상한 요격미사일 계획이 여론의 압도적 지지를 받기 위해서는 전쟁이 필요하다는 확신을 지니게 된다. 그 첫 번째 대상은 이라크였고, 두 번째 대상은 북한이었다. 그러나 남한 정부는 미국의 의도를 배반하고 북한과 극적인 화해 분위기를 연출했으며, 미국의 라이벌 국가라고 할 수 있는 러시아와 공동으로 부시의 요격미사일 계획에 반대한다는 입장을 표명했다.

이때부터 네오콘이라고 불리는 미국의 강경파 수뇌부들은 북한을 전쟁에 끌어들이기 위한 갖가지 시나리오를 짜기 시작했다. 첫 번째 시나리오는 북한의 핵시설 건설을 핑계로 선제공격을 하는 것이었다. 하지만 이 시나리오에 대해 남한이 적극적으로 반대 입장을 취했기 때문에 실현되지 못했다. 남한이 등을 돌린 상황에서 미국이 북한을 침공하면 남한 내에 반미주의가 확산되어 남북한 모두를 적으로 돌리게 될 수도 있었기 때문이었다. 네오콘들은 남한과 북한이 직접 전쟁상황에 처하는 시나리오를 짜기 시작했는데, 그것은 남북회담 도중 북한의 고위급을 망명시켜서 남북관계를 최악으로 만드는 것이었다. 그렇게 되면 한반도에 전쟁 분위기가 조성되고 미국의 북한 침공이 정당성을 가지

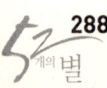

게 될 것이었다.

기자로 위장한 CIA 요원이 북한에 입국해서 대표진의 일원인 김만길 농업성 국장에게 50만 달러를 제시하며 망명 의사가 있는지를 떠보았다. 김만길 농업성 국장이 선택된 것은 부양가족이 없고 이번 회담 첫 참가자여서 매수가 쉬우리라는 판단 때문이었다. CIA의 계획대로 김만길은 망명에 동의했다. 50만 달러는 망명이 성공하면 지급될 계획이었다.

북경의 스타벅스에 CIA 지부가 설립되면서 본격적인 공작이 시작된다. 제9차 남북장관급회담 도중 김만길이 국정원 요원에게 망명을 요청하고, 남한 정부는 혼란에 빠져들었다. 하지만 청와대는 남북관계가 악화되면 정권 재창출에 악영향을 줄 것이 뻔했으므로 망명을 받아들이지 않았다. 자신의 계획과 다른 방향으로 일이 진행되자 CIA는 최악의 경우 김만길로 하여금 망명을 포기토록 설득할 계획을 짰다. 그런데 그 와중에 남한에서 야당 대선 후보가 망명설을 폭로하고, 그 여파로 북측 대표진에 대한 감시가 삼엄해져서 결국 김만길이 보위부 요원을 살해하는 예측 밖의 상황이 발생했다.

CIA는 국정원 요원의 동창인 정현식으로 하여금 김만길의 망명을 돕도록 하지만, 정현식이 국정원 요원의 추적을 받으면서 오히려 CIA의 근거지가 드러나고, 김만길은 공안에게 체포된다. 다급해진 네오콘에서는 이번 프로젝트의 종결을 선언하고, CIA에게 철수 명령을 내린다.

이상의 가설은 내가 대사관 3층의 회의실에서 생각해 낸 것이었다. 사실과는 상관없이 내가 접한 것들을 종합해서 만들어 낸 가설이었다. 사실이 어땠는지는 나도 모르는 일이었다. 또 안다고 해서 달라질 것도 없었기 때문에 구태여 머리를 굴리지 않았다. 그냥 저절로 여러 가지 상황들이 짜여져서 이와 같은 시나리오가 머릿속에서 그려졌을 뿐이다.

　내가 대사관으로 복귀하자 최 참사관은 아무 말도 없이 3층의 회의실에 감금시켰다. 문을 잠궈 놓았다거나 족쇄가 채워져 있다거나 한 것은 아니었지만 외부 출입이 금지되고 감시자가 배치되었다. 감시자는 다른 업무를 맡고 있던 20대의 국정원 요원이었는데, 거의 한 마디도 건네지 않았고, 질문을 해도 대답을 하지 않았다.

　나는 더 이상 국정원 요원이 아니었다. 직위해제된 것이다. 정식 징계는 한국으로 돌아가서 받을 것이었다. 옷을 벗을 것이 확실했다. 내 행동을 후회하는 감정은 없었고 대신 씁쓸한 기분만 계속 들었다. 세상 밖을 향해 몸을 내던졌지만, 그곳에는 또 다른 거대한 세계가 아가리를 벌리고 있는 듯한, 그런 느낌이었다.

　설령 해고되지 않더라도 이런 기분으로 국정원 생활을 더 계속할 수는 없을 것 같았다. 다른 분야의 무슨 일을 하겠다는 계획은 아직 없었지만, 국정원과는 전혀 다른 분위기의 일을 하고 싶다는 생각이 간절하게 들었다.

　무료하고 답답한 몇 시간이 유난히 느리게 흘러갔다. 감시자

는 팔짱을 낀 채 수도사처럼 지루함을 견디고 있었다. 내가 그에게 물었다.

"부탁 좀 해도 되겠소?"

감시자는 대답은 안 하고 표정으로 무슨 부탁이냐고 물어왔다.

"커피 좀 한 잔 갖다 줄 수 있겠소?"

감시자는 이런 마당에 커피 타령이냐는 눈으로 내 얼굴을 건너다보더니 자리에서 일어섰다. 다시 회의실 안으로 들어온 그는 테이블 위에 커피잔을 올려놓고 자신의 자리로 돌아갔다. 잔을 입으로 가져가 보니 설탕도 넣지 않은 쓴 커피였다. 어설프게 믹스를 하느니 이편이 차라리 나았다.

커피가 몸에 들어가자 다소간의 정신적 여유가 생겼다. 물론 현실적으로는 최악이었다. 하지만 막상 맨 밑바닥으로 떨어지고 보니 오히려 홀가분했다. 그동안 내가 접한 세계는 꾸며지고 조작된 것이었다. 일상의 평화는 내가 하고 싶은 말, 하고 싶은 행동을 실천하지 않을 때만 주어지는 가공된 것임을 나는 완전히 이해할 수 있었다. 물론 그렇다고 저 밖의 세상에 대단한 것이 있다는 걸 믿는 것도 아니었다. 나는 어쩌면 나 혼자 할 수 있는 직업을 찾아야 할지도 모른다는 생각이 들었다.

감시자가 테이블 위에 올려놓은 휴대폰에서 진동이 울렸다. 잠깐 졸던 감시자는 화들짝 놀라서 휴대폰을 귀로 가져갔다. '알겠습니다'를 몇 번 반복한 그는 내게 휴대폰을 건넸다.

"최 참사관이십니다."

나는 그가 건넨 휴대폰을 받아서 귀에 댔다.

"여보세요?"

"자네 지금 당장 서안의 링페이 공안국으로 출발해."

"무슨 일입니까?"

"김만길 국장이 현재 거기서 조사 받고 있는데, 자네가 아니면 입을 열지 않겠대. 박영민 요원이 동승할 거야."

"알겠습니다."

주차장으로 가 보니 박영민이 차를 준비해 놓고 있었다. 나와 눈이 마주치자 그는 어색한 표정으로 잠깐 웃어 보였다. 차가 출발하자 어색한 분위기를 없애려는 듯 박영민은 라디오를 틀었다. 간드러진 중국의 전통가요가 흘러나왔다. 차가 신호등에 걸리자 박영민은 내 쪽을 힐끗 쳐다보며 말을 건넸다.

"그날 내가 총 겨눈 거 개의치 말아주세요."

"물론이지. 내가 자네 입장이라도 그랬을 거야."

"정말 그렇게 생각하세요?"

"그 문제라면 신경 쓰지 마."

"고맙습니다."

박영민은 빙그레 웃었다. 그의 순박함이 눈물 날 정도로 정겨웠다. 회의실에 장시간 감금된 뒤였기 때문에 더 그런 감정이 들었던 것인지도 모른다. 어느 시점인지는 모르겠지만, 아무 일 없었던 때로 돌아가고 싶다는 생각도 들었다. 국정원 사무실 안에서 함께 밤을 새우던 일들이 일종의 추억처럼 머릿속을 떠돌았

다. 하지만 그건 허망한 바람이라는 것을 나는 잘 알고 있었다. 징계를 눈앞에 두고 있는 현실 때문이기도 했지만, 그 무렵으로 돌아가기에 나는 너무 많은 것을 알아버렸다.

서안의 링페이 공안국에 도착한 것은 10월 26일 새벽 4시 무렵이었다. 최 참사관이 정문에서 나를 기다리고 있었다. 최 참사관은 차를 타고 오는 도중 휴대폰을 걸어와서 설명한 걸 되풀이해서 설명했다. 김만길이 묵비권을 행사 중이다, 어떤 이야기라도 좋으니 입을 열게 하는 게 급선무다, 라는 것이었다. 나는 공안 서장실에서 구량어안 서장으로부터 최 참사관에게 들었던 것과 마찬가지 이야기를 들었다. 우선 김만길과의 커뮤니케이션이 필요하다는 것.

사복 공안의 안내로 취조실에 들어서자 김만길이 벌떡 일어서서 나를 맞았다. 그의 망명 의도가 돈에 의한 것임을 알고 마음이 급변한 건 사실이지만 막상 다시 대면하니 인간적인 연민이 찾아들었다. 나는 해고로 끝나겠지만 그는 살아남기 힘들 것이다.

김만길은 내 손을 잡고 울었다.

"윤 선생을 속인 건 사과하겠습네다. 하지만 망명하려 했던 건 거짓이 아니었습네다."

"알고 있습니다. 그리고 그런 건 지금 중요하지 않습니다."

"내래 속은 겁네다."

김만길은 얼굴을 감싸고 흐느꼈다. 그가 속은 기분이 드는 건 이해할 수 있었지만 어느 정도는 스스로 자초한 일이라는 생각이 들었다. 따지고 보면 모두가 자신의 이해관계에 의해 움직였을 뿐이었다. 그런 면에서는 나도 마찬가지였다. 나 역시 인생의 돌파구를 삼기 위해 김만길을 도왔던 것이다. 하지만 지금은 그렇게 냉정한 분석을 할 상황이 아니었다. 눈앞의 한 인간이 죽음을 목전에 두고 있었다.

내가 물었다.

"내가 어떻게 해주었으면 좋겠습니까?"

"살고 싶습네다. 내래 북조선으로 돌아가면 총살입네다. 그러니 북조선을 제외한 어느 나라로건 보내주십시오."

당연한 요구였다. 하지만 내가 결정을 내릴 수 있는 문제도 아니었거니와, 주변 상황이 너무 복잡했다. 남한이 김만길의 신변보호를 요구해서 또다시 혼란 속에 빠져들 리가 없었고, 북한은 김만길을 순순히 망명시켜줄 만큼 휴머니즘이 넘치는 국가가 아니었다. 다만 중국 측의 입장이 변수가 될 수는 있었다. 이곳은 중국이었고, 중국 내에서 벌어진 사건인 만큼 중국 정부에 결정권이 있었다.

내가 대답했다.

"노력은 해보겠습니다. 하지만 장담할 수는 없습니다."

"부탁드리갔습네다. 부탁드리갔습네다."

취조실을 나오는 내게 김만길은 거듭 부탁한다는 말을 했다. 솔직히 말하면 나는 김만길 문제에서 손을 떼고 싶었다. 더 이상 이 문제와 씨름하고 싶지 않았다. 또 내가 어떻게 해줄 수 있는

범위를 벗어난 문제였다. 하지만 노력은 해보고 싶었다. 그것이 김만길과 인연을 맺은 것에 대한 최소한의 예의라고 생각했다.

나는 최 참사관에게 김만길과의 대화 내용을 보고하고 곧장 서장실로 갔다. 구량어안 서장은 적어도 외면은 인심 좋고 후덕한 인상이었다. 그 역시 이 문제에 관해 결정권이 있는 건 아닐 테지만 그가 상부에 어떤 식으로 보고하느냐에 따라서 중국 측의 입장에 영향을 미칠 가능성도 있었다. 어쨌건 최선을 다하자, 라는 마음가짐을 하고 나는 구량어안이 가리키는 소파에 앉았다.

"이야기는 잘 됐습니까?"

구량어안의 영어 질문에 내가 대답했다.

"솔직한 이야기를 나눴습니다."

"수고했습니다."

"김만길 국장이 어떻게 될 것 같습니까?"

내 질문에 구량어안은 복잡한 표정으로 대답했다.

"사람이 하나 죽어서……우리도 가능하면 좋게 해결하고 싶습니다만, 쉽지는 않을 것 같군요."

그건 그랬다. 단순한 망명 기도사건이라면 중국 정부도 국제적인 관례에 입각한 결정을 내릴 수 있을 것이었다. 하지만 현재 김만길은 망명 기도자이기 전에 살인범이었다.

내가 차분히 입을 열었다.

"이것은 국가 간의 문제이기 전에 한 인간의 문제입니다. 과정이 어떻든 현재 김만길 국장은 망명을 바라고 있습니다. 그의 살인은 우발적인 실수였습니다. 만일 조사가 필요하다면 북한이 아닌 중국을 포함한 제3국에서 이루어져야 한다고 봅니다. 만일 망명 요청이 받아들여지지 않으면 그는 극단적인 선택을 할 가능성이 높습니다. 그렇게 되면 중국 정부는 세계 여론의 지탄을 받을 수도 있습니다."

구량어안 서장은 내 말을 진지하게 경청하며 중요한 대목에서는 메모도 했다. 그가 적어도 벽창호처럼 닫힌 머리를 가진 사람은 아니라는 생각에 안도했다. 물론 그에게 결정권이 있는 건 아니었지만 실무자의 관점도 중요한 판단자료가 될 수 있다는 걸 나는 잘 알고 있었다. 구량어안 서장이 망명을 긍정적으로 보고하면 중국 정부의 결정에 어느 정도 영향을 미칠 것이었다.

이것으로 내가 할 일은 다한 셈이었다. 나는 링페이 공안국의 로비에서 최 참사관과 함께 대기했다. 혹시 조사 과정에서 내가 필요할 수도 있었기 때문에 대기 명령이 내려온 것이다. 최 참사관은 사무적인 것 외에는 내게 말을 걸지 않았다. 가끔 나를 살피는 눈초리에서 낯설음이 느껴졌다. 그의 입장에서는 내가 너무 이질적으로 느껴질 법했다.

낮 12시 무렵 링페이 공안국 로비가 소란스러워졌다. 공안들의 경비가 삼엄해졌고, 정문 앞에 북한 보위대의 차량이 도착했다. 북한으로의 압송이 예견되는 상황이었다. 그렇지 않다면 이곳에 북한 보위대가 등장할 이유가 없었다. 곧 김만길이 공안들에게 양팔이 엮인 채 계단을 끌려 내려왔다. 그의 얼굴이 사색이 되어

있었다. 나는 상황 파악이라도 해야 된다는 생각에 김만길 쪽으로 뛰어갔다. 두려운 눈으로 사방을 둘러보던 김만길은 나와 눈이 마주치자 필사적으로 외쳤다.

"윤 선생! 윤 선생!"

"김 국장님!"

"윤 선생 살려주시라요!"

김만길은 어린아이처럼 울고 있었다. 나는 그에게 조금 더 가까이 다가가려고 공안들 사이를 헤집고 들어갔다. 하지만 공안들의 제지가 강력했기 때문에 더 이상 앞으로 나아갈 수가 없었다. 김만길은 내 앞을 지나서 정문 쪽으로 가고 있었다. 그는 나를 향해 돌아보며 다시 한 번 외쳤다.

"윤 선생 살려주시라요!"

김만길은 끌려가지 않으려고 안간힘을 써서 버텼다. 그의 안간힘이 너무나 필사적이어서 그를 끌고 가는 공안들이 머뭇거렸다. 그러자 북한 보위부 요원들이 달려와서 그의 사지를 붙잡았다.

"입 닥치라우!"

보위부 요원들은 김만길의 여기저기를 붙잡고 자신들의 차량에 밀어 넣었다. 그가 신고 있던 구두 한 짝이 밖으로 튕겨져 나와 보도에 버려졌다. 구두 한 짝을 남겨두고 김만길을 태운 차량은 도로 저편으로 달려나갔다.

아듀, 베이징

지난 밤부터 비가 쏟아지기 시작했다. 폭우였다. 회의실에 다시 감금된 나는 화창한 날보다는 차라리 폭우가 쏟아지는 이런 날씨가 더 낫다고 생각했다. 그렇다고 비가 오는 경치를 제대로 감상할 수 있는 여건도 아니었다. 회의실 정면의 손바닥만한 창으로 내리치는 빗줄기를 보는 것이 전부였다.

감시자는 몇 시간 전부터 닌텐도 게임을 하고 있었다. 게임기에서 흘러나오는 고음의 기계음이 자꾸 신경을 건드렸다. 그렇다고 화를 낼 입장도 아니었기 때문에 참는 수밖에 없었다. 나는 마치 위험한 바이러스에 감염된 환자처럼 완벽하게 격리되어 있었다. 물리적인 격리뿐 아니라 인간적으로도 타인과의 모든 유대가 단절되어 있었다.

유년의 기억이 지금 상황과 겹쳐졌다. 읍내에 있던 외갓집에 며칠 머문 적이 있었다. 그때 나는 사촌동생들과 술래잡기를 하다

가 옥상에서 기이한 방 하나를 발견했다. 문을 열고 들어가 보니 오랫동안 사람의 손길이 닿지 않은 듯 먼지가 켜켜이 쌓여 있는 공간이었다. 창 너머로 읍내의 차도와, 그 차도 양편을 메운 상가들이 내려다보였다. 나는 술래잡기에서 1등이 되려고 그곳에 숨어 한참을 기다렸다.

그 방을 나왔을 때 술래잡기는 벌써 끝나고 사촌들은 방에 모여서 과일을 먹고 있었다. 그날 저녁 난리가 났다. 외삼촌이 애지중지하는 도자기가 깨졌다는 것이다. 그 도자기는 내가 숨어 있던 방에 있던 것이었다. 외삼촌과 외숙모는 나를 범인으로 지목했다. 그들의 입장도 이해는 되었다. 그 방에 숨어 있던 사람은 나밖에 없으니 당연히 내가 깼으리라고 생각한 것이다. 하지만 나는 결백했다. 나는 그 도자기를 구경조차 하지 못했다. 내가 그곳에 숨어 있기 훨씬 전에 깨진 모양이었다. 내가 깨지 않았다고 호소하자 외삼촌은 거짓말을 한다면서 화를 냈다. 뒤늦게 온 어머니는 외삼촌으로부터 전후 사정을 다 듣고 나를 빈 방으로 불렀다. 그때 어머니가 했던 말을 나는 세월이 한참 지난 지금도 또렷이 기억하고 있다.

"그까짓 도자기 값 물어주면 그만이다. 하지만 엄마는 너의 진심을 알고 싶은 것이야. 정태야, 정말 네가 깬 거 아니니?"

나는 울면서 절대 아니라고 대답했다. 그러자 어머니는 두 번 다시 그 문제로 나를 추궁하지 않았고, 그날 이후 외삼촌과 우리 집은 서먹해졌다. 이 세상에 내 결백을 믿어줄 사람이 단 한 사람이라도 있다는 것은 행복한 일이라고 생각한다. 내가 어떤 행동을 하더라도 그 저변에 선의라는 것을 믿어주는 사람이 있다면 아무리 어려운 여건에 놓이더라도 희망을 포기하지 않을 것이다.

지금 나를 믿어주는 사람은 누굴까. 어머니에게 의존하기에는 너무 훌쩍 커버렸다. 대통령조차 권력을 지닌 직업인이라면 정부의 누구도 내 편이 되어주지 않을 것이다. 흔히 이럴 때는 신을 찾지만, 나는 종교가 없었고, 또 종교에 의지하기에는 비교적 현실적이었다.

감시자가 게임기를 내려놓고 기지개를 폈다. 그도 나만큼이나 견디기 어려울 것이다. 아무것도 하지 않고 시간이 흘러가는 걸 마냥 기다리는 건 가혹한 육체노동에 견줄 만큼 힘든 일이었다. 그럼에도 그가 별 불평을 터트리지 않는 이유는 입사한 지 얼마 안 된 신입이었기 때문일 것이다.

비는 계속 내리고 있었다. 오후 5시도 안 된 시간이었지만 밖은 밤처럼 어두컴컴했다. 별 이유 없이 회의실 안을 둘러보다가 벽에 걸린 텔레비전이 내 눈에 들어왔다. 텔레비전이 갑자기 생기지는 않았을 테지만 내 관심을 끈 건 처음이었다. 머릿속의 혼란 때문에 일상성을 잊어버리고 있는 탓일 것이다.

나는 감시자에게 부탁했다.

"텔레비전 좀 틀어도 되겠소?"

감시자는 고개를 한 번 끄덕이고 내 앞으로 리모컨을 밀어주

었다. 텔레비전이 켜지자 무술의 달인들이 등장해서 무협을 겨루었다. 백발의 노인이 장풍을 쏘자 젊은 협객이 종이처럼 뒤로 날아가서 내동댕이쳐졌다. 젊은 협객은 나무들을 발로 차며 공중으로 뛰어올라 검으로 백발노인을 조준하고 달려들었다. 백발노인이 이번에는 옷자락을 펼쳐서 그 힘으로 젊은 협객의 공격을 막아냈다. 치명적인 상처를 입은 젊은 협객이 주춤거리자 백발노인은 공중으로 수 미터를 뛰어오르더니 상대의 목을 조준해서 손날 공격을 가했다. 목을 정통으로 가격당한 젊은 협객은 마지막 안간힘으로 표창을 날렸다. 하지만 표창은 백발노인의 뺨을 스치고 허공으로 날아가 버렸다. 젊은 협객의 당황한 표정과 백발노인의 득의만만한 표정이 번갈아 비쳐지면서 드라마가 끝나고 자막이 올라갔다.

내가 평소에 무협 영화에 관심이 없어서인지, 그냥 우두커니 앉아 있는 것이나, 무협 드라마를 보는 것이나 별 차이 없이 지루했다. 정각 5시가 되자 뉴스가 시작되었다. 메인 뉴스는 폭우로 인한 물난리였다. 북경 인근 지역의 산사태와 도로 유실 장면이 비쳐지고 나서 관계 공무원과의 인터뷰가 방영되었다. 그 뒤를 이어서 국가 주석의 지방 순시, 경제성장률 8퍼센트 달성 가능 보도, 여성을 대상으로 한 연쇄살인범에게 사형이 선고되었다는 보도 등이 이어졌다. 중국어는 전혀 몰랐지만 화면과 한자어 자막으로 보도의 내용을 대충은 이해할 수 있었다. 뉴스의 말미에 댜오위타이에서의 제9차 남북장관급회담 보도가 나왔다. 이번 회담의 마지막 본회의였다. 남북 양측의 기조연설 장면이 편집돼서 나왔다. 먼저 오경성 북한 수석대표의 얼굴이 클로즈업됐다.

"오늘 마지막 회담을 맞이하여 우리 조선인민공화국은 력사적인 6.15공동선언의 기본 정신을 북과 남이 재확인한 것에 매우 고무되어 있습네다. 시종 진지한 자세로 회담에 임해준 남측 참가자 여러분께 감사드리며 마지막까지 최선을 다할 것을 약속하는 바입네다."

이어서 남한 수석대표인 정동민 통일부 장관 차례였다.

"기조발언에 앞서 지병으로 먼저 귀국하신 북한 측 참가자 김만길 농업성 국장님의 쾌유를 빕니다. 이번 회담은 한반도 평화와 남북 공동번영에 이정표가 될 만한 진전이 있었고 이것은 북측 참가자들의 성의 있는 자세 때문이었습니다. 이 점을 우리는 높이 평가하며 이러한 분위기가 계속되어 통일의 그날이 앞당겨지기를 바랍니다."

김만길의 자리가 비어 있는 것 외에는 여느 때와 다르지 않은 회의 장면이었다. 양측의 대표진이 김만길 사건을 제대로 알고 있는지 여부는 알 수 없었다. 뉴스에 나온 대표진의 표정으로 보아서는 전혀 모르고 있는 듯했다. 본회의 기조연설 이후 화면은 프레스룸으로 바뀌어서 남북 대변인이 총 6개 항목에서 합의했다는 발표를 보도했다.

제9차 남북장관급회담은 끝났다. 외형적으로는 성공적인 회담이었다. 북한의 핵개발 의혹으로 조성되었던 긴장 분위기가 해

소되고 6.15공동선언의 실천에 합의한 의미 있는 회담이었다.

나를 제외한 모든 참가자와 수행원들이 자신들의 임무를 무난히 수행했다. 그들은 이제 조국으로 돌아가 편안한 휴식을 취할 것이다. 그렇다면 나는 무엇인가. 어쩔 수 없이 떠오르는 단상이었다. 나는 누구를 위해, 그리고 무엇을 위해 혼자 싸웠던 것인가. 그냥 돈키호테 같은 기행을 벌였을 뿐인가. 아니면 훗날의 역사에서 지금과는 전혀 다르게 판단될 진보적인 행동을 취한 것인가. 그건 내가 알 수도 없는 일이었고, 또 그것이 그리 중요하게 생각되지도 않았다.

그렇다고 나 혼자 양심을 지킨 고고한 투사라고 주장하는 건 아니다. 다만 자신이 원하는 것을 말하고 행동으로 옮기는 일이 얼마나 많은 파문을 야기하는지를 확인했을 뿐이었다. 가장 높은 곳에 있는 사람부터 가장 낮은 곳의 사람까지 모든 사람은 관계 속에 얽매여 있다. 자신의 생각을 이야기하는 사람도 없을 뿐더러, 자신의 생각이라는 것이 존재조차 하지 않는다. 내가 틀렸을 수도 있다. 복잡한 국제사회의 구도 속에서 어쩌면 나는 국가에 해를 끼친 반역자일 수도 있다. 그렇다면 절대적으로 지켜야 할 가치는 무엇이며, 그것에 대해 판단을 내릴 주체성 있는 개체는 누구인가. 그런 건 없다. 단지 모든 것이 힘의 논리에 의해 움직일 뿐이다. 만일 김만길의 망명 의도가 순수한 것이었고, 내가 그의 망명을 성공시켰다면 모든 시선은 나를 주목했을 것이다. 나는 새로운 길을 찾았던 것이고, 그 새로움이란 자신이 원하는 것을 실천하는 것이다.

오후 7시에 감금이 해제되었다. 최 참사관으로부터 숙소로 돌아가 귀국 준비를 하라는 명령이 내려졌다. 왕푸징 호텔로 돌아오자마자 노트북을 켜고 아내와 접속을 시도했지만 기대를 무참히 깨고 화면은 아무것도 없는 암전 상태가 계속되었다. 나는 커피메이커의 커피를 머그컵에 잔뜩 따라서 입으로 가져갔다. 여전히 맛없는 커피였다.

샤워를 한 후 짐을 챙겨 놓고 인터넷에 접속했다. 포털사이트가 열리자마자 가장 먼저 눈에 들어온 기사는 '신아일보 오지호 기자 북경에서 사망'이라는 제목이었다. 뉴스코너 하단의 단신이었는데 오지호라는 이름이 낯익어서 눈에 확 띈 것이다. 나는 제목을 클릭해서 뉴스를 읽어 내려갔다.

"북경에서 열린 제9차 남북장관급회담을 취재하던 신아일보 오지호 기자가 자신의 방에서 사체로 발견되었다. 중국 공안 측은 몸에 상처가 없는 것으로 미루어 심장기능 이상으로 인한 돌연사일 것으로 보고 수사를 계속하고 있다'

기사의 좌측 상단에는 오 기자의 사진이 원형으로 걸려 있었다. 내가 아는 그와 사진 속의 그가 이상하게 전혀 다른 사람처럼 느껴졌다. 내가 기억하는 오 기자는 넉살 좋은 옆집 아저씨 같은 모습이었는데, 사진 속의 그는 고급 파티장에서나 만날 수 있는 샤프한 인상이었다. 어쩌면 그의 직업이 그를 변하게 했을지도 모르겠다.

오 기자의 죽음이 우연인지, 아니면 음모의 연장인지, 만일 음모의 연장이라면 그 주체는 누구인지, 이제 내게는 그런 일들이 관심 밖이었다. 그런 일들은 모두 내 밖에서 일어나는 일들이었다. 내게 어떤 미래가 있건 지금은 좀 쉬고 싶었다.

아내와의 해우

13일 만에 집으로 돌아왔다. 아내와 아들이 없다는 것 말고는 모든 것이 그대로였다. 텔레비전 위의 가족사진도 집을 떠날 때와 똑같은 모습으로 서 있었다. 지난 겨울 공원에서 찍은 것이었다. 그 공원에는 호수가 있었다. 아들이 살얼음 위로 발을 딛고 싶다고 떼를 쓰는 바람에 아내가 말리느라 애를 먹었다. 한참 울고 난 뒤라서 사진 속의 아들 얼굴은 퉁퉁 부어 있었다. 아내도 보고 싶고 아들도 그리웠지만 그전에 좀 자고 싶었다. 북경에서 특별히 잠이 부족했던 건 아니지만 내 집에서 자는 것과는 다른 것이었다.

옷도 벗지 않은 채 침대 위에 몸을 던지고 골아떨어졌다. 꿈도 꾸지 않고 4시간을 자고 일어나 보니 머리가 한결 맑아졌다. 우선은 아내를 찾아야 한다는 생각에 먼저 그녀의 친정집으로 전화를 걸었다. 장모님은 아내가 이혼을 하고 미국으로 건너가서 디자인 공부를 하고 싶다는 이야기를 했다고 전했다. 아들을 맡

겨놓을 때 잠깐 얼굴을 비치고 사라졌기 때문에 장모님도 아내의 소식을 몰랐다. 아들과 통화를 했지만 아들은 응얼거리기만 할 뿐 아버지인 나를 알아보지 못했다.

아내의 가장 친한 친구들 몇에게 전화를 돌렸다. 박윤숙이라는 대학 동기가 아내 소식을 조금 알았다. 부산의 선배 집에 간다는 이야기를 들었다는 것이다. 하지만 그 선배의 연락처는 모른다고 했다. 알면서 숨긴다는 인상을 받았다. 일단 전화를 끊고 다른 친구들에게 전화를 돌렸지만 아무 소득이 없어서 다시 박윤숙에게 전화를 걸었다.

"와이프에게 화를 내거나 윽박지를 생각은 없습니다. 다만 그녀의 생각을 알고 싶을 뿐입니다. 지금 당장 통화하지 않으면 거리가 더 멀어지고 말 겁니다. 제발 부탁드립니다."

박윤숙은 한동안 말이 없다가 모기만한 목소리로 선배의 전화번호를 알려주었다. 잠시 어떤 이야기를 어떻게 해야 좋을지 생각해 보았다. 내 입장을 이야기하는 것보다는 현재 와이프의 마음이 어떤지를 아는 것이 중요했다. 단지 내게 화를 내는 것이라면 다시 관계를 회복시킬 자신이 있었다. 하지만 나를 떠나기로 모질게 결심했다면 그냥 놓아주는 수밖에는 없었다. 마음이 떠난 사람을 억지로 붙들어 두는 것도 고역일 것이었다. 전화를 걸자 허스키한 여자 목소리가 건너왔다.

"여보세요?"

직감적으로 그녀가 아내의 선배라는 것을 알았다.

"고은희 씨 되시죠?"

"그런데요?"

"저는 송정아 남편입니다."

"아."

선배의 짧은 외마디 탄성 속에서 복잡한 심사가 짐작되었다. 선배는 내가 묻기도 전에 설명했다.

"정아하고 지금은 통화하지 않는 게 좋을 거예요. 지금 많이 힘든 상태거든요."

나는 솔직하게 대답했다.

"알고 있습니다. 내가 전화를 한 건 화를 내거나 따지려는 것이 아닙니다. 그저 아내의 마음을 알고 싶을 뿐입니다."

"제게 물어보시면 안 될까요?"

"잠깐이라도 아내와 통화를 하는 게 좋을 것 같습니다."

잠시의 침묵 뒤에 선배가 대답했다.

"잠깐만 기다려 보세요."

수화기를 테이블 위에 내려놓는 소리에 이어 선배가 아내를 설득하는 소리가 분명치 않게 들려왔다. 나는 마치 사랑 고백을 앞둔 남자처럼 긴장하고 있었다. 오랜만의 통화이기도 했고, 통화의 결과에 따라서 아내와 나의 미래가 결정날 것이기 때문이어서이기도 했다.

아내의 목소리가 건너왔다.

"저예요."

나는 가능하면 평상시의 말투를 사용하려 노력하며 말을 건넸다.

"오늘 귀국했어."

순간 아내가 왈칵 울음을 터트렸다.

"미안해요. 당신이 출장에서 돌아오는 날인데, 이런 곳에 있어서."

"그건 괜찮아."

"당신과 통화하면 마음이 약해질까봐 피하려고 했어요. 역시 당신 목소리를 들으니 힘들어요."

아내는 계속 훌쩍였다. 아내가 울자 그녀가 우는 이유도 모르면서 나도 코끝이 찡했다.

"내가 잘못한 게 있으면 사과할게. 이 세상에 결점 없는 사람이 어딨어? 앞으로 살아가면서 고치면 되잖아."

"아니요. 그건 노력으로 되는 게 아니라는 걸 알았어요."

"구체적으로 이야기해줘."

"당신은 너무 멀리 있어요."

메일에 적혀 있는 '자신을 절박하게 필요로 하지 않는 것'과 '너무 멀리 있다'라는 것은 전혀 다른 문장이었지만 기이하게도 나는 그녀가 하려는 말의 의도를 이해했다. 물론 나는 아내를 필요로 한다. 하지만 절박하게는 아니었다. 내게 아내는 인생의 한 부분일 뿐 전부는 아니었다.

아내가 울음을 그치고 차분히 설명했다.

"당신은 아는지 모르겠지만, 당신은 처음 만났을 때와 지금이 똑같아요. 한결같은 건 좋은 점이지만, 당신은 그대로인데 나만 변해가는 게 슬펐어요. 나는 당신이 없으면 한시도 살 수 없어졌지만, 당신에게 나는 있어도 그만이고 없어도 그만인 존재였어요. 그게 무서웠어요. 화도 났고요. 그래서 더 늦기 전에 떠나기로 한 거예요. 이렇게 하지 않으면 나를 지킬 수가 없을 것 같아요."

나는 뭐라고 응대를 하려다가 그만두었다. 아내의 설명을 듣고 보니 아내의 시각에서 나를 바라볼 수 있게 되었다. 그건 그랬다. 나는 지금까지 내 관점에서만 아내를 보았을 뿐이다. 나는 아내의 생각을 몰랐고, 그랬기 때문에 아내가 영원히 내 곁에 있어주리라 순진하게 착각했던 것이다. 하지만 아내에게도 생각이 있었고, 욕구가 있었다. 그것이 내가 가진 것과 전혀 다른 형태일지라도 아내에게는 절박한 것일 수 있었다.

나는 좀 더 생각해 보자는 애매한 대답을 하고 통화를 마쳤다. 설득할 말이 생각이 나지 않았다. 이런저런 사탕발림은 얼마든지 할 수 있었지만 그런다고 마음을 돌릴 수도 없을 것 같았고, 이 마당에 거짓말을 하고 싶지는 않았다. 더 중요한 이유는 내가 아내에게 설득당했다는 것이다. 나는 아내의 입장을 완전히 이해하고, 기이하게도 그녀의 동조자가 되었다. 나 자신이 변하기 힘든 상태에서 아내를 붙잡는 것 자체가 죄처럼 느껴진 것이다. 내 마음은 아내를 놓아주는 쪽으로 서서히 기울어졌다.

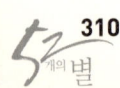

새로운 길

"왜 그랬어?"

김창일 차장이 시선은 사표에 둔 채 내게 말했다. 나는 잠시 아무 대답도 하지 못하고 가만히 서 있었다. 북경에서의 그 사건 이후 쭉 김 차장이 마음에 걸렸다. 다른 동료들이나 상사들의 시선은 개의치 않았지만 김 차장에게만은 미안한 마음이 들었다. 국정원 내에서 내 능력을 인정해준 유일한 사람이었기 때문이었다. 마지막 정리를 위해 국정원으로 들어서는 순간에도 김 차장을 다시 봐야 한다는 사실 때문에 마음이 무거웠다.

나는 겨우 대답했다.

"죄송하다는 말씀밖에는 드릴 말씀이 없습니다."

김 차장은 사표를 서랍 속에 넣으며 말했다.

"내게 결정권이 있다면 한 번 생각해 볼 수 있는 문제지만 이번 일은 나로서도 어떻게 도와줄 방법이 없어."

"알고 있습니다."

"결과가 어떻든 그동안 수고했어."

김 차장은 어색하게 웃으며 내게 악수를 청해왔다. 나는 만감이 교차하는 기분으로 그의 손을 맞잡았다. 김 차장 사무실을 나와서 내가 일했던 남북회담 준비팀 사무실로 들어섰다. 계약직 여직원인 미스 정이 내 눈치를 보며 인사를 건네왔다. 내가 그동안 고마웠다는 예를 표하자 그녀는 감사과에서 보낸 공문을 내게 건네주었다. 오늘 오후 2시부터 제5조사실에서 '남북회담 준비요원의 명령 불복종 사건'에 대한 조사를 벌일 예정이라는 내용이 인쇄되어 있었다. 국정원 내부 규정에 따라 사표수리 여부와는 상관없이 명령 불복종 사건에 대한 조사를 받아야 했다. 내게 남은 길은 두 가지였다. 자진사퇴 아니면 해임이었다. 자진사퇴라면 퇴직금이 보장되고 타 기관으로의 전출이 가능했지만 해임이라면 퇴직금이 몰수되고 전출도 불가능했다. 그렇다고 조금 더 나은 조치를 기대하며 안간힘을 쓸 생각은 없었다. 그저 담담히 내가 겪은 일들을 모두 밝힐 예정이었다.

오후 2시 정각에 국정원 내 제5조사실로 들어섰다. 제5조사실은 내부 징계를 전담하는 조사실이었다. 사각의 테이블이 하나 달랑 있었고 그 너머에 조사관 한 명이 나를 기다리고 있었다. 조사관은 우선 사건을 시간대별로 추궁했다. 나는 기억에 의존해서 김만길의 망명 요청 순간부터 링페이 공안국에서 김만길을 마지막 본 순간까지를 자세히 구술했다. 꼬박 3시간이 걸렸다.

두 번째 조사관은 내가 왜 명령에 불복종했는지를 집중적으

로 추궁했다. 그것은 한 가지 이유로 단순화시킬 수 없는 것이었지만, 내 복잡한 심경을 드러낸다고 달라질 게 없다는 걸 알았기 때문에 김만길을 돕고 싶어서였다고 대답했다. 오후 8시에 저녁을 먹었다. 구내식당이 문을 닫았기 때문에 외부에서 주문한 곰탕을 먹었다.

다시 처음의 조사관이 들어와서 CIA의 개입 문제를 집중적으로 파헤쳤다. 나는 내가 보고 겪은 것을 있는 그대로 밝혔을 뿐, 그들의 정체와 음모의 실체에 대해서는 아무것도 모른다고 솔직하게 대답했다.

12시가 넘자 지독한 졸음이 밀려왔다. 조사관은 이미 몇 번이나 대답했던 사항들을 되풀이해서 물어보았고, 간혹 앞뒤가 연결되지 않는 부분에 대해서는 의심의 눈초리로 추궁해왔다. 이미 각오한 일이기는 했지만 장시간의 조사를 받다 보니 신경이 예민해졌다. 진심으로 대답을 해도 믿지 않을 때는 반발심이 생겼으나 초인적인 힘으로 절제했다. 명령 불복종을 범했지만 그 외의 일에 대해서는 성실하고 싶었다.

조사는 새벽 4시에 끝났다. 조사실에서 쪽잠이라도 자고 가라는 제의를 거절하고 택시를 타고 집으로 돌아왔다. 입 안에 이물질이 가득 찬 듯한 불쾌함이 느껴져서 양치질을 하는데, 와락 토악질이 올라왔다. 저녁으로 먹은 곰탕 찌꺼기들을 변기 속에 토해냈다. 거울을 보니 시한부 인생의 마지막 며칠을 남긴 사람처럼 휑한 얼굴이었다.

며칠 후 김 차장으로부터 징계통보를 받았다. 징계는 해임이었다. 내 입장은 이해할 수 있는 종류였으나 청와대의 진노가 대단해서 어쩔 수 없었다는 것이 김 차장의 전언이었다. 예상했던 결과이기는 했지만 마음이 가라앉은 것은 사실이었다. 사무실에 들러 몇 가지 짐을 정리하고 나오다가 문득 국정원 건물을 돌아보는데, 눈물이 찔끔 흘렀다.

당분간은 좀 쉬기로 했다. 늦잠 자는 체질이 아니어서 새벽같이 일어나 운동을 하고 도서관에서 시간을 보냈다. 책은 눈에 잘 들어오지 않았다. 정기간행물실에서 잡지와 신문을 주로 읽었는데, 그것도 특정 분야에 관심이 있어서가 아니라 그냥 시간을 보내기 위한 것이었다.

우선을 직업을 찾는 일이 급선무였다. 국정원 업무 외에는 글을 꾸준히 써왔으므로 그쪽에 도전을 하고픈 욕망이 생겼지만 아직 소설은 때가 아니라는 생각에 방송국에서 운영하는 드라마 작가 코스를 밟았다. 그러나 드라마 작가 되기가 얼마나 어려운가를 뼈저리게 실감하고 겨우 케이블 텔레비전 방송국의 구성작가 자리를 얻었다. 시사 프로그램이었는데, 박봉이었고 별 보람도 없었지만 내게 주어진 일이 그것뿐이었으므로 견뎠다.

아내와는 통화를 계속했고 몇 번 만나기도 했지만 이혼은 피할 수 없었다. 그녀는 내 처지가 어떤지를 몰랐다. 만일 알았다면 내게 연민을 느껴 마음을 돌릴지 모른다는 생각도 들었지만 마지막 자존심은 지키고 싶어서 일절 내색하지 않았다. 아들에게는

나보다 어머니가 더 필요하다는 생각에 아들을 아내가 맡는 것에 반대하지 않았다. 이혼을 완전히 합의한 날 아내는 내게 당신은 어떤 일이 있어도 잘될 거라고 말해주었다. 고마웠다.

구성작가로 일한 것이 인연이 되어 영화사 기획실에 자리를 얻었다. 내가 구성작가를 맡았던 프로그램의 PD가 영화 연출을 맡으면서 나를 영화사에 채용시켜준 것이다. 국정원의 안정된 생활과는 비교할 수 없는 것이었지만 내 처지에서는 망망대해를 항해하다가 작은 섬에 도달한 느낌이었다. 대작 영화를 하나 히트시킨 영화사여서 페이도 적당했고, 일도 비교적 창의적이었다.

그해 겨울 명동성당 근처에서 우연히 박영민을 만났다. 서로 약속을 몇 십 분 앞둔 상태여서 간단히 자판기 커피를 마시며 짧은 대화를 나누었다. 그는 여전히 남북회담 준비팀에서 일하고 있었다. 그는 대화 말미에 김만길의 소식을 전해주었다. 대북팀에서 보내온 자료 중에 함흥집단수용소 장면을 촬영한 비디오가 몇 개 있었는데, 그중에 김만길이 공개처형당하는 장면이 있더라는 것이었다. 주민들이 지켜보는 가운데 김만길은 기둥에 묶여 총살당했다고 박영민이 말했다. 하지만 영상이 워낙 조악해서 김만길이 확실하다고 단정지을 수는 없다고 덧붙였다.

그 다음 날 새벽에 잠이 깼다. 김만길이 북한보위부 요원들에게 끌려가던 마지막 모습이 바로 몇 시간 전의 일처럼 생생하게 눈에 어렸다. 이대로는 잠들 수 없을 것 같아 일어나 앉아 있는데 가슴 한쪽이 기묘하게 아파왔다. 울음을 터트리면 좀 나을 것 같았는데, 한 번 울기 시작하면 걷잡을 수 없을 것 같아 입술을 깨물며 참았다.

나는 날이 밝기를 기다렸다가 집 근처의 호수가 있는 공원으로 산책을 나갔다. 호숫가의 수초들이 바싹 마른 채 고개를 숙이고 있었다. 관광용 나룻배 몇 척이 호숫가에 정박해 있었는데, 오래 사용하지 않아서 이끼가 끼고 페인트 칠이 벗겨져 있었다.

산책 나오기를 잘했다는 생각이 들었다. 한결 마음이 가벼워졌다. 모든 것이 불확실했지만 어차피 확실한 건 이 세상에 없다. 중요한 건 불확실한 세상과 정면으로 맞서겠다는 각오다. 글을 쓰건 막노동을 하건, 내 인생의 주체가 되겠다는 고집은 포기하지 않을 것이다. 북경에서 나는 모든 것을 잃었지만 아무것도 없는 이 상태가 온전한 나 자신이라고 확인한 것은 무엇과도 견줄 수 없는 소득이었다. 오래전에 황 주임이 내게 던진 충고가 떠올랐다. 인생은 결국 혼자라는……

오늘의 스페셜

안국역 2번 출구를 나와서 인사동 쪽으로 접어들었다. 차가 다니지 않는 도로 위로 행인들이 가득했다. 인사동은 서울의 유명지역이지만, 이상하게 나는 서울 토박이임에도 이곳에 온 적이 손가락으로 꼽을 만큼 적었다. 그 몇 번도 다른 곳에 볼일이 있어서 거쳐간 것이지 이곳에 목적이 있어서가 아니었다. 당연히 인사동을 자세히 살필 겨를이 없었다.

도로 양편으로 찻집과 골동품 가게가 즐비하게 늘어서 있었다. 행인들 대부분은 도심의 다른 거리에서는 볼 수 없는 여유로운 모습으로 걸어다녔다. 간간이 눈에 띄는 외국인들은 호기심 가득한 눈으로 골동품을 감상하거나 사진을 찍고 있었다.

인사동으로 50미터쯤 접어들자 좌측으로 골목이 하나 보였다. 골목으로 들어서자마자 카페 안단테의 간판이 보였다. 내곡동에 있을 때와 똑같은 모습의 간판이어서 바로 알아볼 수 있었다. 안단테는 2년 전 이곳으로 이사를 했다고 한다. 그동안 경황이 없어서 찾지 못하다가 최근 방문해 보니 인사동으로 이사를 했다길래 건물주에게 위치를 알아내서 찾아보기로 한 것이다.

유리문을 열고 들어서자 등을 보이고 있는 안 마담이 눈에 들어왔다. 그녀는 짙은 갈색의 투명한 망사형 드레스를 입고 있었다. 안단테는 내곡동에 있을 때보다 규모가 작았지만 벽의 책장이나 다른 인테리어는 그곳에 있을 때와 똑같은 형태였다.

내가 바에 앉았을 때도 안 마담은 등을 돌린 자세로 일을 계속하다가 무심코 뒤를 돌아보고는 나를 알아보았다.

"어머! 윤 과장님!"

안 마담은 박수를 치며 달려왔다.

"그동안 어떻게 지내셨어요?"

그녀의 질문에 나는 어깨를 으슥해 보였다.

"사연이 좀 많아요."

"이 세상에 사연 없는 사람이 있을까요?"

나는 안 마담의 말에 공감했다.

"그건 그래요."

부자라고 아무 고민이 없는 것도 아니고, 가난하다고 늘 고통만 있는 건 아닐 것이다. 아무리 결백한 인생을 살더라도 예기치 못한 불운을 피하기는 어렵다. 특히 자신의 주관대로 살기를 고집하는 사람은 남들보다 몇 배의 풍파를 겪는 경향이 있다.

"커피 드실 거죠?"

안 마담의 질문에 나는 메뉴판 옆의 '오늘의 스페셜'을 손가락

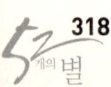

으로 가리켰다. '오늘의 스페셜'이라는 글귀 아래는 헤이즐넛이 적혀 있었다. 사실 헤이즐넛은 그리 내 취향이 아니었다. 헤이즐넛의 향을 좋아하는 사람도 많지만 내가 느끼기에는 헤이즐넛의 인공 향이 오히려 커피 본연의 맛과 향기를 감춘다는 생각을 늘 했다. 그래도 모처럼 찾은 안단테이니만큼 예의상으로라도 안 마담이 선택한 '오늘의 스페셜'을 맛보아야 한다고 생각했다. 하지만 나의 어설픈 배려는 안 마담의 예리한 안테나에 걸려들고 말았다.

"그동안 취향이 바뀌셨나봐요? 헤이즐넛은 한 번도 주문한 적이 없는 걸로 기억하는데."

나는 대충 얼버무렸다.

"전에 맛있게 마셨던 기억이 한 번 있어서……."

"알았어요."

안 마담은 커피를 만들기 전 오디오 위에 레코드판을 얹었다. 페티 페이지의 〈I Went To Your Wedding〉이 흘러나오기 시작했다. 사랑하는 남자의 결혼식 광경을 안타깝게 바라보는 한 여인의 이야기를 담은 노래였다. 아내가 떠올랐다. 안단테에서 내게 처음 말을 걸던 순간 그녀의 양볼은 빨갛게 상기되어 있었다. 화가 났을 때 내가 등 뒤에서 살짝 안아주면 금방 눈물을 떨구던 아내였다. 지금도 가끔 아내와 헤어졌다는 사실이 잘 믿기지 않을 때가 있다. 다시 전화를 걸어서 진심으로 사과를 하면 다시 돌아올지도 모른다는 막연한 낙관에 수화기를 집어들었다가 이러면 안 된다는 자각이 들어 정신을 차리고 수화기를 내려놓은 적이 몇 번이나 있었다.

　그 시간이 지나면 전화를 걸지 않기를 잘했다는 생각과 함께 이젠 그녀가 나와는 아무 상관없는 남남이라는 것을 의지로 나 자신에게 각인시키려 노력했다. 아내뿐 아니라 지나간 날들은 이 제 다시 돌아오지 않을 것이다. 나도 이제는 예전만큼 젊지 않 고, 세상도 변했다. 대통령이 세 번이나 바뀌었고, 그중 두 명은 세상을 떠났다. 나는 새도 떨어뜨릴 정도로 막강한 권력을 가졌 던 세도가들도 점점 매스컴에서 자취를 감춰가고 있다.

　변하지 않는 걸 내 기준에서 굳이 꼽자면 커피와, 그 커피를 좋 아하는 나 자신이다. 한 가지에 집착해서 광적인 상태를 거치면 느 긋하게 그 대상을 즐기게 되는 것일까. 나는 커피를 마시며 틈틈 이 글을 쓴다. 글 쓰는 일이 적성에 맞을 수도 있고, 그냥 인생의 낭비가 될 수도 있다. 어느 쪽이건 상관없다. 다만 나는 쓸 뿐이 다. 그게 전부다. 나는 혼자다. 세상이 나를 필요로 하지 않는 건 지, 내가 세상으로부터 도피한 것인지에 대해서는 나도 뭐라고 말 못하겠다. 단지 혼자인 지금에 익숙해진 것은 분명한 사실이다.

　안 마담이 커피를 만들면서 허밍으로 페티 페이지의 노래를 따라부르기 시작했다. 나도 따라불렀다. 안 마담은 나를 향해 돌아보고는 빙그레 웃은 후 다시 커피머신 쪽으로 시선을 주었 다. 커피가 기다려졌다. 헤이즐넛은 취향이 아니지만 '오늘의 스 페셜'이니 다른 날과 다를지도 모르겠다.

작가의 말

　최근에 국정원을 소재로 한 영화나 드라마, 문학이 꽤 많이 등장하는 듯싶다. 아마도 짜여진 현실 너머에서 긴박감 넘치게 살아갈 것 같은 스파이에 대한 동경이 이와 같은 추세를 만드는 것이리라. 그런데 그 작품들 가운데 어떤 식의 가치를 느끼게 하는 작품은 찾기가 어렵다. 대중들의 호기심을 만족시키는 것도 아니고, 그렇다고 국정원의 실상을 알려서 국가정보기관의 위상을 높이는 것도 아닌, 국적불명의 통속 드라마만 양산하고 있는 것 같은 느낌이 든다.

　그렇기 때문에 나는 이 작품을 쓰면서 실제의 국정원과, 그들의 생활을 사실적으로 묘사하는 일에 많은 노력을 기울였다. 정보기관의 특성상, 자료 수집과 취재가 만만치 않았지만, 내 속에서 이 정도면 써도 되겠다라는 생각이 들 때까지 상당한 인내심을 발휘했다고 감히 말할 수 있을 것 같다.

　이 소설 속에는 주인공이 자주 찾게 되는 '안단테'라는 카페

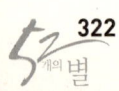

가 등장하는데, 애초 계획에는 없던 설정이었다. 안단테 부분은 실제로 집필을 시작하면서 첨가되었다. 그때 나는 삼청동에 있는 한 카페에 터를 잡고 매일 비슷한 시간에 집필을 했는데, 얼마가 지나면서 기묘한 안정감이 생겨, 그 감정을 소설 속에 표현하고 싶었다. 카페 안단테에 대해 묘사할 때는, 그냥 내가 집필을 하고 있는 공간의 풍경을 그대로 쓰면 되었다. 소설과 현실이 동시에 진행되는 독특한 경험이었다.

그동안 대체로 글을 쓰며 생활했지만, 내가 정말로 하고 싶은 일을 한다는 생각보다는 주어진 일을 실수 없이 처리한다는 느낌이 강했던 것 같다. 이 소설을 쓰면서 온전히 나 자신의 실체와 만나는 기분이었다. 어쩌면 이 소설로 인해 내 삶의 목표가 확실해졌는지도 모르겠다.

2012년 봄

김광호